本书由贺州学院中国语言文学硕士点建设项目经费资助出版

本书为国家社科基金重大项目"陶渊明文献集成与研究"

（17ZDA252）阶段性成果

学者文库

蒋薰评本
《陶渊明诗集》校正

[清] 蒋 薰 评点
牟华林 钟桂玲 校正

中国社会出版社
国家一级出版社·全国百佳图书出版单位

图书在版编目（CIP）数据

蒋薰评本《陶渊明诗集》校正 ／（清）蒋薰评点；
牟华林，钟桂玲校正 . -- 北京：中国社会出版社，
2020. 10

ISBN 978 - 7 - 5087 - 6417 - 7

Ⅰ. ①蒋… Ⅱ. ①蒋…②牟…③钟… Ⅲ. ①陶渊明
（365 - 427）—诗歌评论 Ⅳ. ①I207. 227. 372

中国版本图书馆 CIP 数据核字（2020）第 190006 号

书　　　名：蒋薰评本《陶渊明诗集》校正
评　　　点：（清）蒋　薰
校　　　正：牟华林　钟桂玲

出 版 人：浦善新
终 审 人：尤永弘
责任编辑：陈贵红

出版发行：中国社会出版社　　　　邮政编码：100032
通联方式：北京市西城区二龙路甲 33 号
电　　　话：编辑部：（010）58124828
　　　　　　邮购部：（010）58124848
　　　　　　销售部：（010）58124845
　　　　　　传　真：（010）58124856
网　　　址：www. shcbs. com. cm
　　　　　　shcbs. mca. gov. cn

中国社会出版社天猫旗舰店

经　　　销：各地新华书店

印刷装订：三河市华东印刷有限公司
开　　　本：170mm×240mm　1/16
印　　　张：17. 5
字　　　数：268 千字
版　　　次：2021 年 1 月第 1 版
印　　　次：2021 年 1 月第 1 次印刷
定　　　价：95. 00 元

中国社会出版社微信公众号

凡　例

（一）蒋薰评阅本《陶渊明诗集》目前所见最早也最通行之版本为乾隆二年最乐堂刊本，现藏于哈佛燕京图书馆及北京大学文学研究所。哈佛燕京图书馆所藏本最为完整，本次整理即以之为底本。

（二）整理本书名依底本所著录之《陶渊明诗集》，而于首尾分别附以"蒋薰评本""校正"字样。

（三）整理用以参校之陶集本共11种（其中宋本4种，元本1种，明本6种），各本大体情况及整理时所用简称已见"导论"部分第（五）点。

（四）整理一般用简体字，但自宋至明的各种陶集中，往往也存在繁简混用的情况，反映出此一时期简体字的发展情况。遇到底本用繁体字而校本用简体字的情况，则于底本中保留繁体字，以方便说明繁简字的校勘情况。

（五）整理的重心在于说明自宋至明的各种陶集中的文字使用情况，故除无必要之异体字、俗别字径改为简体通用字外，对底本及校本中能反映此一时期文字使用情况的古今字、假借字、异体字和俗别字则一律保留。

（六）底本与校本（甚至各校本之间）文字构成的各种文字使用关系，在校语中予以说明，并辅以简要的书证说明。

（七）一条校记序号中如涉及多种校正情况，则每一种情况之间用"○"号加以分隔。

（八）为示区别，底本中蒋薰的评阅文字一律小一个字号排列。整理本中亦仿此体例，凡蒋薰评阅文字一律小半个字号排列。

（九）底本中蒋薰的评阅文字或置于天头，或置于地脚，或夹注于相应句旁，或置于一首之末。整理时则将置于天头、地脚的评阅文字及夹注文字移置于相应句后，一律小半个字号排列。

（十）底本与校本脱漏之文字，有据可补入者，则所补文字用"〔〕"匡入，并在校语中说明补入依据。其无可补足者，则以"□"号空出其位置。

（十一）底本中蒋薰对一首或一组诗的总评性文字另行置于一首或一组诗之末，整理时则于正文与总评性文字之间加以"评注"二字，以清眉目。

（十二）为给蒋薰及其所评陶集的研究提供一些背景资料，本次整理时又据《曝书亭集》《梅里志》《清诗纪事初编》增加了一些相关资料，置于附录之中。

目 录
CONTENTS

导　论

（一）

　　蒋薰，原籍浙江海宁，后徙居嘉兴梅里。生于明神宗万历三十八年庚戌（1610）①，初名之圣，十八岁入县学后改名薰。字闻大，又字南弦②。明崇祯九年丙子（1636）蒋薰举孝廉，拜建昌（今江西黎川）名士黄端伯为师，成为其得意门生③。举孝廉后乃自号丹崖④。以后三次应礼部试，皆不第，遂无意仕途，乃于梅里南村自建申庵，过着隐居生活⑤。

---

① 《留素堂文集》卷七《大石先生传》："今康熙己巳，年及八十。"康熙己巳为康熙二十八年（1689），是年蒋薰八十，则其生于明神宗万历三十八年庚戌可知。《留素堂文集》卷十《先征君省愚公暨先慈李孺人行略》："先君生于隆庆四年庚午正月二十日"，"年四十有一，生不孝男薰。"薰父生于隆庆四年庚午（1570），其四十一岁生蒋薰时，正在万历三十八年庚戌。两处记载合。按：《留素堂文集》见于《清代诗文集汇编》编纂委员会编：《清代诗文集汇编》第三十二册，上海：上海古籍出版社 2010 年版。以下并同。

② 《留素堂文集》卷八《名字录》："余幼时，先君命名之圣，年十八就童子试，……入海宁县学，遂名薰焉。父执沈藩，字予闻大……业师胡耀周取《有虞》之诗，更字南弦。"又《留素堂文集》卷十《先征君省愚公暨先慈李孺人行略》："薰年十八，附弟子员。"蒋薰十八岁，时值明熹宗天启七年丁卯（1627）。

③ 《留素堂文集》卷二《明陵肃松录序》："薰逢崇祯九年举孝廉。"《知伏羌县事蒋君墓志铭》："崇祯九年举乡试，出建昌新城黄公端伯之门。"见朱彝尊撰：《曝书亭集》，卷七五，上海：世界书局排印，1984 年版。

④ 《留素堂文集》卷八《无崖说》："蒋翁自号丹崖，在举孝廉后。"同卷《名字录》又曰："二十七岁登乡荐，镌齿录，应书号。初号毅庵，旋号丹崖。"

⑤ 《留素堂文集》卷二《明陵肃松录序》："薰逢崇祯九年举孝廉，两上公车，而明运丧乱，隐居就李之长水。逮顺治辛卯（顺治八年，1651），始奉檄入都。"《知伏羌县事蒋君墓志铭》："三试礼部不利，归辟一亩园于南村，盖无意于仕矣。"

　　清顺治十二年（1655）秋，蒋薰按籍初任职缙云县（今浙江省丽水市）儒学教谕①。康熙二年癸卯（1663）十月迁伏羌县（今甘肃省甘谷县）知县。三年甲辰（1664）三月前，蒋薰因同情羌民不堪重负的处境而私自减免巨额民赋，此事在其诗文中多处皆有记载。如《留素堂集·塞翁编》② 卷一"甲辰年"下《七月篇》诗序云："去春（癸卯）三月，量转伏羌。五月离缙云，八月辞家就道。自十月涖，阅今六月，艰难困辱备历矣。"《留素堂文集》卷五《上甘宁巡抚刘侍郎斗书》曰："自康熙二年十月内莅任。"同书卷六《迁庵记》又曰："蒋子令羌方三月，辄为民岁除滥征银一万四百馀两。"《留素堂集·塞翁编》卷一"甲辰年"下《三月二十四日示伏羌绅士作》诗"横征悉蠲除"句下自注亦曰："革除滥征银一万四百七十两。"此一事件乃蒋薰为宦生涯之大事件，以损害了多方利益，故遭到其上司钱粮使田腾蛟、知府白辉等诬陷，于四年乙巳（1665）正月被郡府拘留半月后乃放还③。是年冬，又为甘宁巡抚刘斗所纠弹④，遂罢职，并罚其清赔私免钱粮，且不得返乡。康熙四年（1665）十二月，蒋薰离开署衙，开始了长达六年的流落乞食生活。其所作《华大中丞（善）题请前令得宥窃喜南还有期》诗有云："治邑无三载，羁申竟六年。"⑤ 可为证。

　　经过六年的颠沛流离，蒋薰于康熙十年辛亥（1671）四月前被昭雪，他为此还作有《四月二十一日奉部檄到羌祭告亡亲将还》诗⑥。七月二日蒋薰离开伏羌，并作《去羌二首》诗，题下明注曰："七月二日。"⑦ 启程返故

---

① 《留素堂文集》卷十《祭沈浮玉司训文》曰："先生为桐乡名宿，以岁荐司训缙云……余于乙未（顺治十二年，1655）秋署谕事，获交先生。"
② 《四库未收书辑刊》编委会编：《四库未收书辑刊》，第七辑第十九册，北京：北京出版社1997年版。以下并同。
③ 《留素堂集·塞翁编》卷一"乙巳年"下有《正月七日入郡拘留至二十一日还县》四首。
④ 《留素堂文集》卷六《迁庵记》载："乙巳冬，大中丞斗白简从事随以迁懒入告。"
⑤ 见《留素堂集·塞翁编》卷五"辛亥年（自正月至六月）"下。
⑥ 见《留素堂集·塞翁编》卷五"辛亥年（自正月至六月）"下。
⑦ 见《留素堂集·汾游》卷一"辛亥年（自七月至十二月）"下。

乡。八月三日，蒋薰抵达汾州①，并寓居半载。蒋薰于康熙十一年壬子（1672）三月南还故乡梅里②，又隐居南村申庵，饮酒作诗，整理诗文，过着比较安定的生活。康熙三十二年（1693）蒋薰去世，享年八十四岁。蒋薰娶妻姜氏，生男二人，女五人；有孙男六人，孙女三人。朱彝尊在《知伏羌县事蒋君墓志铭》一文中对作此铭之缘由及蒋薰后代的情况作了较详细的说明，其曰："文林郎知伏羌县事蒋君之葬，秀水朱彝尊因其子之请，志其墓曰"云云，又曰："君年八十有四而卒。娶姜氏，子男二人：名世，岁贡生；名表，国子监生。女五人：婿褚蔚文、殷光远、吴源达、周文焜、沈朝英。孙男六人，女三人。"③

（二）

蒋薰先世以耕读为业，读书也就成了一个家族传统。其父蒋兆祯有一定文化修养，幼而英敏，能读书，曾有"奇童"之誉，为海宁邑庠生④。蒋薰自幼早慧，受其父影响，亦喜读书而淡泊世俗名利，每有所得辄发之于诗文。后入其时名士黄端伯门下，成为其得意门生，以能诗文而名声渐高，与崇祯十六年癸未科进士沈兆昌并称为"浙中两闻大"。⑤ 蒋薰以"意薄荣利""寡与俗营"，加之其父老病，故中举后不愿参加会试。虽如此，而崇祯癸未特开科增进士名数之时，蒋薰亦欲参加以博更高功名，然其父以天下将乱且

① 见《留素堂集·汾游》卷一"辛亥年（自七月至十二月）"下有《八月三日入汾州郡斋作》诗可证。

② 《留素堂集·汾游》卷一"壬子年（自正月至三月）"下《梦缘庵遇毗陵故人》诗序言："予于康熙二年癸卯秋奉檄令伏羌经此，越十一年壬子南还。"同卷又有《二月十三日发汾州渡河宿香乐镇》诗，为其离开汾州前所作。

③ 文载《曝书亭集》卷七五。

④ 《留素堂文集》卷十《先征君省愚公暨先慈李孺人行略》曰："先君生而英敏，幼读书，目数行下"，"年十二就童子试，顾令云鸿异其才，以年幼，属胥吏送归寓舍，一时知蒋氏有奇童"，"年二十九，附海宁邑庠生"。

⑤ 《留素堂文集》卷七《大石先生传》："好读书，喜赋诗，意薄荣利，每见于纸笔。"又《留素堂文集》卷八《南村生自赞》："蒋生身不满六尺，读书不盈千卷，意志豪率，寡与俗营。"同书同卷《名字录》："有同年沈兆昌，字与予同，亦有文章声，一时称'浙中两闻大'云。"

为蒋薰安危计而强烈反对，故作罢。此事见于《先征君省愚公暨先慈李孺人行略》一文："癸未岁，薰且偕计上公交车，先君作色曰：'豫楚流氛，十年不靖，东江之师，三入而益深。朝臣党略，私不顾公，天下将乱矣。此行不能博甲榜，是可已也。必博甲榜，吾见其出，未见其入也。'"① 以此，蒋薰之终身功名唯一举子尔。

尽管如此，蒋薰之才华终不为其举子身份所掩。蒋薰对自己的才华也评价甚高，在其所撰《大石先生传》中，他甚至认为自己"生逢孔子，可升洙泗之堂，列七十二贤之行"。② 朱彝尊在《知伏羌县事蒋君墓志铭》中也认为蒋薰"学焉而为经师，仕焉而称循吏"，并说"吾言不诬，信于百世"。③

作为一名文士来说，经历即财富。蒋薰丰富的人生经历即成为其从事诗文创作的宝贵源泉。蒋薰早年未仕前的隐居，使他有足够的闲暇玩味山水、结交友朋。出仕后，蒋薰初任教谕之职，于培养学生之余暇，把酒论学、诗文唱和，渐成生活之常态。伏羌任上，蒋薰阅尽底层民众生活之艰难，深悟下层官员处境之维艰，悉知其时官场之黑暗腐败。罢职后的流离浪荡和艰于生计，更让蒋薰有诉冤无门之绝望，并对人情冷暖也有了更深刻的认识。最终冤屈得伸，获释返乡，蒋薰终于一身轻松，踏上归途。并能于汾州受郡守沈静园之邀请，无忧无虑地停留半年之久，充分感受汾州的风土人情。但他乡终非故土，蒋薰最终回到了自己的故乡梅里，再度过上闲云野鹤般的隐居生活，饮酒赋诗，修诗订文，交朋接友，登山涉水，访道问佛，以此颐养天年。蒋薰所撰《碌石张球仲诗序》中说："而予也，七十老人，日从农夫、牧子，作耕田歌，为饭牛唱。"④ 就是对这种生活的概括反映。蒋薰曲折的生活经历以及在其艰难生活中的种种感悟，为他从事诗文创作打下了坚实的基础。蒋薰在《大石先生传》中说自己"好读书，喜赋诗，意薄荣利，每见于

---

① 文载《留素堂文集》卷十。
② 文载《留素堂文集》卷七。
③ 文载《曝书亭集》卷七五。
④ 文载《留素堂文集》卷二。

纸笔"①，甚至在罢职后的流离失所生活中，还能做到"诗酒遣怀，似忘得失"②，故知蒋薰乃是一个勤于创作的人。蒋薰所作诗文有着深厚的现实生活基础，堪为蒋薰生活的实录，充满着他对生活的深深感悟（其中一些游记类诗文还体现出浓浓的日常生活情趣）。同时，蒋薰对其所生活时代的诸多事件也在其诗文中加以反映，并融入自己的理解，这使得其诗文还具有了一些史料的特色。其中一些事件因不见于正史记载，故为读者了解当时的历史提供了新的视角。以此，我们或许可以认为，蒋薰是在以文士的身份、以民间史家的眼光、以诗文的形式对其自身的历史和当时的社会史、政治史及文化风俗史、自然风光史进行一种较为特别的书写。诚然，蒋薰还未达到、也不可能达到"以诗为史""以文为史"的创作高度，然以其特殊的生活经历、知识储备及其封建文士的身份而能做到如此，亦实属不易，且非常难得。

蒋薰能诗善文，加之勤于创作，故其所作诗文数量颇可观。朱彝尊在所作《知伏羌县事蒋君墓志铭》中说："合少壮所作，多至万篇。手自汰除，犹存五千馀首。"③邓之诚所撰《清诗纪事初编》亦说蒋薰："生平为诗万首，删之犹存其半。有《留素堂集》一卷，《留素堂诗删后集》六卷。"又说："所为诗尚有《诗删前集》六卷。《留素堂诗集》别本：《天际草》四卷、《西庄集》四卷、《偶然稿》一卷、《大石吟》四卷，凡十三卷。"④蒋薰所作诗成于不同时期，至一定数量则编而为集，故《清诗纪事初编》详录其不同时期所编诗集名号如此。

今所见蒋薰诗文集有《留素堂文集》十卷、《留素堂诗删》十三卷⑤。《留素堂文集》由其子蒋名世、蒋名表编校，涵括骚赋、序、杂文、碑文、引、跋、启、书、记（含山水游记、行程日记等）、传、赞、议、问对、说、论、辩、祭文、志铭、行略等各类当时常用文体，从中可以看出蒋薰对不同

① 文载《留素堂文集》卷七。
② 见《名字录》，载《留素堂文集》卷七。
③ 文载《曝书亭集》卷七五。
④ 邓之诚撰：《清诗纪事初编》，卷七，丙编上册，上海：中华书局1965年版。
⑤ 《留素堂诗删》即前所说《留素堂集》，为康熙间刻本，收入《四库未收书辑刊》第七辑第十九册。

文学体裁的娴熟驾驭能力。《文集》第九卷"潜语"则为蒋薰对社会、人生、文化等方面的思考，虽无体系可言，而每条文字大多语简而义深，颇给人以启迪，似可视为蒋薰的哲思录。康熙间刻本《留素堂诗删》亦由蒋薰之子蒋名世、蒋名表编校，由刘子宁写版镌刻，虽亦为十三卷，但与邓之诚所记有异同，乃按年编次而成。据《留素堂诗删》总目，知其构成为：《始纪》（壬申至癸未）一卷、《廓吟》（甲申至乙未夏）一卷、《天际草》（乙未秋至癸卯夏）四卷、《西征》（癸卯秋冬）一卷、《塞翁编》（甲辰至辛亥夏）五卷、《汾游》（辛亥秋至壬子春）一卷。《留素堂诗删》总目又有"《西庄集》（壬子春至）卷"字样，然有目无文。"壬子"为康熙十一年（1672），是年蒋薰63岁，知康熙本《留素堂诗删》未收蒋薰63岁自汾州返乡后所作之诗。蒋薰63岁后所作诗编为《西庄集》，据《清诗纪事初编》所记亦为四卷。《留素堂诗删》佚名之序云："丹崖居溪南……惟夙习于诗不忘，又不能自已，兹《西庄》之集复近千首矣。诗不无潦倒之襄，然而闲旷之志、精悍之气多溢于毫楮间。"据此，知《西庄集》收诗近千首，不仅能展示蒋薰晚年的生活境况及其处穷不辱、闲适旷达的人生情怀，还能反映其年愈老而诗愈工的创作特色，惜今无由得见矣。

（三）

在入住汾州郡斋后，蒋薰开始了对《陶渊明诗集》的评点。其评点陶集出于两个原因：

一是他认为自己与陶渊明有诸多相似之处，在自身经历了种种不公、不幸之后，希望过上陶渊明式的生活。其《评陶渊明诗序》云："蒋子薰筮仕教谕，序迁伏羌长，罢职南还于汾州郡斋，读渊明诗而叹曰：'先生初为江州祭酒，令彭泽，不屑折腰乡里儿，遂归浔阳。一官落拓，何其旷百世有相感欤！'不特此也，薰性刚才拙，与先生同嗜酒好饮，与先生同侠慕荆轲；隐羡张邴，又与先生同。但先生幸仕于前，永初、元嘉间可以不出；而薰迫部檄，劳我州县，未及先生之八十馀日，辄请归田，不允；致群小见愠，蒙垢陇外，讲经马队之中，采蕨首阳之下，徒为义熙后人，惭愧先生多许矣。按先生解印绶、赋《归来》时年四十有一，薰今六十又三，虽桑榆日暮，逝将负耒长水，耕田种荳，庶几东户馀粮，不复饥驱乞食，与二三邻老作斜川之游，尚乞馀年于先生乎。评次既毕，窃藏其副，以原本授于西河沈太守。"①从序中可以看出，蒋薰和陶渊明在所任职官、性格、生活嗜好、个人崇尚等方面皆多相似，在经历"群小见怞，蒙垢陇外"的不幸之后，他觉得颇愧对陶渊明的人格，因此在特许放还后，希望过上"负耒长水，耕田种荳"，"与二三邻老作斜川之游"的生活，以使自己人格上和陶渊明趋近。这是其内在的原因。

二是出于对他帮助颇多的汾州（在今山西隰县）太守沈静园的感激。其《汾游稿》在叙及其被特许放还时，有云："虽归田有期，勿能徒步行四五千里也。临洮沈郡丞移守汾州，资其舆马，遂作汾游。……寓汾数月，返南村，沈复供我行李，无所困乏。"② 在汾州游览，沈静园"资其舆马"，返南村（指其家乡），沈静园又资助其行李，"无所困乏"，则知沈静园对蒋薰的帮助实多，故蒋薰在汾州郡斋"评次既毕"（即完成《陶渊明诗集》的评点），"窃藏其副，以原本授于西河沈太守"（见上《评陶渊明诗序》）以示感激之意。赠《评陶渊明诗》时，蒋薰还作有《评次陶诗遗别沈太守静园》诗："晴窗卧起白云扶，归去田园可未芜？留赠柴桑诗一卷，不劳更作五湖图。"③ 诗中表达了归乡和赠《评陶渊明诗》的意愿，也谢绝了沈静园的挽留之意。其"不劳更作五湖图"下自注说："宋陈执中判亳州，其姪献《范蠡游五湖图》，即纳节妇。"估计沈静园想通过给蒋薰另外找一个配偶的办法来留下他，故蒋薰以此句来婉拒沈静园。

《评陶渊明诗序》末署"时康熙十一年壬子（1672）孟春，入塞老翁题于汾州官舍"，而蒋薰于康熙十年（1671）八月三日入汾州郡斋，则其对《陶渊明诗集》的评点完成于康熙十一年壬子（1672）二月可知，郭传芳《汾游引》云"丹崖……客汾六月，逾太行而南辕"④ 可为旁证。换言之，蒋薰共用时六个月方完成《陶渊明诗集》的评点。周文焜《陶集小引》云："其评本久祕笥中，今春得寓目"，又据蒋薰《评陶渊明诗序》"窃藏其副，

---

① 文载《留素堂文集》卷二。
② 见《留素堂集·汾游》卷一"辛亥年（自七月至十二月）"下。
③ 见《留素堂集·汾游》卷一"壬子年（自正月至三月）"下。
④ 郭文见《留素堂集·汾游》。

以原本授于西河沈太守"云云，则知周文焜所寓目之评本，实乃蒋薰过录之副本。周《引》末署刊刻时间为"康熙庚午岁易（阳）月"，即康熙二十九年（1690）十月，而蒋薰评本完成于康熙十一年（1672）春，亦知蒋薰评本《陶渊明诗集》之初次刊刻行世已是在十九年之后了。

郭绍虞氏《陶集考辨》曾述及蒋薰评本刻本的版本情况，说："蒋薰评本《陶渊明诗集》四卷，附《东坡和陶诗》一卷，《谑庵律陶诗》一卷，《敦好斋律陶纂》一卷，清蒋薰撰，存。"又说："蒋本虽不佳，而流传甚广，其后有乾隆最乐堂刊本。今所见同文山房刊本，末更附胡月樵《考异》及《诗话》二种，显出坊贾增窜，非其旧矣。"① 其谈及蒋薰评本的版本为两种：乾隆最乐堂刊本、同文山房刊本（即坊贾增窜本）。

吴国富氏对陶渊明纪念馆所藏蒋薰评本《陶渊明诗集》的版本也进行过介绍，共有五种，编号分别为：潜甲 011、潜甲 012、潜甲 014、潜甲 018、潜甲 020。通过对这五个版本进行细致比对，吴氏指出：潜甲 012（由贵文堂刊刻）、潜甲 014、潜甲 020 俱为乾隆最乐堂旧本，潜甲 011 "即郭绍虞《陶集考辨》所云为坊贾增窜的本子"，潜甲 018 "除纸色，板框和个别字样有所不同之外，馀均同潜甲 011"（则亦为坊贾增窜本）。② 吴氏对每一种版刻均进行了较为详细的描述，以供研究者之需，此处不赘引。

综合郭、吴二氏意见，则今所见蒋薰评本《陶渊明诗集》版本体系有二：一为乾隆最乐堂刊本，一为同文山房刊本（即坊贾增窜本）。而每一个体系又有不同的翻刻本，姑称为子本。比如乾隆最乐堂本，其初刊者周文焜的书斋号为"縠采斋"，则这个本子应该叫作"縠采斋本"，属于母本。其后所刻最乐堂本皆应翻刻自"縠采斋本"，故属于子本。陶渊明纪念馆所藏的潜甲 012，虽是最乐堂旧本，却是由贵文堂自"縠采斋本"翻刻的子本。同样，潜甲 014、潜甲 020 也是自"縠采斋本"翻刻的不同子本。同文山房刊本虽为坊贾增窜本，也应是自"縠采斋本"翻刻（或者即自最乐堂翻刻也未可知），因坊贾增入了后来的东西，就与旧本不一样，故而成为另外一个版

---

① 文载郭绍虞著：《照隅室古典文学论集》，上册，上海：上海古籍出版社 1983 年版。
② 吴国富：《陶渊明纪念馆所藏陶集叙录》，《九江学院学报》，2007 年第 1 期。

本，且还有潜甲011、潜甲018两个子本。

我们所见哈佛燕京图书馆所藏蒋薰评本《陶渊明诗集》，与吴氏所记潜甲014的内容相同，自亦为"縠采斋本"，但内容编排次序有差异，故应为翻刻自"縠采斋本"的另外一个子本。兹述其版刻情况，以供进一步考察之需。此本情况是：

扉页方框三界，中隶书大字"陶渊明诗集"，右上"东坡和诗附后"，左下"最乐堂梓"，天头自右至左"乾隆二年新镌"。其编排次序，首蒋薰行书"自序"（序题行下有"释氏""清□""古蜗篆居藏书"三枚方形红印章，序末署"康熙十一年壬子孟春入塞老翁题于汾州官舍"字样，钤"申闇""丹崖翁""长水蒋薰"三枚黑印），次周文焜隶书大字"陶集小引"（引题行下有长条篆刻"縠采斋"黑印散章一方，引末署"康熙庚午岁易月海昌后学周文焜识"，钤"周文焜印""字曰青轮"二黑印），次萧统《陶靖节诗集序》及《陶靖节传》，次陶靖节诗集目录（卷之三《四时》之目下注"删"字；卷之一"附《读史述》九章"，卷之四"附《归去来辞并序》"，正文皆不见），次王思任《律陶》（三十四首），次陶诗正文四卷，共收诗一百二十六首（卷之一收四言诗九首，卷之二收五言诗三十一首，卷之三收五言诗三十八首，卷之四收五言诗四十八首），每卷正文前有上下二行，分刻"檇李蒋薰丹崖评阅""海昌婿周文焜青轮订"，天头有少量眉批，蒋评附诗后。正文后所附依次为《总论》（起钟嵘《诗品》，终赵钝叟论，凡三十七条），黄槐开《敦好斋律陶纂》（二十七首），《东坡和陶诗》（和诗引一则，和诗一百三十二首）。

蒋序、周引皆白口，书口上方有"自序×""引×"字样，上下单边，左右双边，半页五行，行十二字。自萧统《序》而后，皆为花口单鱼尾，书口上方题"序""本传""陶集""律陶""律陶纂""东坡和陶"等字样，"序""本传""律陶""律陶纂"部分鱼尾下近地栏处刻页码，目录部分、总论部分鱼尾上部刻"目录×""总论×"字样，正文部分、"东坡和陶"鱼尾上部刻卷次及页码。四周单线边栏，细线界栏，半页九行，行十九字，注文小字双行列于格界内。

另外，北京大学文学研究所及中国社会科学院所藏蒋薰评本，俱无王思任《律陶》、黄槐开《敦好斋律陶纂》及《东坡和陶诗》三种，编次上亦小有差异（总论部分置于目录之后，正文之前），余均同哈佛燕京图书馆所藏最乐堂本。

有关蒋薰评本《陶渊明诗集》的版本情况，小结如下：

首先是蒋薰的钞本。这是最早的版本，为祖本。钞本出现在康熙十一年春（1672），有正本和副本两种，其中正本由蒋薰赠给沈静园，副本由蒋薰自存。

其次是刻本。初刻本出自蒋薰女婿周文焜，乃据蒋薰所存副本刊刻，刊于康熙二十九年（1690）十月。周文焜书斋号为"毂采斋"，故初刻本应称为"毂采斋本"。

此后，又有刊刻于乾隆二年（1737）的最乐堂刊本，为"毂采斋本"的翻刻本，也可能是增刻本。当属于"毂采斋本"的子本。这个本子的出现，距钞本时代已达六十六年之久。但这个版本流传最广，又有多个子本，因而又成了母本。

此外尚有自"毂采斋本"（或最乐堂）的翻刻本，出自坊贾，且增入了后来的东西，故为另外一个版本，亦有两个子本。

（四）

关于蒋薰评阅本《陶渊明诗集》的价值，迄今提及者不多。郭绍虞氏《陶集考辨》曾云："蒋本虽不佳，而流传甚广。"[①] 此评价包含两个意思，一是蒋薰评阅本陶集并非陶集系统中之重要本、善本，二是在明末清初时期，蒋薰评阅本陶集得到了很多人的认同，不然也不会"流传甚广"。但郭氏以为蒋薰本不佳的结论，不知据何而得。通过笔者对蒋薰本及宋元明时期的一些陶集进行考察，以为蒋薰本尚有其未被发现的价值，是陶集系统中不可或缺的一环，从一个侧面反映出了明末清初这一个特定时期的部分士人对陶渊明及其创作的接受情况。此外，在笔者看来，蒋薰本还有以下一些值得关注的价值。

---

① 郭绍虞著：《照隅室古典文学论集》，上册。

首先，蒋薰本作为明刻陶集之一，对陶集版本的考察有一定价值。蒋薰本和焦竑校订本①、凌蒙初本②文字相似度颇高，说明它们属于同一个版本系列，有一个共同的底本。据凌蒙初本卷前焦竑序，可知焦竑从友人处获赠一宋刻，"篇次与昭明旧本吻合，与今本异者不啻数十处。凡向所疑，涣然冰释"，故焦竑以之为"昭明旧本"，乃托吴汝纪"刻而广之"，凌蒙初则据吴汝纪翻本辑录部分宋人评语并付梓。张溥《汉魏六朝百三家集题辞·陶彭泽集题辞》云："陶刻颇多，而学者多善焦太史所订宋本"。因为焦竑所订本为宋本（即所谓"昭明旧本"），故而"学者多善"。但据贺伟考察，焦竑本不过是托言"昭明旧本"，以"炫人耳目，自高其书"，其实际上是李公焕本在明代众多翻刻系统中的一本而已③。笔者也比较认同贺伟这一结论。如此，则蒋薰本评阅所用底本亦是与焦竑本、凌蒙初本相似的一个明翻李公焕本。自其工作底本而言，算不得善本，故郭绍虞氏以为"不佳"。但蒋薰本确是源于明刻陶集之一，是明刻陶集系统中的一个有机组成部分，呈现出了明刻陶集的不同文本风貌，这对研究明刻陶集甚至明代版刻都是有价值的。此外，蒋薰本保存了诸多与宋元明一些陶集版刻不同的用字，这些异文本身也具有一定的校勘价值和研究价值。

其次，蒋薰本较为完善地保存了李公焕本的内容，有助于考察李公焕本在明末清初的传播和翻刻情况。在延续李公焕本汇校、汇注和汇评陶集这一整理模式的同时，蒋薰本对这一整理方式起到了定形的作用。笔者曾翻阅过数种明本陶集，发现它们对于李公焕本的内容吸收颇为随意，漏脱甚多，主要表现在：①李公焕本原有的校勘性文字，在诸明本中体现很不充分；②李公焕本丰富的语辞注释内容，诸明本亦或取或不取（如何孟春本于李公焕本的文字注释，只取音注，略去义注）；③李公焕本关于陶诗典故的考证文字，在诸明本中甚少看到；④李公焕所辑宋人评注，在诸明本中更是保留不多（如一些文字较多的宋人评注，李公焕本有之，凌蒙初本则弃而不录）。相较

---

① 扫叶山房藏版《丛书集成初三编》影印，第三十七册，台北：新文丰出版公司。

② 哈佛大学哈佛燕京图书馆藏本。

③ 贺伟：《明万历焦竑刻本〈陶靖节先生集八卷〉考释》，《海南大学学报（人文社会科学版）》，2019 年第 1 期。

于诸明本的粗疏草率，蒋薰本则更加谨严，几乎完整保存了李公焕本的校勘文字、语辞注释、典故考证和宋人评注，这对于恢复李公焕本原貌不为无功，对于李公焕本的传播也不无裨益。此外，李公焕本所开创的陶集汇校、汇注和汇评这一模式，通过蒋薰本的保存而得以延续并定形，为后世的陶集整理提供了一个方向。蒋薰之后，吴瞻泰《陶诗汇注》、陶澍《靖节先生集》皆延续此模式而加以发挥，都在陶集整理上作出了应有的贡献。

第三，蒋薰本在正文部分除了呈现李公焕本的研究内容外，还增加了明人黄文焕、张自烈、锺惺、谭元春等人关于陶渊明及陶诗的评注文字。在所附"陶靖节诗集总论"部分又补辑了部分不见于李公焕本的宋人评注，增添了元明时期一些学者关于陶渊明及陶诗的评注文字。蒋薰之婿周文煜在刊刻蒋薰本时，又附入了苏东坡《和陶诗》、明人王思任《律陶》和黄槐开《敦好斋律陶纂》。这些文字的增补，使得蒋薰本《陶渊明诗集》内容较以往任何一本都更丰富，这就进一步充实了陶渊明及陶诗的研究内容，对考察研究自宋至明末这一时期陶渊明的接受情况和学陶、拟陶风气亦是很有帮助的。此外，蒋薰本中的《和陶诗》《律陶》与今传本《和陶诗》《律陶》在文字上亦有差别，今人整理苏东坡、王思任的学术成果时也可加以借鉴。而黄槐开为明末一微末小吏，学术声名不显，学术成果亦多未行世①，而其《敦好斋律陶纂》则幸而借周文煜所刊蒋薰本得以流传。

第四，蒋薰在评阅陶诗时，除了甄选吸纳既有的研究成果，亦往往对前人之误有所纠正。关于陶渊明及陶诗的认知，蒋薰也多有自己的思考，每每于列举既有评注后附以己说，予以增补。这些对研究蒋薰之于陶渊明的接受也是有参考意义的。如《始作镇军参军经曲阿》诗中"终返班生庐"句，汤汉注曰："班《赋》：求幽贞之所庐。"李公焕采此说。而蒋薰未采，另注曰："班固《幽通赋》曰'里止仁之庐'，故云班生庐。"按"求幽贞之所庐"句出韩愈《复志赋》，汤汉误记，李公焕延误而不觉，故蒋薰引班固《幽通赋》中的句子对误说予以纠正。同篇"宛辔憩通衢"句，诸本无说，蒋薰补注

---

① 据《宁化县志》卷四《人物》记载，黄槐开"所著有《天宝山人集》《在齐草》《落花雁字诗》《钱神纪》《心经述》《律陶纂》，多未行世"。（清）李世熊等纂修：《（同治）重刻宁化县志》，台北：成文出版社影印同治八年重刊本，1967 年版。

曰：“宛，屈也。屈长往之驾，息于仕路也。”既对“宛”字加以解释，又对整句的意思加以疏通。这些注释对于正确理解陶诗的内涵自然是有帮助的。又如《辛丑岁七月赴假还江陵夜行涂口》一诗，李公焕本仅对首句“闲居三十载”注曰：“按是时渊明年三十七，中间除癸巳为州祭酒，乙未距庚子参镇军事，三十载家居矣。”仅对陶渊明写作此诗时的年龄情况和写作背景作了交代，而于此诗的其他信息再无说明。蒋薰注曰：“篇中澹然恬退，不露怼激，较之《楚骚》，有静躁之分。”这条注释针对全篇而发，对准确理解陶渊明写作此篇的心境、情绪和把握此篇的风格特征无疑是有意义的。较之李公焕之句注，蒋薰此条评注价值自然更高。

总体看来，蒋薰本不仅荟萃了清以前历代有关陶渊明及陶诗的研究成果，还对既有陶诗研究成果加以了订正和补充。此外，在评注、整理陶诗的过程中，蒋薰还融入了他自己对陶诗独到的阅读体会和一些有价值的见解，体现出了他在陶渊明及陶诗研究上的个人特色。因此，在历代陶渊明及陶诗的众多研究成果中，蒋薰本也算得上是一份有价值的研究成果，这份成果对于后世研究陶渊明及陶诗无疑是有借鉴意义的。

（五）

蒋薰评阅本《陶渊明诗集》共四卷，目前所见最早也最通行之版本为乾隆二年最乐堂刊本，此本由蒋薰之婿周文焜刊刻，现藏于哈佛燕京图书馆及北京大学文学研究所。哈佛燕京图书馆所藏本于目录之后、正文之前附有王思任之“律陶”，卷四之后附有黄槐开《敦好斋律陶纂》《东坡和陶诗》，这些内容均不见于北京大学文学研究所所藏本，故哈佛燕京图书馆所藏本最为完整，本次整理即以之为底本。所用以参校之陶集本共 11 种，其中宋本 4 种，元本 1 种，明本 6 种，各本大体情况及简称分别是：

1. 苏东坡书陶渊明集（十卷）：清嘉庆十九年（1814）京江鲁铨影刻汲古阁摹刻苏轼写大字本，线装书局 2008 年影印。此本简称“苏写本”。

2. 陶渊明集（十卷）：毛氏汲古阁藏宋刻递修本，现藏于国家图书馆。此本简称“递修本”。

3. 陶渊明诗（一卷）杂文（一卷）：南宋绍熙三年（1192）曾集刻本，

现藏于国家图书馆。又有涵芬楼影印绍熙本，收入《续古逸丛书》第三十四册。此本简称"曾集本"。

4. 陶靖节先生诗注（四卷）补注（一卷）：南宋淳祐元年（1241）汤汉注，此本为杨氏海源阁所藏，现藏于国家图书馆。《古逸丛书三编》第三十二册又据北京图书馆藏宋刊本影印。此本简称"汤汉本"。

5. 笺注陶渊明集（十卷）：宋末元初李公焕笺注，有涵芬楼景印宋刊巾箱本，此本收入《四部丛刊初编》。又有内阁文库藏元刻本。此本简称"李公焕本"。

6. 笺注靖节先生集（十卷）：明成化五年（1469）陆汝嘉翻刻李公焕本，夏㙔为之序。此本虽为翻刻，而文字与李公焕本偶有差异。朝鲜又据此本再翻刻。此本简称"陆汝嘉本"。

7. 须溪校本陶渊明诗集（三卷）：须溪，为南宋刘辰翁别号。刘辰翁所校陶渊明诗集，大陆不存。此本传至朝鲜，于明成化十九年（1483）加以翻刻。此本简称"须溪本"。

8. 陶渊明集（八卷）：此本由李梦阳校订，由陶亨刊刻，刊本有李梦阳作于正德八年（1513）之序。此本后传至朝鲜，藏于高林寺。嘉靖元年（1522），再经忠州牧朴祥组织罗陆等人翻刻。翻刻本现藏哈佛大学汉和图书馆。此本简称"李梦阳本"。

9. 陶靖节集（二卷）：明何孟春校刊。此本刻于明正德十五年（1520），传至朝鲜后再加翻刻。此本简称"何孟春本"。

10. 陶彭泽集（一卷）：明焦竑校订，由吴汝纪刊刻。有扫叶山房翻刻本，张溥编《汉魏六朝百三家集》所收即此。《丛书集成三编》第三十七册又据《汉魏六朝百三家集》本影印收入。此本简称"焦竑本"。

11. 陶靖节集（八卷）：此本亦翻刻自吴汝纪本，凌蒙初翻刻此本时，又辑录了部分宋人评注。此本卷帙与扫叶山房不同，所存焦竑的一些校勘文字也有差异。此本现藏国家图书馆，又有哈佛大学汉和图书馆藏本。此本简称"凌蒙初本"。

本次整理侧重于文字校勘。校勘时，详细罗列宋元明各参校本之异文（包括古今字、通假字、异体字、正俗字、错讹字、版刻误字等），并尽量引用相关证据，力求对异文之间的关系作出交代。通过详列各本异文，可以考察陶集在这三个时期的版刻用字情况，同时也可借以考察此期汉字的发展演变情况。

本次整理又据《曝书亭集》《梅里志》《清诗纪事初编》附入了一些关于蒋薰生平行事之类的材料，或能为蒋薰的进一步研究提供一些借鉴。

由于整理者水平有限，加上其他原因，本次整理成书之错谬在所不免，诚盼专家学者及读者不吝批评指正。

自　序

蒋子薰筮仕教谕，序迁伏羌长，罢职南还，于汾州郡斋读渊明诗而叹曰："先生初为江州祭酒，令彭泽，不屑折腰乡里儿，遂归浔阳。一官落拓，何其旷百世有相感欤！"不特此也，薰性刚才拙，与先生同嗜酒好饮，与先生同侠慕荆轲；隐羡张邴，又与先生同。但先生幸仕于前，永初、元嘉间可以不出。而薰迫部檄，劳我州县，未及先生之八十馀日，辄请归田，不允。致辇小见愠，蒙垢陇外，讲经马队之中，采蕨首阳之下，徒为义熙后人，惭愧先生多许矣。按先生解印绶、赋《归来》时年四十有一，薰今六十又三，虽桑榆日暮，逝将负耒长水，耕田种荳，庶几东户馀粮，不复饥驱乞食，与二三邻老作斜川之游，尚乞馀年于先生乎。评次既毕，窃藏其副，以原本授于西河沈太守。太守已当白傅致政之年，期我九老会中。此帙固薰之凤驾，亦以赠策太守也。时康熙十一年壬子孟春，入塞老翁题于汾州官舍。[一]

【校正】

[一] 此下于版框左侧钤有"申闇""丹崖翁""长水蒋薰"三印。整理者按：据蒋薰所作《名字录》，蒋薰"初号毅庵，旋号丹崖""别号申庵"。其于伏羌任上铸有围霞、畏云双剑，又曾"以剑号行"。然常用者只"丹崖"和"申庵"。此处所钤之"申闇"即别号"申庵"。

陶集小引 [一]

诗自汉魏以降，剽腴摘藻，人各擅美。至若稣平淡远，未有不首推彭泽，以元亮诗恩发乎性灵，不假追琢，无事绘组，其清悠隽永之致，自然而得之者。后世操觚家动辄拟陶，学平淡而出之质实，抑且流于俚俗，虽擅名当代亦所不免，况下此者乎？旨哉！姜白石有云"渊明天资既高，趣诣又远，故其诗散而庄、澹而腴，断不容作邯郸步也"。外舅丹崖翁弱冠即长于诗，专宗杜陵六十馀年，几于弍万首，未常学陶。而晚年之作，往往得其神似，盖其出处、其性情有相合也。自癸卯远令羌中，不弍年，因请稣民困，迕当事意，遂罢职，亦衹以耽情诗酒，被之弹章。后去羌游汾，逝将东辕，慨然追踪彭泽，赋《归去来》也。遂评骘陶集，则其手眼，虽片语只辞，深得当年南邨乐素之怀，即靖节亦喜后世有相知者。其评本久祕笥中，今春得寓目。焜不揣荒陋，缪加参订，仅剞劂以公同好云。时康熙庚午岁阳月，海昌后学周文焜谨识。[二]

【校正】

[一] 题下钤有"縠采斋"印一枚。整理者按："縠采斋"应是周文焜之书斋号。

[二] 此下钤"周文焜印""字曰青轮"二印。

陶靖节诗集序^[一]

梁昭明太子萧统

　　夫自炫自媒者，士女之丑行；不忮不求者，明达之用心。是以圣人韬光，贤人遁世，其故何也？含德之至，莫踰于^[二]道；亲己之切，莫^[三]重于身。故道存而身安，道亡而身害。处百龄之内，居一世之中，倏忽比之白驹，寄寓谓之逆旅，宜乎与大块而盈虚^[四]，随中和而任放，岂能戚戚劳于忧畏，汲汲役于人间？

【校正】

　　［一］何孟春本此序置于《陶渊明传》之后。

　　［二］于：须溪本、陆汝嘉本、李梦阳本、何孟春本、凌蒙初本作"於"。下同。整理者按："于""於"二字在古文献中多混用，陶集诸本中亦是如此，今则以"于"为"於"之简体字。

　　［三］莫：须溪本、陆汝嘉本、李梦阳本、何孟春本、凌蒙初本作"无"。

　　［四］虚：李梦阳本作"虗"。整理者按："虗"为"虚"之俗字，《字汇·虍部》："虗，俗虚字。"陶集诸本多有正俗字混用之例。即便同一本中，正俗字亦每每混用。殆其时版刻用字风尚如此。

　　齐讴赵女之娱，八珍九鼎之食，结驷连骑之荣^[一]，侈袂执圭之贵，乐既乐矣，忧亦随之。何倚伏之难量^[二]，亦庆吊之相及^[三]。智^[四]者贤人，居之甚履薄冰^[五]；愚夫贪士，竞之若泄尾闾^[六]。玉之在山，以见珍而终^[七]破；兰之生^[八]谷，虽无人而自^[九]芳。故庄周垂钓于濠，伯成躬耕^[一〇]于野，或货海东之药草，或纺江南之落毛。譬彼鸳雏[一]，岂竞鸢鸱之肉？犹斯杂县，宁劳文仲之牲？

【校正】

[一] 荣：何孟春本作"劳"。整理者按："劳"应为"荣"之形误字。此处若作"劳"，则与下文"侈袂执圭之贵"之"贵"义不谐。

[二] 何孟春本注此句云："《老子》：祸兮福所倚，福兮祸所伏。"

[三] 吊：李梦阳本、何孟春本、凌蒙初本作"弔"。整理者按："悼问死者"之义，古文献中以"弔"为正体，而"吊"为后起俗字。《改并四声篇海·口部》引《俗字背篇》以"吊"同"弔"。陶集诸本"吊""弔"混用情况较为常见，此亦正俗字混用之例。今多用"吊"而弃用"弔"，则是正体废而俗体行。又何孟春本注此句云："《尸子》：庆者在门，弔者在闾。"

[四] 智：须溪本作"知"。整理者按："智""知"二字义多别，而古文献中每每混用者，乃"智"以"知"为声，二字声同，故多假借。或以"智"为"知"之后起区别字，似不然。甲骨文有"智"字，则"智""知"二字产生时代并不相远。

[五] 氷：须溪本、陆汝嘉本、凌蒙初本作"冰"。整理者按："氷"为"冰"之俗字。《字汇·水部》："氷，俗冰字。"陶集诸本正俗字混用，此亦为一例。

[六] 尾闾：何孟春本注："《庄子》注：尾闾，东海水泄处。"整理者按：见《庄子·秋水》篇成玄英疏，文字小异。成疏作："尾闾者，泄海水之所也。"

[七] 终：陆汝嘉本曰："一作'招'。"

[八] 生：陆汝嘉本、李梦阳本作"在"。陆汝嘉本原校："一作'生'。"

[九] 自：陆汝嘉本原校："一作'犹'。"

[一〇] 畊：须溪本、陆汝嘉本、李梦阳本、何孟春本、凌蒙初本作"耕"。整理者按："耕"为"畊"之换形符异体字，"畊"字时代或早于"耕"，应为井田制文化之反映。《玉篇·田部》："畊，古文耕字。"后则弃

"畊"而用"耕"。

[一一]鸳：陆汝嘉本作"鵷"。何孟春本曰："一作'鵷'。"整理者按："鸳""鵷"为同声偏旁换用且移位而形成的异体字。《史记·司马相如列传》"捷鸳雏"，《汉书》"鸳"作"鵷"。《汉书》多用古字，则"鵷"应为"鸳"之古字形。自"鵷"至"鸳"或经历了一个构件移位及构件省略的形成过程。后则多用"鸳"而极少用"鵷"。〇雏：李梦阳本作"鶵"。整理者按："鶵""雏"为同义偏旁换用而形成的异体字，"鶵"为"雏"之古字形。《说文·隹部》："鶵，籀文雏从鸟。"

至于子常、甯喜之伦，苏秦、卫鞅之匹，死之而不疑，甘之而不悔。主父偃言："生不五鼎食，死则五鼎烹。"[一]卒如其言，岂不痛哉！又楚[二]子观周，受折于孙满；霍侯骖乘，祸起于负芒。饕餮之徒，其流甚众。

【校正】

[一]何孟春本注："《汉书》本传。"整理者按：主父偃之言出《史记·平津侯主父列传》。

[二]楚：须溪本作"楚"，李梦阳本、何孟春本作"𧾷"。整理者按："楚""𧾷"并为"楚"之俗体字。《正字通·足部》："𧾷，旧注即楚字。按，从足者，俗书也。"又"𧾷"字见于《宋元以来俗字谱》。

唐尧四海之主，而有汾阳之心；子晋天下之储，而有洛滨之志。轻之若脱屣，视之若鸿毛，而况于他人乎？是以至人达士，因以晦跡[一]。或怀璧而谒帝，或被谒[二]而负薪。鼓楫[三]清潭，弃机汉曲。情不在于众事，寄众志[四]以忘情者也。

【校正】

[一]跡：须溪本、李梦阳本、何孟春本、凌蒙初本作"迹"。整理者按："足""辵（辶）"义近，作为偏旁，每可换用。故"跡"为"迹"之换旁异体字。《广韵·昔韵》："迹，足迹。跡，同迹。"自时代而言，"迹"在

周金文及籀文中已出现，早于"跡"字产生。又文献中虽"跡""迹"并用，然以用"跡"字为常。今则以"迹"为"跡"之简体字。

［二］被谒：须溪本、陆汝嘉本、李梦阳本作"披褐"。何孟春本、凌蒙初本作"被褐"。陆汝嘉本曰："（褐）一作裘。"整理者按："覆盖"之义，古用"被"，后用"披"，二字为古今字。此处应是"被褐"，方与上"怀罄"义谐。陆汝嘉本注可为旁证。

［三］鼓枻：何孟春本作"皷柂"、凌蒙初本作"鼓柂"。整理者按：一般以"皷"为"鼓"之俗写，如《正字通·皮部》曰："皷，俗鼓字。"但"鼓"兼具动词"击鼓"和名词"所击之鼓"二义，后则以"皷"分担其所记名词义，故古代文献中往往二字俱用。今则"鼓"行而"皷"废。又"枻""柂"二字俱有"船桨"义。

［四］志：须溪本、陆汝嘉本、李梦阳本、何孟春本、凌蒙初本作"事"。

有疑陶渊明诗篇篇有酒，吾观其意不在酒，亦寄酒为迹者也。其文章不羣[一]，词采[二]精拔，跌宕昭彰，独超众类，抑扬爽朗，莫之与京[三]。横素波而傍流，干青云而直上。语时事则指而可想，论怀抱则旷而且真。加以贞志不休，安道苦节，不以躬耕为耻[四]，不以无财为病，自非大贤笃志，与道污隆，孰能如此乎！

【校正】

［一］羣：须溪本、李梦阳本作"群"。整理者按："群"为"羣"之构件移位异体字，为"羣"之俗写。《五经文字·羊部》："羣，俗作群。"古籍中多用"羣"，今则"群"字通行。

［二］采：须溪本、陆汝嘉本、李梦阳本、何孟春本、凌蒙初本作"彩"。整理者按："文采""文章"义，古只假借"采"字表达，后则造"彩"字专表其义。郑珍《说文新附考》："经史皆作采，后加糸作綵，又仿彣字加彡，更晚出。"

［三］京：何孟春本作"亰"。整理者按："亰"为"京"之加笔异体

字，为"京"之俗写，多用在民间石刻文献中，传世文献中极少见。何孟春本往往用一些俗体字、简体字，殆与明人尚奇炫怪之风有关。

[四] 耻：陆汝嘉本作"恥"。整理者按："耻"为"恥"之换旁异体字。自构造而言，"恥"为形声字，"耻"为双声字。据《龙龛手镜·耳部》，"耻"则为"恥"字之俗写。

余爱嗜[一]其文，不能释手，尚想其德，恨不同时。故加搜较[二]，麤[三]为区目。白璧[四]微瑕，惟在《闲情》一赋[五]，杨雄所谓"观百而讽一"者[六]，卒无讽谏，何足摇其笔端？惜哉，亡是可也！并麤点定其传，编之于录。

【校正】

[一] 爱嗜：何孟春本、凌蒙初本作"素爱"。

[二] 陆汝嘉本"故"下有"更"字。○较：须溪本、陆汝嘉本、李梦阳本、何孟春本、凌蒙初本作"校"。整理者按："较""校"俱有"订正、考订"义。《说文解字注·车部》："较，凡言校雠，可用较字。"

[三] 麤：须溪本、陆汝嘉本、李梦阳本、何孟春本、凌蒙初本作"粗"。下"并麤点定其传"之"麤"字同。整理者按："麤""粗"为用不同造字法而构成的异体字，"麤"为会意字，"粗"为形声字。甲骨文已有"麤"字，"粗"字时代晚于"麤"。古籍中"麤""粗"的使用频率都很高，今则通行"粗"字。

[四] 璧：何孟春本误作"壁"。

[五] 闲：何孟春本作"閒"。整理者按："閒""闲"二字义本有别，然古籍中"悠閒""清閒""閒暇"诸义，"閒""闲"每混用不别。《说文解字注·门部》："闲，古多借为清閒字。"今则废"閒"而通行"闲"字。○凌蒙初曰："苏东坡曰：渊明作《闲情赋》，所谓《国风》好色而不滛，正使不及《周南》，与屈宋所陈何异？而统大讥之，此乃小儿强作解事者。"

[六] 杨雄：陆汝嘉本、何孟春本作"扬雄"。整理者按："扬雄"本为专名，但古籍中偶或作"杨雄"，亦可。○观：须溪本、陆汝嘉本、李梦阳

本、何孟春本、凌蒙初本作"劝"。整理者按：《汉书·司马相如传赞》："扬雄以为靡丽之赋，劝百而讽一。"则作"劝"是。作"观"，乃"劝"字之形误。

尝谓有能观渊明之文者，驰竞之情遣，鄙吝之意祛，贪夫可以廉，懦夫可以立。岂止仁义可蹈，抑乃爵禄可辞。不必傍游泰^[一]华，远求柱史^[二]，此亦有助于风教也。

【校正】

［一］泰：陆汝嘉本作"太"。整理者按："泰""太"古音同，每多通用。今则二字各表其义，不相混淆。

［二］柱史：何孟春本注："老子尝为周柱下史。"

陶靖节传^[一]

梁昭明太子萧统

　　陶渊明，字元亮；或云潜，字渊明。^[二]浔阳^[三]柴桑人也。曾祖侃^[四]，晋大司马^[五]。渊明^[六]少有高趣，博^[七]学善属文；颖脱不羁^[八]，任真自得^[九]。尝著《五柳先生传》以自况，曰："先生不知何许人也，亦不详^[一〇]姓字，宅边有五柳树^[一一]，因以为号焉。闲^[一二]静少言，不慕荣利。好读书，不求甚解；每有会意，欣然忘食。性嗜酒而家贫，不能恒得。亲旧知其如此，或置酒招之。造酒辄尽^[一三]，期在必醉。既醉而退，曾不吝^[一四]情去留。环堵萧然，不蔽风日。短褐穿结，箪瓢屡空，晏如也。尝著文章自娱，颇示己志。忘怀得失，以此自终。"^[一五]时人谓之实录。

【校正】

　　[一] 何孟春本题下另行有"梁昭明太子统撰"七字，其下小注曰："《梁书》：武帝子统，字德施。"兹据补此传作者。

　　[二] 此四句十二字，焦竑本作："陶潜，字渊明。或云渊明，字元亮。"整理者按：焦竑本据《宋书·陶潜传》附入陶渊明传，故文字与萧统所撰之陶渊明传出入甚大。又关于"渊明"为名为字的问题，周文焜于本篇末加按语曰："按（宋）张缋曰：梁昭明太子《传》称：'陶渊明，字元亮，或云潜，字渊明。'颜延之《诔》亦云'有晋征士浔阳陶渊明'。以统及延之所书，则'渊明'固先生之名，非字也。先生作《孟嘉传》称'渊明先亲，君之第四女'，必以名自见，岂得自称字哉？统与延之所书，可信不疑。《晋史》谓'潜，字元亮'，《南史》谓'潜，字渊明'，皆非也。先生于义熙中《祭程氏妹》亦称'渊明'。至元嘉中，对檀道济之言则称'潜也何敢望

贤'，《年谱》云：'在晋名渊明，在宋名潜，元亮之字则未常易。'此言得之矣。"

〔三〕浔阳：焦竑本作"寻阳"。

〔四〕侃：焦竑本作"偘"。整理者按："偘"为"侃"之异体字，见《玉篇·人部》。

〔五〕何孟春本注："《晋书·隐逸传》又有潜祖茂，武昌太守。"

〔六〕以下凡"渊明"二字处，焦竑本皆作"潜"。

〔七〕博：苏写本、李公焕本、李梦阳本、何孟春本、凌蒙初本作"愽"。整理者按："十"作偏旁时，俗书多讹作"忄"，故俗书"博"字往往作"愽"。《正字通·心部》："愽，俗博字。"

〔八〕颖：苏写本、李公焕本、何孟春本作"颕"。整理者按："颖""颕"二字俗书皆作"颕"。《篇海类编·身体类·页部》："颕，古无此字，而俗书颖常用颕。"又《字汇·页部》："颕，俗颖字。"○羣：李梦阳本作"群"。

〔九〕何孟春本注："《晋》本传此下有'为乡邻之所贵'句。"整理者按：焦竑本无"博学"至"任真自得"四句。

〔一○〕亦不详：递修本、曾集本作"也不详"，二本并注："一作'亦不详'。"何孟春本"详"下有"其"字。

〔一一〕苏写本、递修本、曾集本曰："一无'树'字。"李公焕本、何孟春本曰："一本无'树'字。"

〔一二〕闲：何孟春本作"閒"。

〔一三〕造酒：苏写本、递修本、曾集本、李公焕本、李梦阳本、何孟春本作"造饮"。整理者按：当作"造饮"，作"造酒"与文义不合。○辄：苏写本、曾集本、李公焕本、李梦阳本、何孟春本、凌蒙初本作"輙"。整理者按："輙"为"辄"之俗字。《正字通·车部》："輙，俗辄字。"

〔一四〕吝：苏写本、递修本、曾集本、李公焕本、李梦阳本、何孟春本、凌蒙初本作"恡"。整理者按："恡"为俗书"吝"字，"吝"加"忄"旁作"恡"，乃汉字的繁化现象。《广韵·震韵》："恡，鄙恡，本亦作吝。"

〔一五〕焦竑本无"曰先生"至"以此自终"一段文字。

亲老家贫，起为州祭酒[一]，不堪吏职，少日，自解归[二]。州召主簿，不就。躬耕[三]自资，遂抱羸疾。江州刺[四]史檀道济往候之，偃卧瘠馁有日矣。道济谓曰："贤者处世，天下无道则隐，有道则见[五]。今子生文明之世，奈[六]何自苦如此？"对曰："潜也何敢望贤？志不及也。"道济馈以粱肉[七]，麾而去之[八]。

【校正】

[一] 何孟春本注："在晋安帝末年。"

[二] 何孟春本注："因桓玄篡位故。"

[三] 耕：递修本、曾集本曰："一作'稼'。"

[四] 刺：苏写本作"刾"。整理者按："刾"为"刺"之俗写。《集韵·真韵》："刺，俗作刾。"

[五] 见：苏写本、递修本、曾集本、李公焕本、李梦阳本、何孟春本、凌蒙初本作"至"。整理者按：似应作"见"，与上"隐"反义对文。

[六] 奈：苏写本、曾集本、李公焕本、何孟春本作"奈"。整理者按："柰""奈"二字义本有别，然"果木"义上，"柰""奈"则为构件省变之异体字。《广韵·泰韵》："奈，本亦作柰。"今"柰"废而"奈"字通行。

[七] 馈：苏写本、递修本、曾集本、李公焕本、李梦阳本、何孟春本、凌蒙初本作"馈"。整理者按："馈""馈"古音同，为通假字。《说文通训定声·履部》："馈，叚借为馈。"后多以"馈"为"馈"之换声旁异体字。今有"馈"字，无"馈"字。○粱：苏写本、递修本、李公焕本、李梦阳本、何孟春本作"梁"。整理者按：诸本作"梁"，义不可通。

[八] 焦竑本无"江州刺史"至"麾而去之"数句文字。

后[一]为镇军、建威参军，谓亲朋曰："聊欲弦歌以为三经[二]之资，可乎？"执事者闻之，以为彭泽令。不以家累自随，送一力给其子，书曰："汝旦夕之费，自给为难，今遣此力，助汝薪水之劳。此亦人子也，可善遇之。"[三]公田悉令吏种秫[四]，曰："吾尝得醉于酒[五]，足矣！"[六]妻子固请种秫[七]，乃使二顷五十亩种秫，五十亩种粳[八]。岁终，会郡遣督邮至县[九]，吏请曰[一〇]："应束带见之。"渊明叹曰："我岂能[一一]为五斗米，折腰向乡里小儿[一二]！"即日解绶[一三]去职，赋《归去来[一四]》。

【校正】

[一] 后：递修本、曾集本、焦竑本作"复"，递修本、曾集本曰："一作'后'。"

[二] 经：苏写本、递修本、曾集本、李公焕本、李梦阳本、凌蒙初本作"径"，焦竑本作"迳"。整理者按：此处应是"径"，"三径"谓归隐者之家园。底本"经"为"径"之假借字，焦竑本"迳"为"径"之同义换旁异体字。《集韵·径韵》："径，《说文》：'步道。'亦从辵。"

[三] 焦竑本无"不以家累"至"可善遇之"数句文字。

[四] 焦竑本"秫"下有"稻"字。

[五] 尝：苏写本、递修本、曾集本、李公焕本、李梦阳本、何孟春本、凌蒙初本作"常"。整理者按：据文义，此处应是"常"。底本作"尝"，乃假借字。〇于：苏写本、递修本、曾集本、李公焕本、何孟春本、凌蒙初本作"於"。

[六] 焦竑本无"曰吾尝得醉于酒足矣"九字。

[七] 秫：递修本、曾集本作"粳"。整理者按："粳"为"秔"之俗字。《说文·禾部》"秔"字下段玉裁注："陆德明曰：粳与稉，皆俗秔字。"

[八] 粳：李梦阳本、焦竑本作"秔"。

[九] 焦竑本无"岁终会"三字。

[一〇] 吏请曰：焦竑本作"吏白"。

[一一] 岂能：焦竑本作"不能"。

[一二] 小儿：何孟春本作"少儿"，焦竑本作"小人"。

[一三] 解绶：递修本、曾集本、焦竑本作"解印绶"。

[一四] 焦竑本"来"下有"词"字。

征著作郎[一]，不就。江州刺[二]史王弘欲识之，不能致也。渊明尝往庐山，弘命渊明故人庞通之赍^[三]酒具，于半道栗里之间邀之^[四]。渊明有脚疾，使一门生、二儿舁篮舆^[五]。既至，欣然便共饮酌。俄顷弘至，亦无迕^[六]也。先是，颜延之为刘抑^[七]后军功曹，在浔阳，与渊明情款，后为始^[八]安郡，经过浔阳^[九]，日造渊明饮焉^[一〇]。每往，必酣饮致醉。弘欲邀延之坐^[一一]，弥日不得。^[一二]延之临去^[一三]，留二万钱与渊明，渊明悉遣送酒家^[一四]，稍就取酒。

【校正】

[一] 焦竑本此句作"义熙末，征著作佐郎"。

[二] 刺：苏写本作"刾"。

[三] 赍：递修本作"齎"。整理者按："赍""齎"为异体字。《集韵·齐韵》："赍，或作齎。"

[四] 焦竑本此句作"酌半道栗里要之"。

[五] 舁：苏写本、李公焕本、何孟春本曰："一作'举'。"递修本、曾集本作"举"，二本原注："一作'舁'。"整理者按："舁"有"举"义。陶集诸本同义字混用，往往有之。〇篮：递修本、曾集本作"蓝"。整理者按："篮""蓝"义本各别，然俗写"篮"亦往往作"蓝"。

[六] 迕：李梦阳本、焦竑本作"忤"。整理者按："迕""忤"俱有"违逆""触犯"义。然文字学中多以"迕"为"忤"之换旁异体字。今废"迕"而通行"忤"字。

[七] 抑：何孟春本、焦竑本作"柳"。

[八] 始：凌蒙初本误作"如"。

[九] 焦竑本无"浔阳"二字。

[一〇] 焦竑本此句作"日日造潜"。

[一一] 欲：凌蒙初本作"又"。〇坐：苏写本、递修本、曾集本、李公焕本、何孟春本并曰："一作'赴坐'。"

[一二] 焦竑本无"弘欲邀延之坐弥日不得"十字。

[一三] "临去"上，焦竑本无"延之"二字。

[一四] 遣送：曾集本作"送"，原注曰："一作'遣送'。"焦竑本此句

作"潜悉送酒家"。

尝九月九日^[一]出宅边菊丛中坐，久之，满手把菊。忽值弘送酒至^[二]，即^[三]便就酌，醉而^[四]归。渊明不解音律，而蓄无弦琴^[五]一张，无酒适^[六]，辄^[七]抚弄以寄其意。贵贱造之者，有酒辄^[八]设。渊明若先醉，便语客："我醉欲眠，卿可去。"其真率如此。

【校正】

[一] 焦竑本下"日"下有"无酒"二字。

[二] 焦竑本无"之满手把菊忽"六字。

[三] 即：何孟春本作"则"。

[四] 焦竑本"而"下有"后"字。

[五] 无弦琴：苏写本、递修本、曾集本、李公焕本、何孟春本并曰："一作'无弦素琴'。"焦竑本作"素琴"。

[六] 无：苏写本、递修本、曾集本、李公焕本、李梦阳本、何孟春本、凌蒙初本作"每"。焦竑本"无酒适"作"无弦每有酒适"。

[七] 辄：苏写本、曾集本、李公焕本、李梦阳本、何孟春本、凌蒙初本作"辄"。

[八] 辄：苏写本、曾集本、李公焕本、李梦阳本、何孟春本、焦竑本、凌蒙初本作"辄"。

郡将常候之^[一]，值其酿^[二]熟，取头上葛巾漉酒，漉毕^[三]，还复著之。

【校正】

[一] 焦竑本此句作"郡将候潜"。

[二] 酿：曾集本、焦竑本作"酒"。曾集本曰："一作'酿'。"

[三] 漉毕：曾集本作"漉酒毕"。焦竑本无"漉"字。

时周续之入庐山，事释慧远^[一]，彭城刘遗民亦遁迹匡山，渊明又不应征命，谓之"浔阳三隐"。后刺史檀韶苦请续之出州[二]，与学士祖企、谢景夷三人，共在城北讲《礼》，加以雠[三]校。所住公廨近于马队，是故[四]渊明示其诗云："周生述孔业，祖谢响然臻。马队非讲肆，校书亦已勤。"其妻[五]翟氏亦能安勤苦，与其同志。[六]自以曾祖晋世宰辅，耻[七]复屈身后代，自宋[八]高祖王业渐隆，不复肯仕[九]。元嘉四年将复征命，会卒，时年六十三[一〇]。世号靖节先生。[一一]

【校正】

[一] 慧远：苏写本、递修本、李公焕本、李梦阳本、何孟春本、凌蒙初本作"惠远"。

[二] 刺：苏写本作"刾"。○苦：何孟春本误作"若"。

[三] 雠：苏写本、递修本、李公焕本作"讎"。何孟春本作"诪"。整理者按："雠"为"讎"之构件移位异体字。《字汇补·言部》："雠，与讎同。"又"诪"亦为"讎"之异体字，其异构关系未详。

[四] 故：曾集本作"以"，原注曰："一作'故'。"

[五] 其妻：曾集本作"渊明妻"，原注曰："'渊明妻'一作'其妻'。"

[六] 自"时周续之入庐山"至"与其同志"数句，焦竑本但作"潜弱年薄宦，不洁去就之迹"。

[七] 耻：苏写本、曾集本、焦竑本作"恥"。

[八] 焦竑本无"宋"字。

[九] "不复肯仕"下，焦竑本下有"所著文章，皆题其年月，义熙以前则书晋氏年号，自永初以来，唯云甲子而已"数句。

[一〇] 曾集本曰："一无'六十三'字。"

[一一] "元嘉四年"至"世号靖节先生"数句，焦竑本但作"潜元嘉四年卒，时年六十三"。又何孟春本于本篇末注曰："《云仙散录》载《渊明别传》云：'渊明常闻田水声，倚仗久听，叹曰：秫稻已秀，翠色染人，将剖脑襟，一洗荆棘，此水过吾师文人矣。'又云：'陶渊明得太守送酒，多以春秋米杂投之，曰：少延清欢。'又云：'渊明日用铜钵煮粥，为二食具。遇发火，则再拜曰：非有是火，何以充腹。'"

律陶[一]

会稽谑菴王思任集

少贫，攻举业，居长安肥锦之冲，解腹探肠，缕缕浓热。忽从友人所见《靖节先生集》，持向西山松风下读之，寒胎凤契，[不觉][二]雪洽冰欢。嗣后腼颜 [三仕][三] 为令，颇遭呵骂，归作蠹鱼，简[四]先生集，[童子赞叹，][五]朱墨犹丹，又不觉血潮之湃于首也。老坡高节万仞，文章不许人傍只字，犹时时抄写《归去来辞》。[盖先生齿颊之馀，不第芬清可剔，其朝闻夕死之悟，言言圣谛，可以澹生，可以饷日，可以解劳，可以驱怖，了得此一大事，乃灌顶海音，不容思议，故足述也。][六]余[七]既日述先生诗，园居之暇，偶尔咏事，或有追思，戏以先生诗作律，而即以律律先生律者，先生之所以[八]攒眉也。[而][九]见此律，则必 [当][一〇]眉开十丈，笑谓是子也善盗。若老坡以为尔饾此文葆何难，则有答，譬之弈棋，得先手者便高。如髯翁五言十首，炙《归去辞》为文胳，亦又何难矣？老坡又将佞我乎哉？会稽谑菴居士[一一]题。

【校正】

[一] 整理者按：周文煜于《律陶》之末载其取《律陶》附入陶集之缘由曰：“汉魏六朝，诗惟古体，至李唐而律乃盛行，其间声韵，确有矩矱，不可变更。若靖节先生，寄怀高旷，放浪形骸，岂肯拘拘受人束缚者哉！当时纵有律体，必不乐于从事。会稽王季重先生，取靖节诗句，引绳刻墨，范之于律，属辞工致，意趣流丽，集成三十四首，浑无痕迹。虽使靖节复生，亦未必不怡然首肯者，因取而附镌于陶集之后。康熙庚辰夏日青轮氏书。”

[二]《王季重十种》本（明王思任著，任远点校，浙江古籍出版社有

限公司二〇一〇年版）有"不觉"二字，据补。

　　[三]据《王季重十种》本补"三仕"二字。

　　[四]简：《王季重十种》本作"检"。

　　[五]据《王季重十种》本补"童子赞叹"四字。

　　[六]据《王季重十种》本补"盖先生齿颊之馀"至"故足述也"十二句。

　　[七]余：《王季重十种》本作"予"。

　　[八]所以：《王季重十种》本无"以"字。

　　[九]据《王季重十种》本补"而"字。

　　[一〇]据《王季重十种》本补"当"字。

　　[一一]《王季重十种》本"居士"下有"王思任"三字。

归园田居　五首[一]

其一

　　仲蔚爱穷居，身名同翳如。山川一何旷，岁月共相疏。浊酒聊自适，新畴复应畬[二]。清风脱然至，为我少踌躇[三]。

【校正】

　　[一]《王季重十种》本题下有"五首"二字，据补。

　　[二]畬：《王季重十种》本作"畲"。整理者按：在"耕种"义上，"畲"为"畬"之省笔异体字。

　　[三]踌躇：《王季重十种》本作"踌蹰"。整理者按："踌躇"为联绵词，凡与之音同音近之字皆可用以记录，"踌蹰"不过为其多种写法中之一种。

其二

了无一可悦，上赖古人书。引冠[一]逢世阻，屡空常晏[二]如。紫芝谁复采？夏木独森疎。命室携童弱，相将还旧居。

【校正】

[一] 引冠：陶诗作"弱冠"。

[二] 常晏：《王季重十种》本作"莫宴"。

其三

素月出东岭，悠然见南山。一觞虽独进，千载乃相关。寝迹衡门下，吾生梦幻间。安贫守贱者，常有好容颜。

其四

不学狂驰子，聊为陇亩民。仲春遘时雨，一日难再晨。灌木荒余宅，壶浆劳近邻。悠悠待秋稼，忧道不忧贫。

其五

荆扉昼常闭[一]，怀此颇有年。鸟弄懽新节，鸡鸣桑树颠。倾身盈一饱，朝起暮归眠。兹契谁能别，剥伊愁苦缠。

【校正】

[一] 闭：《王季重十种》本作"闲"。

夜步

中宵伫遥念，抚剑独行游。常恐大化尽，时望四运周。昭昭天宇阔，冉冉星气流。猛志固常在，顾瞻无匹俦。

冬日座师胡观察招同祝刺史过弈

方宅十馀亩，而无车马喧。只鸡招近局，拥褐曝前轩。落叶掩长陌，枯条盈北园。素心正如此，心在复何言。

余参军酌至道故话别

荣华诚足贵，于我若浮烟。总发抱孤念，离忧凄目前。壶浆远见候，螟蜮恣中田。且极今朝乐，饥寒况当年。

怀族弟夑明太史

落地为兄弟，重觞忽忘天。奇文共欣[一]赏，倾盖定前言。皎皎云间月，依依墟里烟。山川千里外，来会在何年。

【校正】

［一］欣：《王季重十种》本作"忻"。

料耕

开春理常业，息驾归闲[一]居。忽已亲此事，时还读我书。挥杯劝孤影，临水愧游鱼。但愿常如此，人乖运见疎。

【校正】

［一］闲：《王季重十种》本作"閒"。

萦居城亩

荡荡空中景，飘飘吹我衣。诗书敦宿好，邑屋或时非。万族各有托，一觞聊可挥。开荒南野际，戴月荷锄归。

泛太湖经甪里

清气澄馀滓，慨然已知秋。虚舟纵逸棹[一]，闲[二]谷矫鸣鸥。寂寂无行迹，悠悠迷所留。且当从黄绮，托乘一来游。

【校正】

[一] 棹：《王季重十种》本作"櫂"。整理者按："棹"为"櫂"之换声旁异体字。《说文新附·木部》："櫂，所以进舩也。或从卓。"

[二] 闲：《王季重十种》本作"閒"。

于襟山下送客

青松冠岩列，夜景湛虚明。信宿酬清话，临流别友生。颓墓[一]无遗主，来雁有馀声。明旦非今日，晨鸡不肯鸣。

【校正】

[一] 墓：原校："他本作'基'"。《王季重十种》本亦作"基"。

游某大夫墓栢[一]下

我无腾化术，形迹滞江山。靡靡秋已夕，纷纷飞鸟还。清谣结心曲，斗酒散襟颜。安得不相语，徘徊丘陇间。

35

【校正】

　　[一] 栢:《王季重十种》本作"柏"。整理者按:"栢""柏"为换声旁异体字。《类篇·木部》以为"栢"同"柏"。今则通行用"柏"字。

于玉尺岗催耕适刘生书至

　　春兴起[一]自免,相命肆耕农。桑竹垂馀荫,陵岑耸逸峰。朝霞开宿雾,冬岭秀孤松。情通万里外,惟有一刘龚。

【校正】

　　[一] 起:《王季重十种》本作"岂"。

余张两将[一]军禹陵饯别

　　班荆坐松下,指景限西隅。山涧清且浅,好风与之俱。挥觞道平素,缓带尽懽娱。岁月相催逼,关河不可踰。

【校正】

　　[一] 将:原校:"他本作'参'。"《王季重十种》本亦作"参"。

将至京

　　平原独茫茫,道路迥[一]且长。不眠知夕永,投策命晨装。一朝敞神界,回顾惨风凉。引我不得住,忆此断人肠。

【校正】

　　[一] 迥:《王季重十种》本作"回"。

怨诗时迭至西河之痛

在数竟未免，飘如陌上尘。形骸久已化，道路渺^[一]何因。善恶苟不应，彭殇非等伦。念之五情热，益复知为亲。

【校正】

［一］渺：《王季重十种》本作"邈"。

放还

久在樊笼里，一朝辞吏归。岂期过满腹，孰敢慕甘肥。众鸟欣有托，孤云独无依。邈然兹道绝，千载不相违。

楼城东眺辽事正闷绝

迢迢百尺楼，落落清瑶流。边雁悲^[一]无所，司田眷有秋。羲农去我久，宇宙一何悠。天运苟如此，吾生行归休。

【校正】

［一］边雁悲：《王季重十种》本作"边悲雁"。

梧下

重离照南陆，八干共成林。冷风送馀善，中夏贮清阴。晨兴理荒秽，卧起弄书琴。山中酒应熟，贫士世相寻。

邻园深酌

懂来苦夕短，束带候鸣鸡。有客赏我趣，愿[一]君汩其泥。清飚矫云翮，寒竹被荒蹊。醒醉还相笑，时驶（叶平）不可稽。

【校正】

[一] 愿：《王季重十种》本作"願"。整理者按："愿""願"二字义本有别，然文献中多用"願"字，极少用"愿"字。今则以"愿"为"願"之简体字，故"願"废而"愿"字通行。

谢开美邵士显祭[一]汉逸纵饮

南窗[二]罕悴物，斗酒聚比邻。斑白懂游诣，淹留忘宵晨。卫生每苦拙，举世少复真。脱有经过便，君当恕醉人。

【校正】

[一] 祭：原校："他本作'蔡'。"《王季重十种》本亦作"蔡"。

[二] 窗：《王季重十种》本作"牕"。整理者按："窗户"义，古祚"囱"，为象形字。后加形旁"穴"作"窗"，为形声字。"窗"通行后，"囱"只用作文字构件。"牕"则为"窗"之后起俗写。《洪武正韵·阳韵》："牕，通孔也。亦作囱（窗）。"

王柱史光禄兄弟过访饮之

提壶接宾旅，摘我园中蔬。居止次城邑，委怀在琴书。茅茨已就治，草木纵横舒。若复不饮酒，君情定何如。

九月闲居

　　芳菊开林耀，长风无息时。人当解意表，向事[一]绁尘羁。开径望三益，登高赋新诗。拥怀累代下，顾盼莫谁知。

【校正】

　　[一] 向事：《王季重十种》本作"何事"。整理者按：当作"何事"，陶集如此。作"向事"者，"向"为"何"之形误字。

忆黄仪部忽尔致还采江送之

　　百卉俱已腓，登高饯将归。关梁难亏替，风水互乖违。一往便当已，何时见馀晖。班班有翔鸟，日暮犹独飞。

过陂[一]塘刘道士故居

　　瞻望邈难逮，凄凄岁暮风。桐庭多落叶，荒路暧交通。井灶有遗处，山河满目中。人生似幻化，当往志无终。

【校正】

　　[一] 陂：原校："他本作'破'。"《王季重十种》本亦作"破"。

王清之来

　　秋菊有佳色，清晨闻叩门。挈壶相与至，采苢[一]足朝飧。丹木生何许，青松在东（叶厌）园。敝[二]庐何必广，甘以辞华轩。

【校正】

［一］苣：原校："他本作'莒'。"《王季重十种》本亦作"莒"。

［二］敝：原校："他本作'弊'。"《王季重十种》本亦作"弊"。整理者按："破旧""破败"义，本字为"敝"，为会意字，"弊"为后起区别字，为形声字。《玉篇·尚部》："敝，坏也。弊，同敝。"然文献中"敝""弊"二字在其他意义上亦每每通用。

于芳树园田舍获

老夫有所爱，晨夕看山川。穷巷隔深辙，馀粮宿中（叶去）田。谈谐无俗调，闲[一]饮自懂然。有客常同止，锺期信为（叶仄）贤。

【校正】

［一］闲：《王季重十种》本作"閒"。

杂诗　五首[一]

洙泗辍微响，慨然念黄虞。逍遥自闲[二]止，贫贱有交娱。繿缕茅檐下，流观山海图。赤泉给我饮，深谷久应芜。

【校正】

［一］据《王季重十种》本补"五首"二字。

［二］闲：《王季重十种》本作"閒"。

其二

劲气侵襟袖，无妨时已和。发言各不领，慷慨独悲歌。秉耒欢[一]时务，提壶挂寒（叶仄）柯。前途当几许，持此感人多。

【校正】

［一］欢：《王季重十种》本作"懽"。整理者按："欢"之繁体作

"歡"，"懽"为"歡"之换形旁异体字。《正字通·心部》："懽，同歡。"

其三

户庭无尘杂，风气亦先寒。饮酒不得足，取琴为我弹。桑麻日已长，衣食固其端。啸傲东轩下，躬耕^[一]非所叹。

【校正】

[一] 躬耕：《王季重十种》本作"耕躬"。整理者按：当作"躬耕"，陶集诸本如此。作"耕躬"为误倒，义不可通。

其四

我屋南窗^[一]下，迢迢沮溺心。凉风起将夕，微雨洗高林。云鹤有奇翼，神鸾调玉音。愚生三季后，怀古一何深。

【校正】

[一] 窗：《王季重十种》本作"牕"。

其五

清凉素秋节，白日掩荆扉。兀傲差若颖^[一]，固穷夙所归。先巢故常在，众鸟相与飞。远眺同天色，遥遥万里辉。

【校正】

[一] 颖：《王季重十种》本作"颖"。

檇李蒋薰丹崖评阅
海昌壻周文焜青轮订

诗四言

刘后村曰："四言自曹氏父子、王仲宣、陆士衡后，惟陶公最高。《停云》《荣木》等篇，殆突过建安矣。"[一]

又云[二]："四言尤难，以三百五篇在前故也。"

【校正】

[一] 此条及下条关于四言诗的说明文字，见于李公焕本。陆汝嘉本为李公焕本之明代翻刻本，故亦有之。凌蒙初本亦有上一条。蒋薰本所引此二条文字，当是据李公焕本。

[二] 云：李公焕本作"曰"。

停云 一首 并序[一]

停云，思亲友也。罇湛新醪[二]，园列初荣。愿言不[三]从，叹息弥襟[四]。（序末注）湛读曰沉[五]。

霭霭停云，蒙蒙时雨。八表同昏[六]，平路伊阻。静寄东轩，春醪独抚。良朋悠邈，搔首延伫。

停云霭霭，时雨蒙蒙。八表同昏，平陆成江[七]。有酒有酒，閒饮东窗[八]。愿言怀人[九]，舟车靡从。（尾注）"平陆成江"，盖寓飙回雾塞、陵迁谷变之意[一〇]。

东园之树，枝条再荣[一一]。竞用新好[一二]，以招余情[一三]。人亦有言，日月于征。安得促席，说彼平生？

翩翩飞[一四]鸟，息我庭柯。敛翮閒止[一五]，好声相和。岂无他人，念子实多[一六]。（天头注）不同泛交。愿言不获，抱恨如何！

【评注】

高元之曰：以"停云"名篇，乃周诗六义"二曰赋"、"四曰兴"之遗义也。[一七]

黄馭庵曰：四首皆匡扶世道之热肠，非但离索思輩之闲悰也。[一八]

丹崖曰[一九]：抚醪望友，欲从舟车，促席无由，怅然抱恨。诗分四韵，情属一章。庞参军、刘柴桑而外，不多人也。刘履谓元熙禅革后，或有亲友仕于宋者，靖节赋此以讽。诗中无其意，惟"竞用新好"句，盖谓他人言耳，非所指"念子实多"者。

【校正】

[一] 苏写本、陆汝嘉本、何孟春本有"并序"二字。递修本、汤汉本有"一首并序"四字。曾集本有"一首"二字。故据此补"一首并序"四字。焦竑本"停云"下但有"有序四章"四字。须溪本、李公焕本、李梦阳本无"一首并序"字样。

[二] 此句，何孟春本、凌蒙初本作"罇酒新湛"。〇罇：苏写本作"樽"。整理者按："尊"为古代盛酒器具，"罇"为此义之后起区别字。"樽"则为"罇"之换旁俗体字。《玉篇·缶部》："罇，与樽同。"又《正字通·缶部》："罇，《说文》：'酒器。'字本作尊，后加缶。加木、加瓦、加土者，随俗所见也。"〇湛：李公焕注曰："湛读曰沉。"陆汝嘉本、何孟春本亦引此注。

[三] 不：递修本、曾集本曰："一作'弗'。"整理者按：作为否定副

词，"不""弗"声同而常相假借，故文献中通用无别。《广雅·释诂四》："弗，不也。"

[四] 息：递修本、曾集本曰："一作'想'。"〇苏写本"弥襟"下有"云尔"二字。

[五] 蒋薰此注亦引自李公焕本。

[六] 昏：苏写本作"昬"。下同。整理者按："氏""民"形似易混，"昬"为"昏"之形似偏旁替换所构成的异体字。据《玉篇·日部》，"昬"与"昏"同。

[七] 八表同昏，平陆成江：汤汉注："二句盖寓飚回雾塞、陵迁谷变之意。"李公焕本、陆汝嘉本皆引此注。又陆汝嘉本"雾塞"作"雾寒"，文小异。

[八] 閒：苏写本、递修本、曾集本、汤汉本作"闲"。李梦阳本、焦竑本作"间"。整理者按：古文献中，"閒""间"二字每混用无别。"清闲""悠闲"义上，"閒""闲"二字又多混用。今则通用"闲""间"二字，然其表义各别。〇窻：焦竑本同。李梦阳本、凌蒙初本作"窓"。其余诸本作"牕"。整理者按："窗户""天窗"之义，本字作"囱"，后加"穴"作"窗"，为后起通用字。"窻""牕""窓"诸字又皆为"窗"之异体字。《集韵·江韵》："囱，或作窗、牕。"又《正字通·心部》："窻，别作窗。"又《正字通·穴部》："窓，俗窗字。"

[九] 人：递修本、曾集本曰："一作'仁'。"

[一〇] 此注源自汤汉本。应置于"平陆成江"下。

[一一] 条：递修本、曾集本曰："一作'叶'。"〇再：递修本、曾集本、汤汉本作"载"。

[一二] "用新"二字，递修本、曾集本曰："一作'朋新'。"〇"竞用新好"四字，苏写本、递修本、曾集本曰："一作'竞朋亲好'。"焦竑本、凌蒙初本作"竞朋亲好"，二本并曰："一作'竞用新好'，非。"

[一三] 招：递修本、曾集本曰："一作'怡'。"焦竑本、凌蒙初本作"怡"，二本并曰："一作'招'，非。"〇"以招余情"句，汤汉注曰："谓相招以事新朝。"李公焕本、陆汝嘉本引此注，而陆汝嘉本"新朝"下有

"也"字。

[一四] 飞：苏写本、递修本、曾集本曰："一作'轻'。"

[一五] 閒：苏写本、递修本、曾集本、汤汉本、何孟春本作"闲"。李梦阳本、焦竑本作"间"。○止：递修本："一作'正'。"曾集本作"上"，原注："一作'正'。"整理者按："閒上"义不可通，"上"应为"止"或"正"之形讹字。○"歇翩閒止"句，汤汉注曰："嵇叔夜《琴赋》。非渊明者，不能与之间止。"

[一六] 实：诸本作"宲"。整理者按："实"与"宲"为通假字。《正字通·宀部》："宲，与实通。"

[一七] 此条评论见于李公焕本。陆汝嘉本、凌蒙初本亦有之。蒋薰应是据李公焕本转引。

[一八] 此条评论节引自明黄文焕《陶诗析义》卷一。

[一九] "丹崖曰"云云，乃蒋薰评陶之言。下同。

时运　一首　并序[一]

时运，游[二]暮春也。春服既成，景物斯和，偶影独游[三]，欣慨[四]交心。（序末注）钟伯敬曰："游览诗，人只说得'欣'字，说不得'慨'字，合此二字，始得为真旷真远。浅人不知。"

迈迈[五]时运，穆穆良朝。袭我春服，薄言东郊。山涤馀霭[六]，宇暧微霄[七]。有风自南，翼彼[八]新苗。（尾注）翼，犹披也。

洋洋平津[九]，乃漱乃濯[一〇]。邈邈遐景，载欣载瞩[一一]。称心而言，人亦易足[一二]。（天头注）易足者能有几人。挥兹一觞，陶[一三]然自乐。（尾注）瞩，之欲切，视也。[一四]

延目中流，悠悠清沂[一五]。童冠齐业，閒[一六]咏以归，我爱其静[一七]，（"我爱其静"句天头注）动处得静，全乎天也。妙。癙瘵交挥。但恨[一八]殊世，邈不可追。

斯晨斯夕，言息其庐。花[一九]药分列，林竹翳如。清琴横牀[二〇]，浊酒半壶。黄唐莫逮[二一]，慨独在余[二二]。"黄唐莫逮"下二句，（夹注）讽世。（尾注）《史记》曰："黄帝为有熊，帝尧为陶唐。"[二三]

【评注】

　　丹崖曰：序言"欣慨交心"，前二首是"欣"，后二首是"慨"。

　　（丹崖）又曰：渊明处桓、刘之时，故慨同夷、叔。

【校正】

　　[一] 苏写本、陆汝嘉本、何孟春本有"并序"二字。递修本、汤汉本有"一首并序"四字。曾集本有"一首"二字。故据以补"一首并序"四字。焦竑本"时运"下但有"有序四章"四字。须溪本、李公焕本、李梦阳本无"一首并序"字样。

　　[二] 游：苏写本作"遊"。整理者按："游""遊"表义本有分工，而古文献中多以二者为换旁异体字，故常混用无别。《玉篇·辵部》："遊，遨遊。与游同。"今则以"游"为"遊"之简体字。

　　[三] 影：递修本、曾集本、汤汉本作"景"，递修本、曾集本曰："（景）一作'影'。"整理者按："景"义甚多，后乃造"影"字分担其"阴影"义。故"景""影"为古今字。《颜氏家训·书证》篇："凡阴景者，因光而生，故即谓为景。《淮南子》呼为景柱，《广雅》云：'晷柱挂景。'并是也。至晋世葛洪《字苑》，傍始加彡，音于景反。"○游：苏写本、递修本、汤汉本作"遊"。

　　[四] 慨：递修本、曾集本曰："一作'然'。"

　　[五] 迈：递修本、曾集本曰："一作'霭'，又作'蔼'。"

　　[六] 霭：递修本、曾集本曰："一作'蔼'。"整理者按："云气"义，"霭""蔼"为异体字。《文选·陆机〈挽歌〉》"倾云结流蔼"句李善注："《文字集略》曰：'蔼，云雨状也。'蔼与霭，古字同。"

　　[七] 递修本、曾集本、汤汉本曰："一作'馀霭微消'。"焦竑本、凌蒙初本作"馀霭微消"，二本曰："一作'宇暖微霄'，非。"

　　[八] 彼：递修本、曾集本曰："一作'我'。"

　　[九] 津：递修本、曾集本作"泽"，二本曰："（泽）一作'津'。"汤汉本曰："（津）一作'泽'。"

　　[一〇] 乃濯：递修本、曾集本曰："一作'濯濯'。"

　　[一一] 瞩：李公焕注曰："瞩，之欲切。视也。"陆汝嘉本同。何孟春注曰："瞩，之欲切。"〇李梦阳本作"瞩"。整理者按："瞩"为"瞩"之俗写。《篇海类编·身体类·目部》："瞩，俗作瞩。"今则以"瞩"为"瞩"之简体字。

　　[一二]"称心而言，人亦易足"二句，苏写本、递修本、曾集本曰："一作'人亦有言，称心易足'。"焦竑本、凌蒙初本作"人亦有言，称心易足"。二本曰："一作'称心而言，人亦易足'，非。"

　　[一三] 陶：递修本、曾集本曰："一作'遥'。"

　　[一四] 此注引自李公焕本。应置于"载欣载瞩"下。

　　[一五] 悠悠：递修本、曾集本、汤汉本、焦竑本曰："一作'悠想'。"〇沂：李公焕注曰："鱼衣切。水名，出泰山。"陆汝嘉本同。何孟春注曰："鱼衣切。"

　　[一六] 閒：苏写本、递修本、曾集本、汤汉本作"闲"，李梦阳本作"间"。

　　[一七]"閒咏以归，我爱其静"二句，汤汉注曰："静之为言，谓其无外慕也。亦庶乎知浴沂者之心矣。"李公焕本、陆汝嘉本、凌蒙初本皆引此注。

　　[一八] 恨：递修本、曾集本、汤汉本作"怅"，三本并注："一作'恨'。"

　　[一九] 花：递修本、曾集本曰："一作'华'。"整理者按："花朵"义，"花"为"华"之俗字。《广韵·麻韵》："花，（华）俗，今通用。"《广雅·释草》："花，华也。"王念孙《疏证》曰："顾炎武《唐韵正》云：'考花字自南北朝以上，不见于书。……唯《后魏书·李谐传》载其《述身赋》曰：'树先春而动色，艹迎岁而发花。'又曰：'肆雕章之腴旨，咀文苑（艺）之英华。'花字与华并用。而五经，楚辞，诸子，先秦两汉之书，皆古本相传，凡华字未有改为花字者。'……引之案：《广雅》释花为华，《字诂》又云：'蘤，古花字。'则魏时已行此字，不始于后魏矣。"又按："花朵"义，"花"字产生后，文献中依然"华""花"并用。今则"华""花"

47

二字表义各别。

[二〇]横：苏写本作"撗"。整理者按："横""撗"本为二字，其义了不相涉。然俗写中"木""扌"二旁往往不别，故"横"字可写作"撗"。〇牀：苏写本曰："一作'膝'。"递修本、曾集本、汤汉本、须溪本、李公焕本、陆汝嘉本、李梦阳本、凌蒙初本作"床"，递修本、曾集本曰："（床）一作'膝'。"整理者按："床"为"牀"之俗写，为"牀"之换旁异体字。《玉篇·广部》："床，俗牀字。"今则以"床"为"牀"之简体字。

[二一]黄唐：李公焕注曰："《史记》曰：黄帝为有熊，帝尧为陶唐。"陆汝嘉本同。

[二二]余：苏写本作"予"。整理者按：作为第一人称代词，"余""予"常混用无别。陶集诸本亦如此。即便陶集之某一本，亦时而作"余"，时而作"予"。

[二三]此注引自李公焕本。应置于"黄唐莫逮"句下。

荣木　一首　并序[一]

荣木，念将老也。日月推迁，已复有[二]夏，总[三]角闻道，白首无成。

（序下另行注）丹崖曰：闻道何容易，况总角耶？至云"白首无成"，陶直以闻道作志学用耳。[四]

采采荣木，结根于兹。晨耀[五]其华，夕已丧[六]之。人生若寄，颠顁[七]有时。静言孔念，中心怅[八]而。（尾注）颠顁，与憔悴同。[九]

采采荣木，于兹托[一〇]根。繁华朝起，慨暮不存。贞脆[一一]由人，祸福无门。匪道曷依，匪善奚敦？[一二]

嗟予[一三]小子，禀[一四]兹固陋。徂年既流[一五]，业不增旧。志彼不舍[一六]，安此日富。[一七]我之怀矣，怛焉[一八]内疚。（尾注）或曰"志"当作"忘"。《荀子》："功在不舍。"《诗》："一醉日富。"盖自咎其废学而乐饮云尔。[一九]

先师遗训，余岂云坠[二〇]？四十无闻，斯不足[二一]畏！脂我名[二二]车，策我名骥[二三]，千里虽遥，孰敢不至。[二四]

【评注】

赵泉山曰:"四十无闻,斯不足畏。"按晋元兴三年甲辰,刘敬宣以破桓
歆功,迁建威将军、江州刺史,镇浔阳,辟靖节参其军事,时靖节年四十
也。靖节当年抱经济之器,藩辅交辟,遭时不竞,将以振复宗国为己任;回
翔十载,卒屈于戎幕佐使,用是志不获骋,良图弗集,明年决策归休矣。[二五]

丹崖曰:志道之言歉如,不及桓宣武暮年壮志,真老兵也。

又曰:增业在不舍,不舍故日富,日富者,《易》所云"富有之谓大业,
日新之谓盛德"是也。虽我裹于兹,不无内疚,此所以嗟固陋乎? 或引
《诗》"一醉日富",靖节自咎其废学而乐饮。观其自挽曰:"但恨在世时,饮
酒不得足。"肯自咎耶?

【校正】

[一] 苏写本、陆汝嘉本、何孟春本有"并序"二字。递修本、汤汉本
有"一首并序"四字。曾集本有"一首"二字。故据以补"一首并序"四
字。焦竑本"荣木"下但有"有序四章"四字。须溪本、李公焕本、李梦阳
本无"一首并序"字样。

[二] 有:苏写本、递修本、曾集本、汤汉本曰:"一作'九'。"

[三] 总:苏写本、李梦阳本、递修本、曾集本作"緫"。递修本、曾集
本曰:"(緫)一作'鬷'。"汤汉本曰:"(总)一作'鬷'。"袁行霈本曰:
"(总)一作'総'。"整理者按:"总"之繁体作"總","緫""総"并为
"總"之换声旁异体字,《字汇·糸部》:"緫,俗總字。"《康熙字典·糸部》
引《字汇补》曰:"総,同總。"而"鬷"为"總"之换偏旁且构件移位而
构成的异体字。《广韵·董韵》:"鬷角,本亦作總。"

[四] 此注乃释"总角闻道,白首无成"二句。

[五] 耀:递修本、曾集本曰:"一作'辉'。"

[六] 丧:李梦阳本作"丧",凌蒙初本作"丧"。整理者按:"丧"之
俗写作"丧",据《宋元以来俗字谱》,"丧"字,《列女传》《通俗小说》皆
作"丧"。"丧"字进一步省减笔画为"丧"字,则知"丧"又为"丧"之

省笔俗字。今则以"丧"为"喪"之简体字。

[七] 顑颔：李公焕本曰："与'憔悴'同。"陆汝嘉本同。

[八] 怅：递修本、曾集本曰："一作'恨'。"

[九] 此注引自李公焕本。应置于"顑颔有时"句下。

[一〇] 托：苏写本、递修本、曾集本、汤汉本作"託"。整理者按："寄托""托付"义，古作"託"，后作"托"，二字于文献中可并用。今则以"托"为"託"之简体字。

[一一] 脆：递修本、曾集本曰："一作'慎'。"

[一二] 此首之末，汤汉注"贞脆由人"下四句曰："屈子之《九章》曰：'善不由外来兮，名不可以虚作。孰无施而有报兮，孰不实而有获。'与此四语皆文辞中之格言也。"

[一三] 予：递修本、曾集本、汤汉本、焦竑本作"余"，递修本、曾集本曰："（余）一作'予'。"

[一四] 稟：苏写本、递修本、曾集本、汤汉本、李公焕本、李梦阳本、凌蒙初本作"禀"。整理者按："禾"字作偏旁，俗写易讹作"示"，故"禀"为"稟"之换旁俗字。《字汇·示部》："禀，俗稟字。"

[一五] 既流：苏写本、递修本、曾集本曰："一作'遂往'。"

[一六] 何孟春本曰："志，一作'忘'。"○不：苏写本、递修本、曾集本曰："一作'弗'。"

[一七] "志彼不舍，安此日富"二句，汤汉注曰："或曰'志'当作'忘'。《荀子》'功在不舍'，《诗》'一醉日富'，盖自咎其废学而乐饮尔。"李公焕本、陆汝嘉本、凌蒙初本皆引此注，惟"乐饮尔"作"乐饮云尔"，为小异。

[一八] 焉：焦竑本作"然"。

[一九] 此注虽源自汤汉，而蒋薰则引自李公焕本，故汤汉注"乐饮尔"三字，蒋薰亦如李公焕本作"乐饮云尔"。又此注应置于"安此日富"句下。

[二〇] 余：苏写本作"予"。○云：递修本、曾集本作"之"，二本并曰："一作'云'。"须溪本曰："（云）一作'之'。"

[二一] 足：递修本、曾集本曰："一作'可'。"

[二二] 名：焦竑本、凌蒙初本曰："一作'行'，非。"

[二三] 骥：递修本、曾集本曰："一作'镳'。"整理者按："镳"为勒马口之具，故可指称马。则"镳"与"骥"义实相通。

[二四] 此首之末，递修本、曾集本曰："名车，一作'行车'。"整理者按：二本之校勘文字应置于"脂我名车"之下为妥。○汤汉评注此首曰："老而好学，词气壮烈如此，可谓有勇矣。"

[二五] 此条评论引自李公焕本。陆汝嘉本、凌蒙初本亦有之。

赠长沙公族祖　一首　并序[一]

（另行题注）一作"赠长沙公"，无"族祖"字。

长沙公于予为族祖[二]，同出大司马[三]。昭穆既远，已[四]为路人。经过浔阳，临别赠此。（序末注）一作"余于长沙公为族"。大司马，汉高帝时陶舍。[五]

同源分流，人易世疏。慨然[六]寤叹，念兹厥初。礼服遂悠，岁月眇祖[七]。感彼行路，眷然踌躇[八]。"感彼行路"二句，（天头注）语意蕴藉。

于穆令族[九]，允搆斯堂[一○]。谐气冬暄[一一]，映怀圭璋。爰采春花[一二]，载警[一三]秋霜。[一四]我曰钦哉，实[一五]宗之光。

伊余云遘，在长忘同[一六]。笑言[一七]未久，逝焉西东。遥遥三湘[一八]，滔滔九江。山川阻远，行李时通。（尾注）《寰宇记》：湘潭、湘乡、湘源为三湘。[一九]

何以写心？贻此[二○]话言：进箦虽微[二一]，终焉[二二]为山。敬哉离人，临路凄[二三]然。款襟或辽，音问其先。（天头注）不过送别尝语，想长沙公真路人矣。

【评注】

杨诚斋曰："同源分流，人易世疏，慨然寤叹，念兹厥初。"老泉《族谱》引正渊明诗意，而渊明字少意多，尤可涵咏。[二四]

西蜀张缜《辨证》曰：《年谱》以此诗为元嘉乙丑作。按《晋书》载：

长沙公侃卒，长子夏以罪废，次子瞻之子宏袭爵。宏卒，子绰之嗣。绰之卒，子延寿嗣。宋受晋禅，延寿降为吴昌侯。若谓诗作于元嘉，则延寿已改封吴昌，非长沙矣。先生诗云"伊余云遘，在长忘同"，盖先生世次为长，视延寿乃诸父行。序云"余于长沙公为族"，或云"长沙公于余为族"，皆以"族"字断句，不称为"祖"，盖长沙公为大宗之传，先生不欲以长自居，故诗称"于穆令族"，序称"于余为族"。又云"我日钦哉，实宗之光"，皆敬宗之义也。如《年谱》以族祖、族孙为称，乃是延寿之子。延寿已为吴昌侯，其子又安得称长沙公哉！要是此诗作于延寿未改封之前。

【校正】

［一］苏写本、陆汝嘉本、何孟春本、凌蒙初本有"并序"二字。递修本、汤汉本有"一首并序"四字。曾集本有"一首"二字。故据以补"一首并序"四字。焦竑本篇题下但有"有序四章"四字。须溪本、李公焕本、李梦阳本无"一首并序"字样。

［二］予：除李梦阳本外，其余诸本作"余"。〇"长沙公于予为族祖"八字，递修本、曾集本、汤汉本曰："一作'余于长沙公为族'。一无'公'字。"李公焕本、陆汝嘉本、何孟春本、凌蒙初本曰："一作'余于长沙公为族'。"凌蒙初本又引张缙曰："'族'字断句，不称为祖。"

［三］大司马：李公焕注曰："汉高帝时陶舍。"须溪本、陆汝嘉本同。

［四］已：递修本、曾集本、汤汉本作"以"，三本并曰："一作'已'。"须溪本亦作"以"。整理者按："已""以"古本一字，后乃生分别。然表示时间副词"既已""已经"时，"已""以"又混用无别。《正字通·已部》："已与㠯古共一字，隶作㠯、以。"又《正字通·人部》："以，与已同。"今"已""以"二字表义又不相同。

［五］此二条注应引自李公焕本，当置于"同出大司马"句下。

［六］然：递修本、曾集本、汤汉本曰："一作'矣'。"

［七］"岁月眇徂"四字，递修本、曾集本、汤汉本曰："一作'岁往月徂'。"焦竑本、凌蒙初本作"岁往月徂"。

［八］蹈：递修本、曾集本曰："一作'蹰'。"

［九］族：苏写本作"祖"。

［一〇］搆：除苏写本、曾集本、焦竑本外，其余诸本作"構"。整理者按：作为偏旁，"木"常俗写作"扌"，故"構"字俗写多作"搆"。清人雷浚《说文外编》卷二："《说文》有構字无搆字，或曰搆是南宋人避讳字，故贾昌朝《群经音辨·扌部》尚无搆字。"〇斯：递修本、曾集本曰："一作'新'。"焦竑本、凌蒙初本曰："一作'新'，非。"

［一一］暄：苏写本作"晖"，原注曰："宋（庠）本（晖）作'暄'。"递修本、曾集本、汤汉本作"辉"，递修本、曾集本并曰："宋（庠）本（辉）作'暄'。"焦竑本："（暄）一作'辉'，非。"凌蒙初本曰："（暄）一作'晖'，非。"

［一二］递修本、曾集本曰："（花）一作'华'。（爰采春花）一作'爰来春苑'。"汤汉本曰："（花）一作'华'。"

［一三］警：苏写本作"驚"。递修本、曾集本曰："一作'散'，又作'驚'。"

［一四］"爰采春花，载警秋霜"二句，苏写本、递修本、曾集本曰："一作'爰采春苑，载散秋霜'。"

［一五］实：递修本、曾集本、汤汉本作"寔"。

［一六］递修本、曾集本曰："'忘'一作'志'。'忘同'又作'同行'。"汤汉本曰："'忘'一作'志'。"

［一七］笑言：苏写本作"言笑"。递修本、曾集本曰："一作'言笑'。"

［一八］遥遥三湘：递修本、曾集本、汤汉本作"遥想湘渚"，三本并曰："一作'遥遥三湘'。"李公焕注曰："《寰宇记》：湘潭、湘乡、湘源为三湘。"陆汝嘉本同，而"湘源"作"湘潦"为小异。

［一九］此注源自李公焕本。蒋薰此注应置于"遥遥三湘"下，不当置于此首之末。

［二〇］贻此：递修本、曾集本、汤汉本作"贻兹"，递修本、曾集本曰："（贻兹）一作'怡此'。"

［二一］簧：递修本、曾集本作"黃"。整理者按："簧""黃"二字古

音同，在"盛物器具"义上每可通假。〇微：递修本、曾集本曰："一作'少'。"

［二二］焉：递修本、曾集本、汤汉本作"在"，三本并曰："（在）一作焉。"

［二三］悽：苏写本作"凄"。整理者按："悽""凄"古音同，故可通假，且二字俱有"寒凉"义，故文献中每多混用。

［二四］此条及下条评论俱引自李公焕本。陆汝嘉本、凌蒙初本亦有之。

酬丁柴桑　一首[一]

（题注）柴桑，浔阳故里。[二]

有客有客，爰来爰[三]止。秉直司聪[四]，于惠[五]百里。飡[六]胜如归，聆善[七]若始。"飡胜如归"下二句，（天头注）新句隽永。

匪惟谐也[八]，屡有良由[九]。载言载眺[一〇]，以写我忧。放欢一遇，既醉还休。寔欣心期，方从我游[一一]。（天头注）欢从忧放。

【校正】

［一］"一首"二字，递修本、曾集本、汤汉本有之，据补。苏写本、须溪本、李公焕本、陆汝嘉本、李梦阳本、何孟春本俱无之。焦竑本篇题下但注"二章"二字。须溪本、李公焕本、陆汝嘉本题注："柴桑，浔阳故里。"

［二］此题注应是引自李公焕本。

［三］下"爰"字，苏写本作"官"。递修本、曾集本、汤汉本曰："（爰）一作'官'。"

［四］聪：递修本、曾集本、汤汉本、须溪本、李公焕本、陆汝嘉本、李梦阳本作"聦"。整理者按："聦"为"聪"之换声旁异体字，为其俗写。《正字通·耳部》："聦，俗聪字。"

［五］于惠：苏写本作"惠于"。

［六］飡：何孟春本"餐"。整理者按："餐"之异体字作"飡"。以俗

写中"氵"旁常省笔作"丷"，故"湌"亦常作"飡"。《广韵·寒韵》：
"湌，餐同。俗作飡。"

［七］聆：递修本、曾集本、汤汉本作"矜"，三本并曰："（矜）一作
聆。"○善：苏写本、递修本、曾集本曰："一作'音'。"○聆善：焦竑本、
凌蒙初本作"矜善"，二本曰："（矜善）一作'聆音'。"

［八］惟：递修本、曾集本曰："一作'怍'。"须溪本曰："一作'怍'。
是。"○谐也：递修本、曾集本曰："一作'也谐'。"须溪本曰："一作'也
谐'。是。"焦竑本、凌蒙初本亦作"也谐"。凌蒙初本曰："一作'谐也'。"

［九］由：递修本、曾集本、汤汉本曰："一作'游'。"焦竑本、凌蒙
初本作"游"，二本曰："（游）一作'由'，非。"

［一〇］载言载眺：苏写本作"载驰载驱"，原注曰："一作'载言载
眺'。"递修本、曾集本曰："（载言）一作'载驰'。（载言载眺）一作'载
驰载驱'。"

［一一］遊：递修本、曾集本、汤汉本作"游"。

答庞参军　一首　并序[一]

庞为卫军参军，从江陵使上都，过浔阳，见赠。

衡门之下，有琴有书。载弹载咏，爰得我娱。岂无他好？乐是幽居。朝
为灌园，夕偃蓬庐。

人之所宝，尚或未[二]珍。不有同爱[三]，云何以亲[四]？我求良友[五]，
寔[六]觏怀人。懽[七]心孔洽，栋宇惟邻[八]。(尾注) 时新居南里之南村，即栗里。
邻，新居邻也。[九]

伊余[一〇]怀人，欣德孜孜。我有旨酒，与汝乐之。乃陈好言，乃著新
诗。一日不见，如何不[一一]思！"乃陈好言"下四句，(天头注) 真可人，真知己。

嘉遊未歝[一二]，誓将离分。送尔于[一三]路，衔觞无欣[一四]。"衔觞无欣"
句，(天头注) 别赋黯然。依依旧楚[一五]，邈邈[一六]西云。之子之远，良话
曷闻？

昔我云[一七]别，仓庚载鸣。今也遇之，霰雪飘零。大藩有命，作使上京。岂忘宴安[一八]？王事靡宁[一九]。

惨惨寒日，肃肃其风。翩彼方舟，容裔江中[二〇]。勖哉征人，在始思终。敬兹良辰[二一]，以保尔躬。（尾注）江中，一作"冲冲"。[二二]"在始思终"下三句，（天头注）赠人以言，古道如是。

【评注】

丹崖曰：相见恨晚，相别恨远，眷恋依依，情溢乎词，视《长沙公》诗，真天渊矣。

（丹崖）又曰：词直意婉，以其出乎自然也。杜甫云"陶谢不枝梧"，从此看来。

【校正】

[一] 苏写本、陆汝嘉本、何孟春本、凌蒙初本有"并序"二字。递修本、汤汉本有"一首并序"四字。曾集本有"一首"二字。故据以补"一首并序"四字。焦竑本篇题下但有"有序六章"四字。须溪本、李公焕本、李梦阳本无"一首并序"字样。〇又篇题目中"答"字，凌蒙初本同。其余诸本并作"苔"。下文各处"答"字并同。整理者按："应对""酬答"义，古本作"畲"字，后又假借本义为"小豆"的"苔"字表此义。再后来，又对"苔"字改换形旁造"答"字来分担"苔"字这一假借义。故"应对""酬答"义，"答"为"苔"之今字，而"苔""答"又并为"畲"之今字。《玉篇·田部》："畲，今又作苔。"又《五经文字·艹部》："苔，此苔本小豆之一名，对苔之苔本作畲。经典及人间行此苔久矣，故不可改。"又《集韵·合韵》："答，古作畲。"又《广韵·合韵》："答，当也。亦作苔。"

[二] 未：曾集本、汤汉本曰："一作'非'。"

[三] 爱：递修本、曾集本、汤汉本曰："一作'好'。"焦竑本、凌蒙初本作"好"。凌蒙初本曰："（好）一作'爱'，非。"

[四] 云：苏写本、递修本作"去"。递修本曰："（去）一作'云'。"整理者按："云何"犹"如何"，为固定结构，作"去何"则义无可取。〇

何：诸本并作"胡"。整理者按："何""胡"俱可为疑问代词，故常混用不别。《玉篇·肉部》："胡，何也。"〇以：曾集本："一作'已'。"

[五]友：曾集本："一作'朋'。"

[六]寔：递修本作"实"。整理者按：文献中"寔""实"常相假借。

[七]懽：苏写本、递修本、曾集本、汤汉本作"歡"。整理者按："懽""歡"为换形旁且构件移位的异体字。《正字通·心部》："懽同歡。"《说文·卜部》"懽"字下段玉裁注："懽与歡，音义皆略同。"

[八]惟：苏写本、递修本作"唯"。曾集本曰："（惟）一作'为'。"焦竑本、凌蒙初本曰："（惟）一作'为'。非。"整理者按：文献中"惟""唯""维"作为助词时，常通用无别。《经传释词》卷三："惟，发语词也……字或作唯，或作维。"〇邻：汤汉本、须溪本、李公焕本作"隣"。整理者按："邻"之繁体作"鄰"。"隣"为"鄰"之构件移位异体字，为"鄰"之俗写。《广韵·真韵》："鄰，俗作隣。"〇李公焕注曰："时新居南里之南村，即栗里。隣，新居隣也。"陆汝嘉本同，而"隣"作"鄰"为小异。

[九]此注引自李公焕本。

[一〇]余：曾集本、汤汉本作"予"。

[一一]不：曾集本、汤汉本曰："一作'弗'。"

[一二]遴：汤汉本作"游"。〇斁：曾集本曰："一作'数'。一作'欺'。"

[一三]于：苏写本作"於"。递修本、袁行需本曰："一作'於'。"

[一四]欣：苏写本作"忻"。整理者按："欣""忻"二字音同，且俱有"喜悦""高兴"义，故文献中常通用无别。《玉篇·欠部》："欣，喜也。"又《玉篇·心部》："忻，喜也。"今多以"忻"为"欣"之换形旁且构件移位异体字。

[一五]楚：李梦阳本、何孟春本作"梺"。整理者按："之""疋"形似，俗写中"疋"或作"之"。故"梺"为"楚"之俗写时形成的换旁异体字。

[一六]遨遨：曾集本、汤汉本作"藐藐"，二本并曰："（藐）一作'遨'。"

[一七] 云：递修本、曾集本曰："一作'之'。"

[一八] 忘：苏写本作"妄"。递修本、袁行霈本曰："一作'妄'。"○宴：曾集本曰："一作'燕'。"整理者按："宴饮"义，"燕"假借为"宴"。《说文通训定声·干部》："燕，段借为宴，飨宴也。"

[一九] 宁：焦竑本作"甯"。整理者按："甯"为"宁"之异体字，本限于选择连词"宁愿""宁可"。《说文·用部》："甯，所愿也。"段玉裁注："此与《丂部》'宁'音义皆同，许意'宁'为愿词，'甯'为所愿，略区别耳。"又《篇海类编·宫室类·宀部》："甯，音宁，义同。"后则可用"甯"表示"宁"之其他意义。

[二〇] 容裔：苏写本、陆汝嘉本"裔"作"与"。曾集本曰："（裔）一作与。（容裔）一作融泄。"○容裔江中：曾集本曰："（江中）一作'冲冲'。"递修本、袁行霈本曰："一作'容与冲冲'。一作'容裔江中'。"

[二一] 辰：苏写本作"晨"。递修本、袁行霈本曰："一作'晨'。"

[二二] 此注引自曾集本。

劝农 一首[一]

悠悠上古，厥初生人[二]，傲然自足，抱朴含真。"悠悠上古"下四句，（天头注）缅想此时，可以辟谷。智巧既萌[三]，资待靡[四]因。谁其[五]赡之？实赖哲人[六]。

哲人伊何？时为[七]后稷。赡之伊何？实曰播殖[八]。舜既躬[九]耕，禹亦稼穑。远若周典，八政始食。

熙熙令音[一〇]，猗猗原陆。卉木繁荣，和风清穆。纷纷士女，趋时竞逐[一一]。桑妇宵征[一二]，农夫野宿。

气节易过，和泽难久。冀缺携俪[一三]，沮溺结耦。[一四]相彼贤达，犹[一五]勤垄亩。矧伊众庶，曳裾拱手。"曳裾拱手"句，（天头注）说惰农，趣甚。（尾注）《左传·僖三十三年》，舅季使过冀，见冀缺耨，其妻饁之，相待如宾，与之归。[一六]

生民[一七]在勤，勤则不匮。宴[一八]安自逸，岁暮[一九]奚冀？儋石不

58

储^[二〇]，飢^[二一]寒交至。顾爾^[二二]俦列，能不怀愧^[二三]？"能不怀愧"句，（天头注）愧得妙。愧字有不负心、不苟食二义。（尾注）儋石，言儋一石。应劭曰："齐人名罋为儋，石受一斛。"《汉书音义》曰："儋，一斗之储。"^[二四]

孔耽道德，樊须是鄙。董乐琴书，田园不履^[二五]。若^[二六]能超然，投迹高轨。敢不歛衽^[二七]，敬讚德^[二八]美。

【评注】

丹崖曰：劝人读书，亦是苦事，不若就农言农。删此末章八句，尤为高老。锺伯敬以此首"倒插有力有趣"，恐不然。

【校正】

［一］"一首"二字，递修本、曾集本、汤汉本有之，据补。苏写本、须溪本、李公焕本、陆汝嘉本、李梦阳本、何孟春本俱无之。焦竑本篇题下但注"六章"二字。

［二］人：苏写本、递修本、汤汉本、陆汝嘉本作"民"。递修本曰："（民）一作'人'。"曾集本曰："（人）一作'民'。（生人）一作'正人'。"整理者按：作"正人"者，"正"当为"生"之形误字。

［三］既：曾集本、汤汉本曰："一作'未'。"须溪本曰："作末。"整理者按："作末"当是"一作末"，"末"为"未"之形误字。○萌：何孟春本作"萠"。整理者按："萠"音潘，为姓氏用字，于此处文义不谐，故为"萌"之形误字。

［四］靡：递修本、袁行霈本曰："一作'无'。"整理者按："靡""无"俱可为否定动词或否定副词，故常通用。《尔雅·释言》："靡，无也。"

［五］其：递修本、袁行霈本曰："一作'能'。"

［六］实：苏写本作"寔"。○赖：除汤汉本、李公焕本、焦竑本外，其余诸本作"頼"。整理者按："頼"为"赖"之俗写。明焦竑《俗书刊误·刊误去声·泰韵》："赖，俗作頼。"

［七］为：苏写本、递修本、曾集本、汤汉本作"惟"。

［八］实：焦竑本作"寔"。○殖：苏写本、递修本、曾集本、汤汉本作

"植"。整理者按："殖""植"俱有"种植"义。《玉篇·歹部》："殖，种也。"

[九]躬：须溪本作"躬"。整理者按："躬""躬"为异体字，但构造方法不同，"躬"为形声字，"躬"为会意字。《玉篇·吕部》："躬，身也。《易》曰：'不有躬，无攸利。'或作躬。"王仁煦《刊谬补缺切韵·东韵》："躬，谨敬也。又作躬。"

[一〇]音：苏写本、递修本、曾集本、汤汉本作"德"。递修本曰："一作'音'。"

[一一]趋：苏写本作"趣"。须溪本、李公焕本作"趍"。整理者按："趋""趣"古音同，多通用。《篇海类编·人事部·走部》："趣，与趋同。"《汉书·贾谊传》"趣中《肆夏》"颜师古注："趣，读曰趋。趋，疾步也。"而"趍"为"趋"之俗写。《广韵·虞韵》："趋，走也。趍，俗。"《集韵·遇韵》："趋，或作趍。"《诗·齐风·猗嗟》"巧趋跄兮"陆德明《释文》："趋，本又作趍。"黄焯《经典释文汇校》："唐写本作趍。趋，正字。趍，后出字。"〇竞：苏写本、须溪本作"競"。整理者按："竞"字繁体作"競"，见于甲骨文，"競"字见于汉碑，"競"为"競"之后出异体字。《龙龛手镜·立部》："競"，同"競"。

[一二]桑：须溪本、何孟春本作"桒"。整理者按："桑"字见于甲骨文，其上部构件像歧出之桑条，隶变时，其笔画由折线变为直线，字形当作"桒"（汉《礼器碑》正如此）。然篆文中将歧出之桑条形误作"叒"，故字形又作"桑"。"桑"字载于《说文》，故成为常用字。后世遂以"桒"为"桑"之异体字。《广韵·唐韵》："桒"，同"桑"。〇征：递修本、曾集本、汤汉本、焦竑本作"兴"，递修本、曾集本曰："（兴）一作'征'。"

[一三]李公焕注曰："《左传·僖三十三年》，舅季使过冀，见冀缺耨，其妻馌之，敬，相待如宾，与之归。"陆汝嘉本、李梦阳本同，唯"舅季"作"白季"为小异。又李梦阳本"僖三十三年"误作"僖公十三年"。整理者按："舅季"二字，今本《左传》正作"白季"。

[一四]"冀缺携俪，沮溺结耦"二句，递修本、曾集本曰："一作'缺携尚植，沮溺犹耦'。"

〔一五〕犹：递修本、曾集本曰："一作'尤'。"

〔一六〕此首末注文字引自李公焕本。应置此注文于"冀缺携俪"句下。

〔一七〕生民：诸本作"民生"。

〔一八〕宴：递修本、曾集本曰："一作'燕'。"

〔一九〕暮：苏写本作"莫"。整理者按："时间接近终末"义，本字作"莫"。"莫"字见于甲骨文，像日落草莽之形，寓示时晚。后"莫"借表他义，故其本义乃以后出之"暮"字表示。《说文·茻部》"莫"字徐锴《系传》："平野中，望日且莫将落，如在茻中也。今俗作暮。"

〔二〇〕儋石：递修本"儋"误作"檐"。李公焕注曰："儋石，言一儋一石。应劭曰：'齐人名甖为儋，石受二斛。'《汉书音义》曰：'儋，一斗之储。'"陆汝嘉本同。李梦阳本亦引此注，然无"汉书音义曰儋一斗之储"十字。〇不：递修本、曾集本、汤汉本曰："一作'弗'。"

〔二一〕饥：递修本、曾集本曰："一作'馑'。"焦竑本亦作"馑"。整理者按："饥""馑"二字，义各有专，"饥"谓"饥饿"，"馑"表"五谷不收"。然二字在文献中每相通借，混用无别，有如一字。以"饥"为"馑"者，如《尔雅·释天》"谷不熟为馑"陆德明《释文》："馑，本或作饥。"《说文通训定声·履部》："饥，叚借为馑。"又有以"馑"为"饥"者，如《集韵·脂韵》："饥，《说文》：'饿也。'或从幾。"清朱骏《说文假借义证·食部》："馑，下'饥'字云：'饿也。'义各别。后遂多通借用之。"今则废"馑"而通行"饥"字。

〔二二〕爾：苏写本作"尔"。递修本、曾集本、汤汉本作"余"，递修本、曾集本曰："一又作'尔'。"汤汉本曰："一又作'爾'。"整理者按：指示代词"如此"，乃假借本义为"疏朗"的"爾"字表示。"爾"字见于甲骨文，《说文·㸚部》以"爾"字从冂，从㸚，尒声。文字演变中，"爾"字脱去构件"冂"和"㸚"，唯馀"尒"形，见于战国金文（《中山王鼎》）、三体石经、《说文》和汉碑（《白石神君碑》）中，作为指示代词"如此"的专用字。故《说文》云："尒，词之必然也。"然文献中又往往"爾""尒"通用。《玉篇·八部》："尒，亦作爾。"甚或有以"如此"义上，"爾"为"尒"之后起字者。《说文》"尒"字下段玉裁注："尒之言如此也，后世多以爾字为之。"此实未明"爾""尒"字演变之先后关系。"尒"字形体再加演变，即为"尔"字。《集韵·纸韵》："尒，亦书作尔。"今则废"尒"字，而以"尔"为"爾"之简体字。

[二三] 愧：苏写本作"媿"。整理者按："惭愧"义，古假借"媿"字为之，"媿"字见于周代金文中，本为姓氏。"愧"字晚出，见于《说文》，为"媿"之异体字。然文献中以用"愧"字为常。《说文·女部》："媿，慙也。愧，媿或从耻省。"吴大澂《说文古籀补》曰："媿，姓也。后世借为慙媿字，而媿之本义废。"邵瑛《说文解字群经正字》曰："今经典多从或体作愧。"今则废"媿"字，而通行"愧"字。

[二四] 此首末注文字引自李公焕本。应置于"儋石不储"句下。

[二五] 田园：递修本、曾集本、汤汉本曰："一作'园井'。"○不：递修本、曾集本、汤汉本作"弗"，递修本、曾集本曰："一作'不'。"

[二六] 若：苏写本作"苟"。整理者按："苟"与"若"俱可为假设连词。《经传释词》卷五："苟犹若也。"

[二七] 衽：焦竑本作"袵"。整理者按："袵"为"衽"之换声旁异体字。《集韵·沁韵》："衽，衣衿也。或从任。"

[二八] 讚：苏写本作"叹"，原注曰："（叹）一作'讚'。"递修本、曾集本、汤汉本作"赞"，递修本、曾集本曰："（敬讚）一作'难讚'。"整理者按："赞""讚"二字义各别，然俱有"称颂""赞美"义，故文献中多混用不别。○德：苏写本作"厥"。

命子 一首[一]

悠悠我祖，爰自陶唐。邈为虞宾，历世重光[二]。御龙勤夏，豕韦翼商[三]。穆穆司徒，厥族以昌[四]。（尾注）陶氏之先曰伊祈氏，升唐侯，为天子。后逊于虞，作游陶丘，故号曰陶唐氏，谥曰尧。取散宜氏之女曰女皇，生丹朱。复有庶子九人。及舜，初郊于唐，以丹朱为尸，因封于唐。○时董父好龙，舜命蓼龙于陶丘，而尧之庶子奉尧之祀于陶丘者，或世业蓼龙。逮夏帝孔甲时，天降雌雄龙二于庭。有刘累者，实尧之裔。累以扰（音柔）龙事孔甲，赐之姓御龙氏。龙一雌死，帝既飨，复求。御龙氏惧，迁鲁山。祝融之后封于豕韦，商武丁灭之，以封刘累之胄。○《左传》载商民七族，陶氏其一也。陶氏授民，是为司徒，盖豕韦之后。陶姓始经见于此。○原陶姓氏，族之所自来也。[五]

纷纷[六]战国，漠漠衰周。凤隐於[七]林，幽人在丘。逸虬遶云[八]，奔鲸骇流。[九]天集有汉，眷予愍侯[一○]。（尾注）虬，奇摎切。俗作蛇，非。无角龙也。○"逸虬"二句，喻狂暴纵横之乱也。○《高帝功臣表》：开封愍侯，陶舍以左司马从汉破代，封侯。[一一]

于赫愍侯，运当攀龙。抚剑凤迈[一二]，显兹武功。书誓山河[一三]，启土开封。亹亹丞相[一四]，允迪前踪。（尾注）高帝与功臣盟云：使黄河如带，泰山如砺，国以永存，爰及苗裔。"书誓山河"，谓此盟也。○孝景二年，陶青为丞相。[一五]

浑浑长源，蔚蔚[一六]洪柯。羣[一七]川载导，众条载罗[一八]。时有语默，运因隆窊[一九]。在我中晋，业融长沙[二○]。（尾注）"羣川"二句喻枝派之分散。○窊，乌瓜切，下也。"运因隆窊"，言陶青之后未有显者也。○按《别传》，陶侃，字士衡，仕中晋，在军四十一载，位至八州都督，封长沙郡公，薨于成帝咸和九年，追赠大司马。谥曰桓。[二一]

桓桓长沙，伊勋伊德。天子畴我，专征南国。功遂辞归，临宠不忒。孰谓斯心，而近可得。[二二]（尾注）言长沙公心期之高远也。[二三]

（另行又注）丹崖曰：长沙公侃，前史多议其非纯臣，而此心有不可问者，陶翁为祖讳也。

肃矣我祖，慎终如始。直方二[二四]台，惠和千里[二五]。于皇[二六]仁考，淡焉虚[二七]止。寄迹[二八]风云，寔[二九]兹愠喜。[三○]（尾注）陶茂邻《谱》以岱为祖。按此诗云"惠和千里"，当从《晋史》以茂为祖。陶茂为武昌太守。○父，姿城太守，生五子。史失载。[三一]

嗟余寡陋，瞻望弗及。顾惭[三二]华鬓，负影只立[三三]。三千之罪，无后为急[三四]。我诚念哉，呱闻尔泣。

卜云嘉日，占亦[三五]良时。名汝曰俨，字汝[三六]求思。温恭朝夕，念兹在兹。尚想孔伋，庶其企而。[三七]（尾注）孔伋因求思而言。韦玄成诗："谁谓华高，企其齐而。谁谓德难，厉其庶而。"[三八]

厉夜生子，遽而求火[三九]。凡百有心，奚待於我[四○]。既见其生，实[四一]欲其可。（"既见其生"下二句，天头注）实话。人亦有言，斯情无假。（尾注）

《庄子·天地篇》：厉之人半夜生其子，遽取火而视之，汲汲然，惟恐其似己也。[四二]

日居月诸，渐免于[四三]孩。福不虚[四四]至，祸亦易来。夙兴夜寐，愿尔斯才。尔之不才，亦已焉哉[四五]。

【评注】

张缵曰：先生高蹈独善，宅志超旷，视世事无一可芥其中者，独于诸子拳拳训诲，有《命子》诗，有《责子》诗，有《告俨等疏》。先生既厚积于躬，薄取于世，其后宜有兴者，而六代之际，迄无所闻。此亦先生所谓"天道幽且远，鬼神茫昧然"者也。○靖节之裔不见于传，独袁郊《甘泽谣》云：陶岘，彭泽之后，开元中家于崑山。[四六]

又曰：杜子美嘲先生云："有子贤与愚，何其挂怀抱。"此固以文为戏耳。"骥子好男儿"，若以是嘲子美誉儿，亦岂不可哉？[四七]

赵泉山曰：靖节之父，史逸其名，惟载于陶茂麟《家谱》。而其行事亦无从考见，惟《命子》诗曰："于皇仁考，淡焉虚止，寄迹风云，冥兹愠喜。"其父子风规盖相类。[四八]

丹崖曰：初读之，叙次雅穆，嫌其结语不称前幅，以少浑厚也。虽然，俨既渐免于孩，不好纸笔，已见无成矣，陶翁有激而言，盖不得已哉。杜子美讥之云："陶翁避俗人，未必能达道，有子贤与愚，何其挂怀抱。"如杜称"骥子好男儿"，不既以贤挂怀耶？观靖节《命子》《责子》二作，子俱不才，委之天运，可谓善自遣矣。

【校正】

[一]"一首"二字：递修本、曾集本、汤汉本有之，据补。苏写本、须溪本、李公焕本、陆汝嘉本、李梦阳本、何孟春本俱无之。焦竑本篇题下但注"十章"二字。

[二]历世：递修本、曾集本、汤汉本作"世历"，三本并曰："（世历）一作'历世'。"并同递修本。○"悠悠我祖"至"历世重光"四句：李公焕注曰："陶氏之先曰伊祈氏，升唐侯，为天子。后逊于虞，作游陶丘，故号陶唐氏，而谥曰尧。取散宜氏之女曰女皇，生丹朱。复有庶子九人。及舜

初郊于唐，以丹朱为尸，因封于唐。"陆汝嘉本、李梦阳本同。

[三]"御龙勤夏，豕韦翼商"二句：李公焕注曰："时董父好龙，舜命豢龙于陶丘，而尧之庶子奉先之祀于陶丘者，或世业豢龙。逮夏帝孔甲时，天降雌雄龙二于庭。有刘累者，实尧之裔。累以扰（音柔）龙事孔甲，赐之姓御龙氏。龙一雌死，帝既飨，复求。御龙氏惧，迁鲁山。祝融之后封于豕韦，商武丁灭之，以封刘累之胄。"陆汝嘉本、李梦阳本同。惟李梦阳本注文"累以扰（音柔）"作"以扰"，为小异。

[四]"穆穆司徒"句：汤汉本注曰："《春秋传》：分康叔以殷民七族，陶氏、施氏云云。陶叔授民，命以康诰。杜注：'陶叔，司徒。'"李公焕注曰："《左传》载商民七族，陶氏其一也。陶氏授民，是为司徒，盖豕韦之后。陶姓始经见于此。"陆汝嘉本、李梦阳本注同李公焕。○"厥族以昌"句：李公焕注曰："原陶姓氏，族之所自来也。"陆汝嘉本同。

[五]此首末四条注文俱引自李公焕本。李公焕本各条注文分置相应之处，甚醒目。而蒋薰并置于此首之末，殊未当。

[六]纷纷：递修本、曾集本、汤汉本作"纷纭"，三本并曰："（纷纭）一作'纷纷'。"

[七]於：递修本、曾集本、汤汉本作"于"。

[八]虬：苏写本、递修本、曾集本、汤汉本、焦竑本作"虬"。李公焕注曰："虬，奇摎切。俗作蛇，非。无角龙也。"陆汝嘉本同。须溪本、李梦阳本、何孟春本、凌蒙初本作"蚪"。何孟春注曰："蚪，奇摎切。"凌蒙初本曰："俗作蛇，非。"整理者按："虬"为"虬"之隶变俗字。《说文·虫部》"虬"字下桂馥《义证》曰："此即今之虬字，隶体丩变为乚。"《篇海类编·鳞介类·虫部》："虬，与虬同。"而"蚪"为"蝌蚪"，其义与"虬"了不相涉。盖俗书中"丩"或误作"斗"，故"虬"亦误书作"蚪"。何孟春本注"蚪，奇摎切"正以"蚪"为"虬"。○遶：苏写本作"撓"。整理者按："遶"为"繞"之换形旁异体字，《篇海类编·人事类·辵部》："遶，围遶也。通作繞。"又《字汇·辵部》："遶，同繞。""撓"与"繞"音同，故可假借为"繞"。《集韵·笑韵》："繞，缠也。《史记》：'苛察缴繞。'或作撓。"以故，此文作"遶"，作"撓"，皆即"繞"字。

[九]"逸虬遶云，奔鲸骇流"二句：李公焕注曰："二句，喻狂暴纵横之乱也。"陆汝嘉本同。

[一○]予：苏写本、递修本、曾集本、焦竑本作"余"。○愍侯：汤汉本注曰："陶舍。"李公焕注曰："《高帝功臣表》：开封愍侯陶舍，以左司马从汉破代，封侯。"陆汝嘉本、李梦阳本注同李公焕。

[一一]此首末三条注文，俱源自李公焕本。李公焕本各条注文分置相应之处，极为醒目。而蒋薰并置于此首之末，殊觉未妥。

[一二]剱：李梦阳本、何孟春本、焦竑本作"剑"。整理者按："刃""刀"同义，故为偏旁时每可替换。"剱"即"剑"之换形旁异体字。○凤：递修本、曾集本、汤汉本作"风"，递修本、曾集本曰："（风）一作'凤'。"焦竑本曰："（凤）一作'风'。"凌蒙初本曰："（凤）一作'风'，非。"

[一三]书：递修本、曾集本、汤汉本曰："一作'叅'。"整理者按："叅"即"参"之俗写。《广韵·覃韵》："参，俗作叅。"○山河：递修本、曾集本、汤汉本作"河山"，递修本、曾集本曰："（河山）一作'山河'。"○"书誓山河"句：李公焕注曰："高帝与功臣盟云：'使黄河如带，泰山如砺，国以永存，爰及苗裔。''书誓山河'，谓此盟也。"陆汝嘉本、李梦阳本同。

[一四]汤汉注曰："陶青。"李公焕注曰："孝景二年，陶青为丞相。"陆汝嘉本、李梦阳本注同李公焕，而李梦阳本"孝"下误脱"景"字。

[一五]此首末二条注文，俱引自李公焕本。李公焕本各条注文分置相应之处，甚是。蒋薰并置于此首之末，未妥。

[一六]蔚蔚：递修本、曾集本、汤汉本、焦竑本作"郁郁"。

[一七]羣：须溪本、李公焕本、李梦阳本作"群"。

[一八]李公焕注曰："（众条载罗）一句，喻枝派之分散。"陆汝嘉本同。

[一九]窊：递修本、曾集本、汤汉本曰："一作'瘑'。"李公焕注曰："窊，乌瓜切。凹也。（时有语默，运因隆窊）二句言陶青之后未有显者也。"陆汝嘉本同。须溪本、何孟春本曰："（窊）乌瓜切。"整理者按："瘑"

"窊"虽异义，然二字同音且形体极近，故文献中多混用无别。"窊""窳"二字声近韵同，俱有"凹陷""低下"义。

［二〇］"在我中晋，业融长沙"二句：李公焕注曰："按《（陶侃）别传》，陶侃，字士衡，仕中晋，在军四十一载，位至八州都督，封长沙郡公，薨于成帝咸和九年，追赠大司马。谥曰桓。"陆汝嘉本、李梦阳本同。

［二一］此首末三条注文，俱引自李公焕本。蒋薰并置于此首之末，未如李公焕本分置相应之处妥当。然蒋薰注文所注对象稍异于李公焕。注文"喻枝派之分散"，李公焕以之注"众条载罗"一句，蒋薰则以注"羣川载导，众条载罗"二句，此以蒋薰为是。注文"言陶青之后未有显者也"，李公焕以之注"时有语默，运因隆窊"二句，蒋薰则以注"运因隆窊"一句，此则以李公焕为是。

［二二］"孰谓斯心"下二句，苏写本、递修本、曾集本曰："（心）一作'远'。"汤汉注曰："言长沙公心期之高远也。"李公焕本、陆汝嘉本同。

［二三］此首末注文应引自李公焕本。

［二四］二：递修本、曾集本、汤汉本曰："一作'三'。"

［二五］李公焕注曰："陶茂邻《谱》以岱为祖。按此诗云'惠和千里'，当从《晋史》以茂为祖。陶茂为武昌大守。"陆汝嘉本、李梦阳本同。而李梦阳本注文"以茂为祖"下无"陶"字，为小异。

［二六］皇：递修本、曾集本、汤汉本作"穆"，三本并曰："（穆）一作'皇'。"

［二七］虚：李梦阳本作"虖"。

［二八］跡：诸本作"迹"。

［二九］寘：递修本、曾集本、汤汉本曰："一作'冥'。"何孟春本作"置"。焦竑本、凌蒙初本作"冥"，二本曰："（冥）一作'寘'，非。"整理者按："寘""置"义各有专，然声韵俱近，故于"安置""弃置"义常混用无别。今则以"寘"为"置"之异体字，且废"寘"而通行"置"字。

［三〇］"于皇仁考"下四句，李公焕注曰："父，姿城大守，生五子。史失载。"陆汝嘉本、李梦阳本同。

［三一］此首末二条注文，俱引自李公焕本。蒋薰并置于此首之末，未

如李公焕本分置相应之处妥当。

［三二］惭：苏写本、递修本、曾集本、汤汉本作"慙"。整理者按："慙"字见于《说文》，"惭"字晚出，为"慙"之构件移位异体字。《玉篇·心部》："惭"，同"慙"。今则废"慙"而通行"惭"字。

［三三］影：苏写本作"景"。○负影只立：递修本、曾集本曰："一作'贫贱介立'。"

［三四］无后为急：递修本、曾集本、汤汉本作"无复其急"，递修本、曾集本曰："一作'无后为急'。一作'后无其急'。"焦竑本曰："（后为急）一作'复其急'，非。"凌蒙初本曰："（无后为急）一作'无复其急'，非。"

［三五］亦：递修本、曾集本曰："一作'云'。"整理者按：此处若作"云"，则与上"卜云"之"云"字重复。

［三六］汝：苏写本作"尔"。整理者按：上既有"汝"字，此处似宜从苏写本作"尔"字。又按："汝""尔"义各有专，后俱借为第二人称代词，文献中通用无别。《小尔雅·广诂》："尔，汝也。"《广韵·语韵》："汝，尒也。"《正字通·水部》："汝，本水名，借为尔汝字。"又"尔""汝"用于尊称卑、上称下的场合。《孟子·尽心下》"人能充无受尔汝之实"句，焦循《正义》曰："尔汝为尊于卑、上于下之通称。"

［三七］"尚想孔伋"下二句，汤汉注曰："孔伋因求思而言。韦玄成诗：'谁谓华高，企其齐而。谁谓德难，厉其庶而。'"李公焕本、陆汝嘉本同。李梦阳本引汤汉注，但曰："孔伋因求思而言。"

［三八］此条注文应是引自李公焕本。

［三九］"厉夜生子"下二句，李公焕注曰："《庄子·天地篇》：厉之人半夜生其子，遽取火而视之，汲汲然，惟恐其似己也。"陆汝嘉本、李梦阳本同，而李梦阳本"惟恐其似己也"作"恐似己也"，为小异。

［四○］待：诸本作"特"。整理者按：据上下文意，此处似宜从诸本作"特"。○于：递修本、曾集本、汤汉本作"于"，三本并曰："（于）一作'於'。"

［四一］实：焦竑本作"寔"。

［四二］此条注文引自李公焕本。

［四三］于：苏写本作"於"。

［四四］虚：李梦阳本作"虗"。

［四五］"亦已焉哉"句：汤汉注曰："郑康成为书戒子，末云：'若忽忘不识，亦已焉哉。'"

［四六］此条评论引自李公焕本，陆汝嘉本、凌蒙初本亦有之。"靖节之裔"下数句，李公焕本、陆汝嘉本俱为双行小字注，而蒋薰改为与正文同一字体，乃以注文混入正文，未妥。

［四七］此条评论引自李公焕本，陆汝嘉本、凌蒙初本亦有之。

［四八］此条评论引自李公焕本，陆汝嘉本、凌蒙初本亦有之。

归鸟　一首[一]

翼翼归鸟，晨去于林。远之八表，近憩云岑[二]。和风不[三]洽，翻翮求心[四]。顾俦相鸣，景庇清阴。（评注）憩，起例切。息也。○"翻翮求心"，托言归而不忘。下文"岂思天路"意同。[五]

翼翼归鸟，载翔载飞。虽不怀游[六]，见林情依[七]。遇云颉颃，相鸣[八]而归。遐路诚悠，性爱无遗。

翼翼归鸟，驯[九]林徘徊。岂思天路，欣及[一〇]旧栖。虽无昔侣，众声每谐。日夕气清，悠然其怀。

翼翼归鸟，戢羽寒[一一]条。游[一二]不旷林，宿则[一三]森标。晨风清兴，好音时交。矰缴奚施[一四]，已卷安劳[一五]。（评注）缴，之若切。矰，矢射也。生丝缕也。○卷，与倦同。[一六]

【评注】

锺伯敬曰：其语言之妙，往往累言说不出处，数字回翔略尽，有一种清和婉约之气在笔墨外，使人心平累消[一七]。

沃仪仲曰：总见当世无可错足，不如倦飞知还之为得。"已倦安劳"，是全篇心事。四章凭空起义，如海市蜃楼，以比体为赋体[一八]。

丹崖曰：《归鸟》诗似为得新知而作也。初云"翻翮求心"，继云"虽无昔侣",可见。

【校正】

[一]"一首"二字,递修本、曾集本、汤汉本有之,据补。苏写本、须溪本、李公焕本、陆汝嘉本、李梦阳本、何孟春本俱无之。焦竑本篇题下但注"四章"二字。

[二]近:递修本、曾集本曰:"一作'延'。"〇憇:李公焕注曰:"憇,起例切。息也。"陆汝嘉本同。何孟春注曰:"憇,起例切。"整理者按:"憇"为"憩"字之俗写,为其换构件异体字。《正字通·心部》:"憩,俗作憇。"

[三]不:递修本、曾集本、汤汉本作"弗",递修本、曾集本曰:"(弗)一作'不'。"

[四]"翻翮求心"句:汤汉注曰:"托言归而求志。下文'岂思天路'意同。"李公焕本、陆汝嘉本注同。

[五]此二条注文,俱引自李公焕本。蒋薰并置于此首之末,未如李公焕本分置相应之处妥当。

[六]游:苏写本、递修本、曾集本作"遊"。

[七]情依:递修本、曾集本曰:"一作'飘零'。"

[八]相鸣:递修本、曾集本曰:"一作'鸣景'。"

[九]驯:苏写本曰:"宋(庠)本作'相'。"递修本、曾集本、汤汉本曰:"一作'相'。"则递修本、曾集本、汤汉本所谓一本即宋庠本。

[一〇]及:苏写本、递修本、曾集本、汤汉本、焦竑本作"反",递修本、曾集本、汤汉本并曰:"(反)一作'及'。"

[一一]寒:递修本、曾集本、汤汉本曰:"一作'寒'。"

[一二]游:苏写本、递修本、曾集本作"遊"。

[一三]则:苏写本作"不"。递修本、曾集本、汤汉本曰:"一作'不'。"

[一四]"矰缴奚施"句:李公焕注曰:"缴,之若切。矰,矢躲也,生丝缕也。"陆汝嘉本注曰:"矰,矢躲也。缴,之若切。生丝缕也。"何孟春

注曰："缴，之若切。"整理者按：陆汝嘉本对李公焕之注进行了调整，更为合理。何孟春本吸收前人注释，往往只存音注文字，而删除义注，其注文虽简，而价值不显。

　　［一五］已卷：递修本、曾集本、汤汉本、焦竑本、凌蒙初本作"卷已"，递修本、曾集本、汤汉本并曰："（卷已）一作'已卷'。"李公焕本、陆汝嘉本、何孟春本曰："卷，与倦同。"○"已卷安劳"四字：苏写本曰："一作'旦莫逍遥'。"递修本、曾集本、汤汉本曰："一作'旦暮逍遥'。"

　　［一六］此二条注文，俱引自李公焕本。蒋薰并置于此首之末，未如李公焕本分置相应之处妥当。又凌蒙初本只引下一条注。

　　［一七］此条评论引自明锺伯敬、谭元春评选《古诗归》卷九。

　　［一八］此条评论据明黄文焕《陶诗析义》卷一转引。

檇李蒋薰丹崖评阅
海昌壻周文焜青轮订

诗五言

形影神　并序^[一]

　　贵贱贤愚，莫不营营以惜生，斯甚惑焉。故极陈形影之苦，言神辨自然以释之。好事君子，共取其心焉。^[二]

形赠影　一首^[三]

　　天地长不没，山川无改时^[四]。草木得常理，霜露荣^[五]悴之。谓人最灵智，独复不如^[六]兹！适见在世中，奄去靡归期。奚觉无一人，亲识岂相思^[七]？"奚觉无一人"下二句，（天头注）发人深省。但馀平生物，举目情悽洏^[八]。我无腾化^[九]术，必尔^[一〇]不复疑。愿君取^[一一]吾言，得酒莫苟辞^[一二]。（尾注）洏，如之切。涕流貌。^[一三]

【校正】

　　[一]"并序"二字，苏写本、递修本、汤汉本有之，据补。曾集本、须溪本、李公焕本、陆汝嘉本、李梦阳本俱无之。何孟春本篇题下有"三首"二字。焦竑本、凌濛初本篇题下有"三首并序"四字。整理者按：此篇实有

序文且由三首构成，则焦竑本、凌蒙初本"三首并序"四字确可从。

〔二〕此条序文，须溪本删除，其余诸本并有之。

〔三〕"一首"二字，递修本、曾集本、汤汉本并有，据补。其余诸本无之。

〔四〕无改时：苏写本曰："一作'如故时'。"递修本、曾集本曰："（无改）一作'如故'。"

〔五〕荣：递修本、曾集本、汤汉本："一作'憔'。"焦竑本、凌蒙初本曰："一作'惟'，非。"整理者按：焦竑本、凌蒙初本注中"惟"应是"憔"之形误字。

〔六〕如：苏写本、递修本、曾集本作"知"，递修本、曾集本并曰："（知）一作'如'。"

〔七〕识：递修本、曾集本曰："一作'戚'。"〇岂相思：苏写本、递修本、曾集本曰："一作'相追思'。"

〔八〕沴：李公焕注曰："沴，如之切。涕流貌。"李梦阳本、陆汝嘉本同。须溪本、何孟春本注曰："（沴）如之切。"则省去义注。

〔九〕化：递修本、曾集本："一作'云'。"

〔一〇〕尔：苏写本、须溪本作"尒"。

〔一一〕取：递修本、曾集本曰："一作'忆'。"

〔一二〕辞：苏写本、递修本作"辤"。〇整理者按：周金文、战国金文、籀文、《说文》中并有"辞""辤"二字，其字形绝不相类，且义各有专，"辞"义为"讼辞""言辞"（《说文·辛部》："辞，讼也。"），"辤"义为"推辞"（《说文·辛部》："辤，不受也。"）。然文献中常借"辞"表"推辞"义，"辤"字之用渐微，后反以"辤"为"辞"之异体字。《广韵·支韵》："辤"，同"辞"。

〔一三〕此条注文引自李公焕本。应置于"举目情悽沴"下。

影答形　一首[一]

存生不可言，卫生每苦拙。诚愿游崑[二]华，"诚愿游崑华"句，（夹注）答

"腾化"句。邈然兹道绝。与子相遇来，未尝异悲悦。"与子相遇来"下二句，（夹注）是说形。憩荫^[三]若暂乖，止日终不别^[四]。此同既难常，黯尔俱时灭^[五]。身没名亦尽，念之^[六]五情热。立善^[七]有遗爱，"立善有遗爱"句，（天头注）张云："立善"二字得圣贤寔际，宜静思之。^[八]胡为^[九]不自竭？酒云能消^[一〇]忧，方此讵^[一一]不劣！

【校正】

[一] "一首"二字，递修本、曾集本、汤汉本并有，据补。苏写本、须溪本、李公焕本、陆汝嘉本、李梦阳本、何孟春本、凌蒙初本无之。

[二] 崑：陆汝嘉本作"崏"。整理者按："崑""崏"二字为构件移位异体字，古籍中以用"崑"字为常。

[三] 荫：递修本、曾集本、汤汉本曰："一作'阴'。"整理者按："荫"以"阴"为声，二字古音同。故"荫"之去声"覆盖""埋藏"义，常借"阴"表之。《说文通训定声·临部》："阴，叚借为荫。"然"荫"之平声"树荫"义，少见借用"阴"字。

[四] 终不别：递修本、曾集本曰："一作'不拟别'。"

[五] 黯：递修本、曾集本曰："一作'默'。"○尔：须溪本作"尔"。

[六] 之：递修本、曾集本曰："一作'此'。"

[七] 善：递修本、曾集本曰："一作'命'。"

[八] "张"谓张自烈。此为节引。张自烈《笺注陶渊明集》卷二曰："'立善'二字得圣贤实际，宜静思之，不然则吾生泡幻耳。"

[九] 为：苏写本、递修本、曾集本、汤汉本作"可"。

[一〇] 消：苏写本作"销"。整理者按："消""销"古音同，故常相假借。《说文通训定声·小部》："消，叚借为销。"宋戴侗《六书故·地理一》："销，古单作消。"

[一一] 讵：苏写本曰："一作'诚'。"递修本、曾集本曰："一作'谁'。又作'诚'。"

神释 一首^[一]

大钧无私力，万理^[二]自森著。人为三才中，岂不以我故？"岂不以我故"句，（天头注）我，神自谓。与君虽异物，"与君虽异物"句，（天头注）君，形影也。生而相依附。结托善恶^[三]同，安得不相语^[四]。三皇大圣^[五]人，今复在何处？彭祖寿永年^[六]，欲留不得住。老少同一死，贤愚无复数。日醉或能忘，将非促龄具？立^[七]善常所欣，谁当为汝誉？^[八]甚念伤吾生，正宜^[九]委运去。纵浪大化中，不喜亦不惧。应尽便须^[一〇]尽，无复独多虑^[一一]。"纵浪大化中"下四句，（天头注）超脱形影，惟神不灭。（尾注）彭祖，姓籛名铿，颛顼玄孙，尧封于彭城，历夏经殷至周，年八百岁。〇"日醉"释前篇，"立善"释后篇。^[一二]

【评注】

《鹤林》曰："纵浪大化中"四句，是不以死生祸福动其心，泰然委顺，养神之道也。渊明可谓知道之士矣。^[一三]

张尔公曰：渊明悲世人扰扰，毕世不事德业，故托《神释》以警之。"委运""纵浪"二语，谓顺天达理，无忝所生，非纵诞颓惰，如所云人生适意耳，须富贵何时也。^[一四]

丹崖曰：影随形，形依人，形影腐幻，神为最灵，物得其理，人立其善。三皇彭祖，寿不常在，能忘喜惧，乃返自然，应尽须尽，故是无尽。

【校正】

[一]"一首"二字，递修本、曾集本、汤汉本并有，据补。苏写本、须溪本、李公焕本、陆汝嘉本、李梦阳本、何孟春本、凌蒙初本无之。

[二]理：苏写本作"物"。递修本、曾集本、汤汉本曰："一作'物'。"

[三]善恶：苏写本、递修本、曾集本、汤汉本曰："一作'既喜'。"

[四]语：苏写本作"与"。递修本、曾集本、汤汉本曰："一作

'与'。"

[五] 圣：递修本、曾集本曰："一作'德'。"

[六] 寿：苏写本、焦竑本、凌蒙初本作"爱"。递修本、曾集本、汤汉本曰："一作'爱'。"焦竑本、凌蒙初本曰："(爱)一作'寿'，非。"○李公焕注曰："彭祖，姓籛名铿，颛顼玄孙，进雉羹于尧，尧封于彭城，历夏经殷至周，年八百岁。"陆汝嘉本同。整理者按：此条注文应是注"彭祖寿永年"句，李公焕本、陆汝嘉本俱置于"欲留不得住"句下。

[七] 立：递修本、曾集本曰："一作'主'。"

[八] "日醉或能忘"下四句：汤汉注曰："'日醉'释前篇，'立善'释后篇也。"李公焕本、陆汝嘉本、李梦阳本并引此注，然"后篇也"无"也"字。

[九] 宜：递修本、曾集本曰："一作'目'。"

[一○] 须：递修本、曾集本曰："一作'复'。"

[一一] 递修本、曾集本曰："一作'无使独忧虑'。"

[一二] 此首末二条注文，皆引自李公焕本。蒋薰皆置于此首之末，未妥。注文"彭祖"云云，应置于"彭祖寿永年"句下。注文"'日醉'释前篇"云云，应置于"立善常所欣"下。

[一三] 此条评论文字节引自李公焕本。李公焕本曰："《鹤林》曰：'人为三才中，岂不以我故'。我，神自谓也。人与天地并立而为三，以此心之神也。若块然血肉，岂足以并天地哉！末'纵浪大化中'四句，是不以死生祸福动其心，泰然委顺养神之道也。渊明可谓知道之士矣。"陆汝嘉本同。整理者按：李公焕所引罗大经《鹤林玉露》文字亦不完整，《鹤林玉露》(中华书局1983年版)甲编卷五"释形影"条曰："陶渊明《神释形影》诗曰：'大钧无私力，万理自森著。人为三才中，岂不以我故。'我，神自谓也。人与天地并立而为三才，以此心之神也。若块然血肉，岂足以并天地哉！末云：'纵浪大化中，不喜亦不惧，应尽便须尽，无复独多虑。'乃是不以死生祸福动其心，泰然委顺养神之道也。渊明可谓知道之士矣。"

[一四] "张尔公"谓张自烈。此条评论引自张自烈《笺注陶渊明集》卷二。

九日闲居　一首　并序^[一]

余閒^[二]居，爱重九之名。秋菊盈园，而持醪靡由^[三]。空服九^[四]华，寄怀于言。

世短意常多^[五]，（夹注）妙。（天头注）深得闲况。斯人乐久生。日月依辰至，举俗爱其名^[六]。露凄^[七]暄风息，气彻^[八]天象明。往燕无遗影^[九]，来雁^[一〇]有馀声。酒能祛百虑^[一一]，菊为制颓龄^[一二]。如何蓬庐士，空视时运倾^[一三]！尘爵耻虚罍^[一四]，（天头注）耻字妙。寒华徒自荣。敛襟独闲谣^[一五]，缅焉起深情。栖迟固多娱^[一六]，淹留岂无成^[一七]？（尾注）日月之会是谓辰。依辰至，谓日与月之数皆九也。〇"空视时运倾"，指易代之事。〇淹留无成，骚人语也。今反之，谓不得于彼则得于此。后"栖迟讵为拙"亦同。^[一八]

【评注】

古诗云："人生不满百，常怀千岁忧。"而渊明以五字尽之，曰"世短意常多"；东坡曰"意长日月促"，则倒转陶句耳。^[一九]

【校正】

[一] 苏写本、陆汝嘉本、何孟春本、凌蒙初本有"并序"二字。递修本、汤汉本、焦竑本有"一首并序"四字。曾集本有"一首"二字。故据以补"一首并序"四字。须溪本、李公焕本、李梦阳本无"一首并序"字样。又篇题"闲"字，焦竑本作"间"。

[二] 閒：焦竑本作"间"。其余诸本作"闲"。

[三] "持醪靡由"四字：递修本、曾集本、汤汉本曰："一作'时醪靡至'。"

[四] 九：苏写本作"其"。

[五] 常：苏写本、递修本、曾集本、汤汉本作"恒"。整理者按："常"本义为裙子，"恒"本义为久长，二字本不同义，然"常"多借为

"长"字，故与"恒"可同表"久长"义。《说文·二部》："恒，常也。"段玉裁注："常当作长，古长久字只作长。"《说文通训定声·壮部》："常，段借为长。"〇此句，汤汉注曰："班《幽通赋》：道悠长而世短。"

[六]"日月依辰至，举俗爱其名"二句：汤汉注曰："魏文帝书云，九为阳数，而日月并应，俗嘉其名，以为宜于长久。"

[七]凄：递修本、曾集本、汤汉本、李公焕本、陆汝嘉本作"淒"。整理者按："氵""冫"二部首俗写中多混用，故"淒"字俗写亦作"凄"。《说文通训定声·履部》："淒，俗字亦作凄。"今则废"淒"而通行"凄"字。

[八]彻：除李梦阳本、焦竑本外，其余诸本作"澈"，递修本、曾集本并曰："（澈）一作清，又作洁。"整理者按："彻""澈"古音同，于"清朗""透明"义可通假用之。

[九]往：递修本、曾集本曰："一作'去'。"〇鷰：苏写本、焦竑本作"燕"。整理者按："鷰"为"燕"之加旁异体字，为其俗写。《广韵·霰韵》："燕，《说文》云：'玄鸟也。'鷰，俗，今通用。"今无"鷰"字，"燕"字通行。

[一〇]雁：焦竑本作"雁"。整理者按："鴈"本义为"鹅"，"雁"本义为"大雁"，二字义本有别。然"鸟""隹"二字义同，以之为构件的"鴈""雁"二字故常混用无别。《说文·鸟部》"鴈"字段玉裁注："鴈与雁各字，䳾与雄䳾各物。许意《隹部》雁为鸿雁，《鸟部》鴈为䳾，雄䳾为野䳾。单呼䳾为人家所畜之䳾。今字雁、鴈不分久矣。"后通行"雁"字，更以"鴈"为"雁"的换构件异体字。

[一一]能：递修本、曾集本曰："一作'常'。"〇祛：递修本、曾集本曰："一作'消'。"

[一二]为：苏写本曰："一作'解'。"递修本、曾集本曰："宋（庠）本作解。"焦竑本作"解"，原注曰："（解）一作'为'，非。"〇颣：除李公焕本、须溪本外，其余诸本作"颣"。整理者按："秀""禿"作为构件，形近易混，故"颣"字俗写作"颣"，二者为换旁异体字。《龙龛手镜·页部》："颣"，"颣"之俗字。

［一三］汤汉注曰："空视时运倾，亦指易代之事。"李公焕本、陆汝嘉本同。

［一四］耻：须溪本、何孟春本、凌蒙初本作"耻"。○虚：苏写本、李梦阳本作"虗"。递修本、曾集本、汤汉本、须溪本、李公焕本、陆汝嘉本、何孟春本作"虚"。整理者按：据《干禄字书·平声》，"虚"为"虚"之通行体。而"虗"则为"虚"之俗体。《字汇·虍部》："虗，俗虚字。"是"虚""虗"并为"虚"之异体字。今则废"虗"字，以"虚"为"虚"之简体字。

［一五］衽：须溪本作"衽"。整理者按："衽"即衣襟。《说文·衣部》："衽，衣𧙃也。"○闲：焦竑本作"间"。其余诸本作"闲"。

［一六］楼：苏写本、递修本作"搂"。整理者按：俗写中构件"木""扌"每每混用不别，故"楼"俗写亦作"搂"，二者为换形旁异体字。《龙龛手镜·手部》："搂，正（体）作楼。"○娱：递修本、曾集本曰："一作'虞'。"

［一七］汤汉注曰："淹留无成，骚人语也。今反之，谓不得于彼则得于此矣。后'栖迟讵为拙'亦同。"李公焕本、陆汝嘉本亦引此注，唯"得于此矣"无"矣"字为小异。

［一八］此首末三条注文，后二条皆引自李公焕本。三条注文蒋薰皆置于此首之末，未妥。第一条注文应置于"日月依辰至"下，第二条注文应置于"空视时运倾"下。

［一九］此条评论文字引自李公焕本。陆汝嘉本亦有之。凌蒙初本引此条评论"古诗"上有"思悦曰"三字，则李公焕本乃据思悦之说而隐其名。

归园田居　六首[一]

其一[二]

少无适俗韵[三]，性本爱丘山。误落尘网中，一去三十年。羁鸟恋旧林[四]，池鱼思故渊。开荒南野[五]际，守拙归园田。"守拙"二字，（天头注）

谁肯守拙。整理者按：此引张自烈语。方宅十馀亩，草屋^[六]八九间。榆柳荫后园^[七]，桃李罗堂前。暧暧远人村，依依墟里烟^[八]。（天头注）一幅村居图。狗吠深巷中，鸡鸣桑^[九]树巅。户庭无尘杂，虚室有馀闲^[一〇]。久在樊笼里，复得返自然^[一一]。

【评注】

《冷斋夜话》云：东坡尝云："渊明诗初若散缓，熟视有奇趣，如云：'暧暧远人村，依依墟里烟。狗吠深巷中，鸡鸣桑树巅。'又曰：'采菊东篱下，悠然见南山。'大率才高意远，则所寓得其妙，遂能如此。"^[一二]

张尔公曰：老死而不知返者，多矣。读渊明此诗，能不怃然？^[一三]

丹崖曰：从出世后归田，与烟霞泉石人不同。譬如潜渊脱网，无二鱼也，其游泳闲促，自露惊喜。元亮以居官为樊笼，不知八十馀日作何等烦恼，无论三十年间矣。

【校正】

[一]篇题"六首"，汤汉本、李梦阳本、焦竑本、凌蒙初本作"五首"，乃以末篇为江淹所作而去之。何孟春本题注引韩子苍曰："《田园》六首，末篇乃序行役，与前五篇不类，今俗本乃取江淹《种苗在东皋》为末篇。"

[二]须溪本、李公焕本、陆汝嘉本有"其一"之类字样。李梦阳本"其一"之类字样皆无"其"字。苏写本、递修本、曾集本、汤汉本、焦竑本、何孟春本无"其一"之类字样。

[三]韵：递修本、曾集本曰："一作'愿'。"

[四]羁：须溪本、焦竑本作"羇"。整理者按："羇"为"羈"之后出俗字。《改并四声篇海·罒部》引《俗字背篇》曰："羇，与羈义同。新增俗用。"○恋：苏写本曰："一作'下缺'。"递修本、曾集本曰："一作'眷'。"

[五]野：递修本、曾集本曰："一作'亩'。"焦竑本、凌蒙初本曰："一作'亩'，非。"

[六]屋：递修本、曾集本、汤汉本曰："一作'舍'。"

[七]园：苏写本、焦竑本、凌蒙初本作"檐"。递修本、曾集本、汤汉

本曰："一作'檐'。"焦竑本、凌蒙初本曰："一作'园',非。"

[八] 烟:除须溪本、何孟春本、焦竑本外,其余诸本作"煙"。整理者按:"烟"为"煙"之换声旁异体字。《说文·火部》:"煙,火气也。烟,(煙)或从因。"今则以"烟"为"煙"之简体字,通行"烟"字。

[九] 桑:须溪本作"桒"。

[一〇] 閒:焦竑本作"间"。其余诸本作"闲"。

[一一] 复:递修本、曾集本曰:"复,一作'安'。"○返:苏写本作"反"。整理者按:"反"字见甲骨文,为"扳"之本字,义为"攀援"。假借为"返回"字,此假借义后乃造"返"字专表之。"返"字见于战国金文。故"返回"义上,"反""返"为古今字。《古今韵会举要·阮韵》:"返,还也。通作反。"似未得其实。

[一二] 此条评论又见李公焕本。李公焕本"初"下有"视"字,"云"作"曰","遂能如此"下尚有"如大匠运斤,无斧凿痕,不知者则疲精力,至死不悟"四句。陆汝嘉本、凌蒙初本同。此类评论文字,蒋薰多据李公焕本引之,未知此引何以差异如此。

[一三] 此条评论为节引张自烈语。张自烈辑《笺注陶渊明集》卷二曰:"可作园居画图。谁肯守拙?老死而不知返者,多矣。读渊明此诗,能不怃然?"

其二

野外罕人事,穷巷寡[一]轮鞅。白日掩荆扉,虚空绝尘想[二]。时复墟曲中[三],披草[四]共来往。相见无杂言,但道桑[五]麻长。桑[六]麻日已长,我土[七]日已广。常恐霜霰至,零落同草莽[八]。

【校正】

[一] 寡:苏写本作"鲜"。递修本、曾集本曰:"一作'解'。"

[二] 虚空:诸本作"虚室"。递修本曰:"虚室,□作□□。"曾集本、凌蒙初本曰:"虚室,一作'对酒'。"焦竑本曰:"(虚室)一作对酒,非。"底本"空"字右侧亦改为"室"字。○尘:须溪本作"尘"。整理者按:

"尘"为"塵"之换构件异体字。《字汇补·土部》:"尘,同塵。"今则以"尘"为"塵"之简化字,通用"尘"字。

[三]墟曲中:递修本、曾集本曰:"一作'墟里人'。"凌蒙初本曰:"(曲中)一作'里人'。"焦竑本曰:"(中)一作'里',非。"

[四]披草:递修本、曾集本、凌蒙初本曰:"(草)一作'衣'。"焦竑本曰:"(披草)一作'披衣',非。"

[五]桑:苏写本、须溪本作"枽"。

[六]桑:须溪本作"枽"。

[七]土:苏写本作"志"。递修本、曾集本曰:"一作'志'。"

[八]莽:递修本、须溪本、李公焕本、李梦阳本作"莽"。整理者按:"莽"为"莽"之俗字。《干禄字书·上声》以"莽"为"莽"之俗字。

其三

种豆南山下,草盛豆苗稀。晨兴[一]理荒秽,带月荷锄归。[二](夹注)如画。道狭草木长,夕露沾[三]我衣。衣沾[四]不足惜,但使愿无违[五]。(尾注)《前汉·杨恽传》:"田彼南山,芜秽不治,种一顷豆,落而为萁。人生行乐耳,须富贵何时。"[六]

【评注】

谭友夏(元春)曰:"高堂深居人动欲拟陶,如此境此语,非老于田亩不知。"[七]

【校正】

[一]晨兴:苏写本作"侵晨"。递修本、曾集本、汤汉本曰:"一作'侵晨'。"

[二]带:递修本、曾集本、汤汉本曰:"一作'戴'。"○"种豆南山下"四句,李公焕注曰:"《前汉·王恽传》:田彼南山,芜秽不治,种一顷豆,落而为萁。人生行乐耳,须富贵何时。"

[三]沾:焦竑本作"霑"。整理者按:"浸润""浸湿"义,本为"霑"

字，而古籍以"沾"为其通用字。《集韵·盐韵》："霑，《说文》：'雨䨍也。'通作沾。"慧琳《一切经音义》卷十七："霑，《考声》云：'小湿也。'《广雅》云：'霑，渍也。'顾野王云：'霑犹濡也。'《说文》：'从雨，沾声。'经作沾，俗字也。"今"霑""沾"亦并用。

[四] 衣沾：递修本、曾集本曰："一作'我衣'。"焦竑本作"衣霑"。

[五] 无：递修本、曾集本曰："一作'莫'。"○"衣沾不足惜"下二句，汤汉注曰："东坡云：'以夕露沾衣之故，而违其所愿者多矣。'"李公焕本亦引此注，"东坡云"作"东坡曰"。陆汝嘉本、凌蒙初本同李公焕本。

[六] 此注应转引自李公焕本，当置于"带月荷锄归"下。

[七] 此引谭元春语，见锺伯敬、谭元春评选《古诗归》卷九，而"如此境"之"如"字，原作"陶"。

其四

久去山泽游，浪莽[一]林野娱。试携子姪辈，披榛步荒墟。徘徊丘壠[二]间，依依昔人居。井竈有遗处[三]，桑竹残朽株[四]。借问采薪者，此人皆焉如？薪者向我言，死没无复馀。一世异朝市，此语真不虚[五]。人生似幻化，终当归空[六]无。（尾注）如，往也。[七]

【评注】

丹崖曰：塞翁羁羌十年，今寓汾州，将南还，读此，颇难为情。

【校正】

[一] 莽：递修本、须溪本、李公焕本、李梦阳本、凌蒙初本作"莽"。

[二] 壠：苏写本作"陇"。递修本、曾集本曰："一作'陇'。又作'垄'。"整理者按："壠""垄"为构件移位而成之异体字。《说文·土部》："壠，丘壠也。"徐锴《说文解字系传》作"垄，丘垄也。"而"陇""垄"同声旁，可通用。《集韵·肿韵》："垄，通作陇。"《正字通·阜部》："陇，通作垄。"

[三] 处：递修本、曾集本曰："一作'所'。"

[四] 桑：须溪本、何孟春本作"桒"。〇竹：递修本、曾集本曰："一作'麻'。"〇此句，递修本、曾集本曰："一作'树木残根株'。"焦竑本、凌蒙初本曰："一作'树木残根株'，非。"

[五] 语：递修本、曾集本曰："一作'言'。"〇虚：苏写本、须溪本、李梦阳本作"虗"。

[六] 空：递修本、曾集本曰："一作'虚'。"焦竑本曰："一作'虚'，非。"整理者按："空"与"虚"义同，作"虚"未必非。

[七] 此条注文应置于"此人皆焉如"句下。

其五

怅恨独策还，崎岖历榛曲。山涧[一]清且浅，遇[二]以濯吾足。漉[三]我新熟酒，只鸡招近局[四]。日入室[五]中闇，荆薪代[六]明烛。欢来苦夕短，已复至天旭。(尾注)近局，一作"近属"，言相厚亲属。[七]

【校正】

[一] 山涧：苏写本作"涧水"。递修本、曾集本曰："一作'涧水'。"

[二] 遇：递修本、曾集本曰："一作'可'。"焦竑本、凌蒙初本作"可"，二本曰："一作'遇'，非。"整理者按：当作"可"。《楚辞·渔父》曰："沧浪之水浊兮，可以濯吾足。"

[三] 漉：递修本、曾集本曰："一作'拨'。又作'掇'。又作'挤'。"

[四] 局：递修本曰："一作'属'。"而何孟春本正作"属"。曾集本曰："一作'屬'。"焦竑本、凌蒙初本作"屬"，二本曰："一作'局'，非。"整理者按："属"为"屬"之俗写。《广韵·烛韵》："屬，付也，足也。属，俗。"今则以"属"为"屬"之简化字。

[五] 室：焦竑本作"空"。

[六] 代：递修本、曾集本："一作'继'。"

[七] 此条注文应置于"只鸡招近局"句下。

其六^[一]

　　种苗在东皋，苗生满阡陌。虽有荷锄倦，浊酒聊自适。"浊酒聊自适"句，（天头注）张云："'自适'二字，会心最深。"日暮^[二]巾柴车，路暗光已夕。归人望烟^[三]火，稚子候檐隙。问君亦何为，百年会有役。但愿桑^[四]麻成，蚕月得纺绩。素心正如此，开径^[五]望三益。（尾注）巾，犹衣也。^[六]

【评注】

　　韩子苍曰：《田园》六首，末篇乃叙行役，与前五首不类。今俗本乃取江淹《种苗在东皋》为末篇。东坡亦因其误和之。陈述古本止有五首。予以为皆非也，当如张相国本题为《杂咏》六首，江淹《杂拟》诗亦颇似之，但"开径望三益"此一句不类。^[七]

　　东涧曰："但愿桑麻成，蚕月得纺绩"，则与陶公语判然矣！^[八]

【校正】

　　[一] 递修本、曾集本曰："或云此篇江淹《杂拟》，非渊明所作。"汤汉本此首题作"归园田居"，置于第四卷中。汤汉题注曰："此江淹拟作，见《文选》。其音节文貌绝似，至'但愿桒麻成，蚕月得纺绩'，则与陶公语判然矣！"李梦阳本、焦竑本亦无此首。

　　[二] 暮：苏写本作"莫"。整理者按："莫""暮"为古今字。

　　[三] 烟：苏写本、递修本、曾集本、汤汉本、李公焕本、陆汝嘉本作"煙"。

　　[四] 桑：苏写本、须溪本、何孟春本作"桒"。

　　[五] 径：递修本、曾集本、汤汉本曰："一作'卷'。"

　　[六] 此条注文应置于"日暮巾柴车"句下。

　　[七] 此条评论引自李公焕本，而"叙行役"作"序行役"。陆汝嘉本同。

　　[八] 此条评论见于李公焕本，乃节引汤汉注，见本首校语 [一]。陆汝嘉本同。蒋薰据李公焕本转引。

问来使[一]

　　尔从山中来，早晚发天目[二]。我屋南窗[三]下，今生几丛菊。蔷薇叶已抽，秋兰气当馥。归去来山中，山中酒应熟。（尾注）天目山在浙西。[四]《西清诗话》曰：此节独南唐与晁文元二本有之。[五]

【评注】

　　东涧曰：此盖晚唐人因太白《感秋》诗而伪为之。[六]
　　张尔公曰：末二句有渊明意致，似非晚唐人能作。[七]

【校正】

　　[一] 苏写本、递修本、曾集本题注曰："南唐本有此一首。"汤汉本题注曰："此盖晚唐人因太白《感秋》诗而伪为之。"李公焕题注曰："《西清诗话》曰：此篇独南唐与晁文元家二本有之。"陆汝嘉本、何孟春本、凌蒙初本同李公焕本。焦竑本篇题下有"一首"二字。李梦阳本无此篇。
　　[二] 天目：李公焕本、陆汝嘉本曰："山名，在武林。"
　　[三] 窗：苏写本、递修本、曾集本、汤汉本、须溪本、李公焕本、陆汝嘉本作"窻"。整理者按："窻"为"窗"之增旁异体字。《正字通·穴部》："窻，别作窗。"○何孟春本"窗"作"山"。
　　[四] 此条注文应置于"早晚发天目"句下。
　　[五] 此条注文引自李公焕本。
　　[六] 李公焕本无此条评论，凌蒙初本有之。蒋薰当引自汤汉本或凌蒙初本。
　　[七] 此条评论引自张自烈辑《笺注陶渊明集》卷二。

游斜川　一首　并序[一]

　　辛丑[二]正月五日，天气澄和[三]，风物闲[四]美。与二三邻曲[五]，同游斜川。临长流，望曾城[六]，鲂鲤跃鳞于将夕[七]，水鸥乘和以翻[八]飞。彼南阜[九]者，名实旧矣，不复乃为嗟叹。若夫曾[一〇]城，傍无依接，独秀中皋，遥想灵山，有爱嘉名。[一一]欣对不足，率尔[一二]赋诗。悲日月之遂往，悼吾年之不留。各疏年纪乡[一三]里，以纪[一四]其时日。

骆庭芝云："曾城，落星寺也。殆晋所有者。"○《天问》："崑仑悬圃，其尻安在？增城九重，其高万里。"《淮南子》："崑仑中有增城九重。"注云："中有五城十二楼，故云灵山。嘉名。"[一五]

丹崖曰：天气和者不必澄，风物美者不必闲，此兼言之，方是初春时候，不落二三月矣。元亮寓目会心，兴趣独别。

开岁倏五日[一六]，吾生行归休。念之动中怀，及辰为兹遊[一七]。气和天惟[一八]澄，班坐依远流。弱湍[一九]驰文鲂，闲谷矫鸣鸥。迥[二〇]泽散游目，缅然睇曾[二一]丘。虽微九重[二二]秀，顾瞻无匹俦。"顾瞻无匹俦"句，（夹注）凄绝。（天头注）有寡和之感。提壶接宾侣，引满更献酬。未知从今去，当复如此否[二三]。"未知从今去"下二句，（天头注）所以疏年纪乡里也，惜哉不传。中觞[二四]纵遥情，忘彼千载忧。且极今朝乐，明日非所求。（尾注）湍，急濑也。○九重，注见上。[二五]

【评注】

按：辛丑岁，靖节年三十七。诗曰"开岁倏五十"，乃义熙十年甲寅。以诗语证之，序为愫。今作"开岁倏五日"，则与序中"正月五日"语意相贯。[二六]

丹崖曰：昔人以斜川比桃花源，然桃源渔人相传为黄道真，而斜川邻曲无闻焉。据骆太傅，以落星寺似曾城，恐亦未确。序中南阜，旧注"匡庐山"，则曾城当在庐山北。

【校正】

[一] 苏写本、陆汝嘉本、何孟春本、凌蒙初本有"并序"二字。递修本、汤汉本、焦竑本有"一首并序"四字。曾集本有"一首"二字。故据以补"一首并序"四字。须溪本、李公焕本、李梦阳本无"一首并序"字样。

[二]　丑：递修本、曾集本、汤汉本曰："一作'酉'。"

[三]　和：递修本、曾集本、汤汉本："一作'穆'。"

[四]　闲：焦竑本作"间"。

[五]　二三：苏写本作"一二"。〇邻：苏写本、汤汉本、须溪本、李公焕本作"隣"。

[六]　曾城：苏写本"曾"作"层"。递修本、曾集本、汤汉本曰："一作'层'，下同。"整理者按："层"从"曾"得声，故可通假。《说文通训定声·升部》："曾，叚借为层。"〇李公焕注曰："骆庭芝云：曾城，落星寺也。殆之晋所有者。"陆汝嘉本同，而改"之晋"作"晋之"，是。李梦阳本曰："骆庭芝云：曾城，落星寺也。"整理者按：李公焕注乃节引骆庭芝《斜川辨》之语。李梦阳本又节引李公焕注，其价值又降矣。

[七]　此句，递修本、曾集本曰："一作'鲂鲤跃鳞，日将于夕'。"

[八]　翻：苏写本、递修本、曾集本、须溪本、李公焕本作"飜"。整理者按："飜""翻"为换形旁异体字。《玉篇·飞部》："飜，亦作翻。"

[九]　阜：何孟春本作"皋"。

[一〇]　曾：苏写本、递修本、曾集本作"层"。整理者按：同一篇中，递修本、曾集本"曾"与"层"并用。

[一一]　"若夫曾城"下六句：汤汉注曰："《天问》：'昆仑县圃，其凥安在？增城九重，其高几里？'《淮南子》：'昆仑中有增城九重。'注云：'中有五城十二楼，故云灵山。嘉名也。'"李公焕本引此注，"嘉名也"无"也"字。陆汝嘉本同李公焕本，唯"昆"作"崑"。

[一二]　率尔：苏写本曰："（率）一作'共'。"递修本、曾集本曰："宋（庠）本（尔）作'共'。（率尔）一作'共尔'。"汤汉本曰："宋（庠）本（尔）作'共'。"

[一三]　乡：焦竑本作"卿"。整理者按："乡"之繁体作"鄉"，甲骨文中，"鄉""卿"为一字，像两人对食之形。容庚《金文编》曰："卿，象两人相向就食之形。公卿之卿，鄉党之鄉，飨食之飨，皆为一字。罗振玉说。"古籍中则"鄉""卿"表义各别。至于焦竑本作"卿"，则应视为"鄉"之形误字。

〔一四〕纪：除焦竑本外，其余诸本作"记"。整理者按："纪""记"二字同从"己"得声，故古籍中常相通假。《释名·释言语》："纪，记也，记识之也。"毕沅《释名疏证》引叶德炯曰："纪、记二字古通。"

〔一五〕此二条注文皆引自李公焕本。

〔一六〕日：苏写本、递修本、曾集本、焦竑本、凌蒙初本作"十"，递修本、曾集本曰："（十）一作'日'。"焦竑本、凌蒙初本曰："（十）一作'日'，非。"汤汉本曰："（日）一作'十'。"

〔一七〕辰：递修本、曾集本曰："一作'晨'。"整理者按："晨"从"辰"得声，故常相通假。《集韵·真韵》："晨，通作辰。"《说文通训定声·屯部》："辰，段借为晨。"○遊：除苏写本、递修本、曾集本外，其余诸本作"游"。

〔一八〕惟：苏写本作"唯"。递修本、曾集本曰："一作'唯'。一作'候'。"须溪本曰："一作'微'。"整理者按："惟""唯""维"俱从"隹"得声，故作为副词时，常混用无别。《经传释词》卷三："惟，独也。或作唯、维。"此句之中，别本作"候"、作"微"，义皆通顺。

〔一九〕湍：李公焕注曰："湍，急濑也。"陆汝嘉本同。

〔二〇〕迥：底本附校语曰："一作'迥'。"整理者按："同""向"形体极近，俗写中常混淆，故俗书"迥"字往往作"迥"。慧琳《一切经音义》卷一："迥，古文作同。象国邑，从门……今俗从向者。"

〔二一〕曾：苏写本作"层"。

〔二二〕九重：汤汉注曰："九重，注见上。"李公焕本、陆汝嘉本并引此注。

〔二三〕复：递修本、曾集本曰："一作'得'。"○否：除焦竑本、何孟春本外，其余诸本作"不"。整理者按："否"从"不"得声，作为否定词，"否"与"不"同。《说文·不部》："否，不也。"段玉裁注："不者，事之不然也；否者，说事之不然也。故音义皆同。"

〔二四〕筋：苏写本、递修本、曾集本、焦竑本作"肠"。焦竑本曰："（肠）一作'筋'，非。"

〔二五〕此二条注文，皆应引自李公焕本。上条应置于"弱湍驰文鲂"

句下，下条应置于"虽微九重秀"句下。

[二六] 此条评论引自李公焕本。陆汝嘉本同。

示周续之祖企谢景夷三郎[一]

（题注）时三人皆讲《礼》校书。夷，又作仁。[二]

负疴颓[三]檐下，终日无一欣[四]。药石有时闲[五]，"药石有时闲"句，（天头注）别无俗忙。念我意中人。相去不寻常，道路邈何[六]因？周生述孔业，祖谢响然臻[七]。道丧[八]向千载，今朝复斯闻。马队非讲肆，"马队非讲肆"句，（夹注）深规三子。（天头注）此老亦恢谐。校书亦已勤。老夫有所爱，思与尔为邻[九]。愿言诲诸子[一〇]，从我颍水滨[一一]。（夹注）冷讽。〇（尾注）《蒋祢表》："群士响臻。"〇《春秋》云："尧朝许由于沛泽之中，曰：'请属天下于夫子。'许由遂之箕山之下，颍水之阳。"[一二]

【评注】

逸賤曰：靖节交谊，恳当如此。

泉山曰：按靖节不事觐谒，惟至田舍及庐山游观，舍是无他适。续之自社主远公顺寂之后，虽隐居庐山，而州将每相招引，颇从之游，世号通隐。是以诗中引箕、颍之事微讥之。[一三]

丹崖曰：周掾续之，为浔阳三隐中人，不同祖、谢，乃应江州檀韶之命，讲《礼》城北，固有不满于元亮者。其言"从我颍水"，盖招之也。

【校正】

[一] 苏写本题作"示周掾祖谢"。递修本题作"示周掾祖谢一首"，题注曰："一作'示周续之祖企谢景夷三郎'，时三人同在城北讲《礼》挍书。夷，又作仁。"曾集本同递修本，而"同"作"共"，"挍"作"校"，无"夷又作仁"四字。汤汉本亦同递修本，而"时三人同在城北讲礼挍书"作"时三人比讲礼校书"，亦无"夷又作仁"四字。李公焕本题注但取汤汉本

"时三人比讲礼校书"八字。陆汝嘉本同李公焕本，而改"比"作"皆"，是。李梦阳本、何孟春本无题注。焦竑本篇题下有"一首"二字，亦无题注。〇整理者按：此篇篇题，苏写本、递修本、曾集本、汤汉本诸宋本皆作"示周掾祖谢"，自须溪本、李公焕本始，则据一本作"示周续之祖企谢景夷三郎"，后遂沿之。

〔二〕此题注文字，"时三人皆讲礼校书"取自李公焕本，而改"比"作"皆"，是。"夷又作仁"则自递修本增入。

〔三〕颓：苏写本、递修本、曾集本、汤汉本、焦竑本作"頽"。

〔四〕此句，递修本、曾集本曰："一作'终无一处欣'。"

〔五〕閒：焦竑本作"间"，其余诸本作"闲"。

〔六〕何：苏写本曰："一作'无'。"递修本、曾集本曰："一作'无'。又作'所'。"焦竑本、凌蒙初本曰："一作'无'，非。"

〔七〕此句，汤汉注曰："《荐祢（衡）表》：'群士响臻。'"李公焕本、陆汝嘉本同。

〔八〕丧：苏写本、递修本、曾集本、汤汉本、陆汝嘉本、李梦阳本、焦竑本作"丧"。

〔九〕邻：苏写本作"隣"。

〔一〇〕苏写本"诲"作"谢"，原注曰："一作'愿言诲诸子'。"递修本、曾集本曰："（子）一作'客'。（诲诸子）一作'勉诸生'。（愿言诲诸子）一作'但愿还诸中'。"

〔一一〕颖：苏写本、递修本、曾集本、汤汉本、焦竑本作"颖"，须溪本、李公焕本、陆汝嘉本、李梦阳本、何孟春本、凌蒙初本作"颍"。〇李公焕注此句曰："《春秋》云：尧朝许由于沛泽之中，曰：'请属天下于夫子。'许由遂之箕山之下，颍水之阳。"陆汝嘉本同。

〔一二〕二条尾注引自李公焕本。

〔一三〕此条评论引自李公焕本，陆汝嘉本亦有之。

乞食 一首[一]

　　饥来驱我去[二]，不知竟何之。行行至斯里，叩门拙言辞[三]。主人解[四]余意，遗赠岂虚来[五]。（天头注）来，古韵叶离。谈话[六]终日夕，觞至辄倾厄[七]。情欣新知欢[八]，言咏[九]遂赋诗。感子漂母惠，愧我非韩才[一〇]。（天头注）才，古韵叶齐。衔我[一一]知何谢？冥报以相贻。

【评注】

　　东坡曰：渊明得一食，至欲以冥谢主人，哀哉哀哉！大类丐者口颊。饥寒常在身前，功名常在身后，二者不相待，此士之所以穷也。[一二]

　　丹崖曰：贫士失意求人，初无定见，不似油腔一辈，算计说骗，又怨望故交，耻觅新知，其相去只在讳言乞食也。

【校正】

　　[一] 递修本、曾集本、汤汉本、焦竑本并有"一首"二字，据补。其余诸本无之。

　　[二] 饥：何孟春本、焦竑本、凌蒙初本作"饑"。〇去：苏写本、递修本、曾集本、汤汉本曰："一作'出'。"

　　[三] 辞：苏写本作"辝"。

　　[四] 解：苏写本曰："一作'谐'。"递修本、曾集本、汤汉本作"谐"，递修本、曾集本曰："（谐）一作'解'。"

　　[五] 岂虚来：苏写本作"副虚期"。递修本、曾集本曰："一作'副虚期'。又作'岂虚期'。"李梦阳本"虚来"作"虚来"。

　　[六] 谈话：递修本、曾集本、汤汉本、焦竑本作"谈谐"。递修本、曾集本曰："（谈谐）一作'谐语'。"汤汉本曰："（谐）一作'语'。"

　　[七] 至：递修本、曾集本曰："一作'举'。"〇辄：苏写本、曾集本、须溪本、李公焕本、李梦阳本、凌蒙初本作"輙"。〇厄：苏写本、递修本、曾集本、汤汉本、焦竑本作"杯"，其余诸本作"盂"。递修本、曾集本原

注："（杯）一作'卮'。"整理者按："卮""杯"古代俱为酒器。"盃"为"杯"之换形旁且构件移位而成的异体字。《广韵·灰韵》以"盃"为"杯"之俗字。然"杯"重材质、"盃"重功用，似亦有小别。

[八]欢：递修本、曾集本、汤汉本作"劝"，三本并曰："（劝）一作'欢'。"须溪本亦作"劝"。整理者按：上有"欣"字，此又作"欢"，似嫌义复。

[九]言咏：递修本、曾集本、汤汉本曰："一作'兴言'。"焦竑本亦作"兴言"。

[一〇]愧：苏写本作"媿"。〇非韩才：苏写本作"韩才非"。递修本、曾集本曰："一作'韩才非'。"

[一一]衔我：诸本并作"衔戢"。递修本曰："（戢）一作'戴'。"曾集本曰："（衔戢）一作'戴人'。"而底本于"我"字右侧亦注一"戢"字。整理者按："衔我"义不可通，"我"应为"戢"之形讹字，当从诸本作"衔戢"。

[一二]此条评引自李公焕本。李公焕本"大类"上有"此"字，"口颊"下有"也"字，"饥寒"句上有"非独余哀之，举世莫不哀之也"二句。陆汝嘉本、凌蒙初本同李公焕本。整理者按：李公焕本引苏轼语，文字略有别。《东坡题跋》卷二《书渊明乞食诗后》曰："渊明得一食，至欲以冥谢主人，此大类丐者口颊也，哀哉哀哉！非独余哀之，举世莫不哀之也。饥寒常在生前，声名常在身后，二者不相待，此士之所以穷也。"蒋薰据李公焕本转引，文字脱漏如此。

诸人共游周家墓栢下　一首 [一]

今日天气佳，清吹与鸣弹[二]。感彼栢[三]下人，安得不为欢。清歌散[四]新声，绿[五]酒开芳颜。未知明日事，余襟[六]良已殚。（尾注）吹，尺伪切。虚也。[七]

【评注】

丹崖曰：通首言游乐，只第三句一点周墓，何等活动简便！若俗手，则下许多感慨语，自谓洒脱，翻成沾滞。

【校正】

[一] 游：苏写本、递修本、曾集本、何孟春本、焦竑本作"遊"。栖：苏写本作"柏"。○递修本、曾集本、汤汉本、焦竑本并有"一首"二字，据补。其余诸本无之。

[二] 吹：须溪本、李公焕本、陆汝嘉本曰："吹，尺伪切。嘘也。"何孟春本曰："吹，尺伪切。"整理者按：何孟春本仅存音注而去义注，其价值似不大。○弹：递修本、曾集本曰："一作'蝉'。"

[三] 栖：苏写本作"柏"。

[四] 散：苏写本、递修本、曾集本曰："一作'发'。"

[五] 绿：递修本、曾集本曰："一作'时'。"

[六] 襟：递修本、曾集本曰："一作'懔'。"

[七] 此条注文引自李公焕本，当置于"清吹与鸣弹"句下。蒋薰改"嘘"作"虚"，似不必。

怨诗楚调示庞主簿邓治中　一首[一]

天道幽且远，鬼神茫昧然。结发念[二]善事，僶俛六九[三]年。弱冠逢世阻，始室丧其偏[四]。炎火屡焚如[五]，螟蜮[六]恣中田。风雨纵横[七]至，收敛不盈廛[八]。夏日长抱饥[九]，寒夜无被眠。造夕思鸡鸣，及晨愿乌迁[一〇]。在己何怨天，离忧凄目前[一一]。吁嗟身后名，于我若浮烟[一二]。"吁嗟身后名"下二句，（天头注）真语。慷慨独悲歌[一三]，锺期信为贤。（天头注）语气楚楚。[一四]○（尾注）其年三十，丧偶，继娶翟氏。○蔡氏注："蜮，水中含沙射人，非食苗桑虫。"意此"螟蜮"，当是"螟蟘"。○乌迁，谓日乌、月兔飞走之速也。[一五]

【评注】

薛易简《正音集》云："琴之操弄约五百馀名，多缘古人幽愤不得志而作也。"今引子期知音事而命篇曰《怨诗楚调》，庸非度调为辞，欲被弦歌乎？

赵泉山曰：集中惟此诗历叙平素多艰如此，而一言一字率直致而务纪实也。[一六]

张尔公曰：只缘抛不得身后名，尽他智勇，俱受此中劳攘，渊明若能忘情，《五柳先生》一传，何以至今犹存？以此知名不可没，但无取盗名欺世耳。[一七]

丹崖曰：公年五十馀作此诗，追念前此，饥寒坎坷，发为悲歌，惟庞、邓如锺期可与知己道也。身后之名，自量终不容没，然亦何救于目前哉！嗟嗟！天道悠远，鬼神茫昧，能无怨否耶？

【校正】

［一］“主簿”下，须溪本、李公焕本、陆汝嘉本、李梦阳本及底本皆注“遵”字。整理者按：注“遵”字，谓“庞主簿”指“庞遵”。而于“邓治中”下无注，未知何故。〇递修本、曾集本、汤汉本并有“一首”二字，据补。其余诸本无之。

［二］念：焦竑本作“余”。

［三］六九：苏写本、递修本、曾集本、汤汉本曰：“一作‘五十’。”李梦阳本作“六七”。

［四］李公焕注曰：“其年二十，丧偶，继娶翟氏。”陆汝嘉本同。整理者按：“其年二十”，蒋薰本尾注作“其年三十”，似更符合情理。

［五］如：苏写本作“和”。递修本、曾集本曰：“一作‘和’。”整理者按：未识“焚和”何义。

［六］螟蜮：李梦阳本作“螟蜮”。李公焕注曰：“蔡氏注：‘蜮，虫，水中含沙射人，非食苗桑虫。’意此‘螟蜮’，当是‘螟螣’。”陆汝嘉本同。

［七］横：苏写本作“撗”。整理者按：俗写中，“木”“扌”常相混，故俗写“横”字或作“撗”。然二字义实有别。《说文·木部》：“横，阑木也。”《集韵·宕韵》：“撗，充也。”

［八］厘：苏写本作“厙”。整理者按：“厙”为“廛”之俗字。《正字通·厂部》：“厙，俗廛字。”今则“厘”“廛”为二字，义各有别。

［九］饑：苏写本、递修本、曾集本、汤汉本、须溪本、李公焕本作"飢"。○长抱饑：递修本、曾集本曰："长抱飢，一作'抱长飢'。"焦竑本、凌蒙初本"长抱饑"作"抱长饑"，二本曰："（抱长）一作'长抱'。"

［一○］乌：递修本、曾集本曰："一作'景'。又作'乌'。"○李公焕注此句曰："谓日乌、月兔飞走之速也。"陆汝嘉本同。

［一一］"在己何怨天"下二句：递修本、曾集本曰："一作'在己何所怨，天爱凄目前'。"

［一二］于：诸本作"於"。○烟：除须溪本、何孟春本、焦竑本外，其余诸本作"煙"。

［一三］慷慨：递修本、曾集本曰："一作'慨然'。"○独：苏写本、递修本、曾集本曰："一作'激'。"

［一四］此条注文未知所注为何。此四字节引自张自烈语，原文见《笺注陶渊明集》卷二，作："语气楚楚。只缘抛不得身后名，尽他智勇，俱受此中劳攘，渊明若能忘情，《五柳先生》一传，何以至今犹存？以此知名不可没，但无取盗名欺世耳。"蒋薰乃截取首四字为一条置于天头，又截取剩余文字为一条，作为评论置于篇末，殊可怪。

［一五］三条尾注皆引自李公焕本。第一条注文当置于"始室丧其偏"句下，而蒋薰本改"二十"作"三十"，未知所据为何。第二条注文当置于"螟蜮恣中田"句下。第三条注文当置于"及晨愿乌迁"句下。

［一六］上二条评论俱引自李公焕本。陆汝嘉本、凌蒙初本亦有之。

［一七］此条评论节引自《笺注陶渊明集》卷二。参见本篇校语［一四］。

答庞参军　一首　并序[一]

三复来贶，欲罢不能。自尔邻[二]曲，冬春再交。欵然良对，忽成旧游[三]。俗谚[四]云：数面成亲旧[五]。况[六]情过此者乎？人事好乖，便当语离。杨公[七]所叹，岂惟常悲？吾抱疾多年，不复为[八]文。本既不豊[九]，复[一○]老病继之。辄依周孔往复之义[一一]，且[一二]为别后相思之资。[一三]（天

96

头注）小序亦雅令。〇（尾注）不丰，谓癯瘁也。〇杨公，杨永也。[一四]

　　相知何必旧[一五]，倾盖定前言[一六]。"相知何必旧"下二句，（天头注）冬春欸对，胜于久交。有客赏我趣，每每顾林园。谈谐无俗调，所说圣人篇。或有数斝[一七]酒，闲[一八]饮自欢然。我实[一九]幽居士，无复东西缘。物新人惟旧[二〇]，弱毫多所宣[二一]。情通[二二]万里外，形迹滞江山[二三]。君其爱体素[二四]，来会在何年？（尾注）爱体素，曹子建诗："王其爱玉体。"[二五]

【校正】

　　[一] 苏写本、李公焕本、须溪本、陆汝嘉本、何孟春本、焦竑本、凌蒙初本有"并序"二字。递修本、汤汉本有"一首并序"四字。曾集本有"一首"二字。故据以补"一首并序"四字。李梦阳本无"一首并序"字样。

　　[二] 邻：苏写本作"隣"。

　　[三] 遊：除须溪本、焦竑本外，其余诸本作"游"。

　　[四] 谚：递修本、曾集本、汤汉本曰："一作'谈'。"

　　[五] 旧：递修本、曾集本、汤汉本曰："或无'旧'字。"

　　[六] "况"字下，递修本、曾集本、汤汉本曰："一本又有'其'字。"

　　[七] 公：递修本、曾集本、汤汉本曰："一作'翁'。"〇杨公：李公焕注曰："杨公，杨朱也。"陆汝嘉本、李梦阳本注同。

　　[八] 为：递修本、曾集本、汤汉本曰："一作'属'。"

　　[九] 豊：李公焕注曰："谓癯瘁也。"陆汝嘉本注同。李梦阳本、何孟春本作"豐"。整理者按："豊"为"豐"之俗字。《玉篇·丰部》："豐，大也。俗作豊。"

　　[一〇] 复：递修本、曾集本曰："一本'复'作'兼兹'。"

　　[一一] 辄：苏写本、曾集本、李公焕本、李梦阳本、焦竑本作"輙"。〇孔：递修本、曾集本、汤汉本曰："一作'礼'。"苏写本作"礼"，原注曰："（礼）一作'孔'。"

　　[一二] 且：苏写本作"以"。

　　[一三] 此序文，须溪本删去，未妥。

[一四] 序末两条尾注,皆取自李公焕本。上一条应置于"本既不豐"句下,下一条当置于"杨公所叹"句下。整理者按:"杨公",李公焕注作"杨朱",蒋薰改作"杨永",未知何故。

[一五] 旧:递修本、曾集本、汤汉本曰:"一作'早'。"

[一六] 蓋:苏写本、李梦阳本、何孟春本作"盖",焦竑本作"葢"。整理者按:"盖"为"蓋"之俗字。《正字通·皿部》:"盖,俗蓋字。"今则以"盖"为"蓋"之简化字。"葢"亦为"蓋"之异体字。据《玉篇·皿部》,"葢"与"蓋"同。○定:李梦阳本作"㝎"。整理者按:"㝎"为"定"之简笔俗字。见《宋元以来俗字谱》。

[一七] 斞:苏写本作"斗"。递修本、曾集本、汤汉本曰:"一作'斠'。"整理者按:"斞"为"斗"之加声旁俗字。《玉篇·斗部》:"斗,十升曰斗。斞,俗。"古籍中,"斠"无作量词的用法,故此句中别本作"斠",应是"斞"之形误字。

[一八] 闲:焦竑本作"閒"。

[一九] 实:苏写本作"寔"。

[二〇] 惟:苏写本、递修本、曾集本、汤汉本、须溪本、李公焕本作"唯"。○人惟旧:递修本、曾集本曰:"一作'唯人旧'。"

[二一] 弱:李梦阳本作"搦"。整理者按:"搦"从"弱"得声,此处"弱"或假借为"搦"字。○多:递修本、曾集本作"夕"。

[二二] 通:苏写本曰:"一作'怀'。"递修本、曾集本曰:"宋(庠)本作'怀'。"焦竑本正作"怀",则焦竑本所据底本应为宋庠本。

[二三] 滞江山:递修本、曾集本曰:"一作'江山前'。"

[二四] 其:递修本、曾集本曰:"一作'期'。"○汤汉本注此句曰:"曹子建诗:'王其爱玉体'。"李公焕本、陆汝嘉本注同。

[二五] 此条尾注或引自李公焕本,当置于"君其爱体素"句下。

五月旦作和戴主簿　一首[一]

虚舟纵逸棹,同[二]复遂无穷。发岁始[三]俛仰,星纪奄将中。南窗罕悴

98

物^[四]，此林荣且豐^[五]。神渊^[六]写时雨，晨色奏景风^[七]。"神渊写时雨"下二句，（天头注）五月佳候。既来孰不去，人理固有终。居常待^[八]其尽，曲肱岂伤冲。迁化或夷险，肆志无窊隆。即事如已^[九]高，何必升华嵩！（尾注）《史记·律书》："景风者，居南方。景者，言阳道竟，故曰景风。"^[一〇]

【评注】

丹崖曰：人能不以夷险为窊隆，便是登峰造极。

【校正】

[一] 递修本、曾集本、汤汉本并有"一首"二字，据补。其余诸本无之。

[二] 同：苏写本作"廻"。递修本、曾集本、汤汉本、须溪本、陆汝嘉本、李梦阳本作"回"。李公焕本、何孟春本作"囬"。整理者按："回转""回环"等义，古字作"囘"，通作"回"。《说文·囗部》："回，转也。从囗，中象回转形。囘，古文。""廻"为"回"之加形旁异体字。《字汇·又部》："廻，同回。"而"又""辶"俗写中多混用不别，故古籍中"廻"每每写作"迴"。"囬"亦为"回"之俗字。《干禄字书·平声》即以"囬"为"回"之俗字。

[三] 始：递修本、曾集本、汤汉本曰："一作'若'。"焦竑本、凌蒙初本亦作"若"。

[四] 窗：苏写本、递修本、曾集本、何孟春本作"牕"。汤汉本、须溪本、李公焕本、陆汝嘉本作"窻"。李梦阳本作"窓"。〇南窗：递修本、曾集本曰："一作'明两'。"焦竑本、凌蒙初本亦作"明两"。悴物：递修本、曾集本曰："一作'萃时'。"〇南窗罕悴物：焦竑本、凌蒙初本作"明两萃时物"，二本曰："一作'南牕罕悴物'，非。"

[五] 此：诸本作"北"。底本右侧亦注一"北"字。整理者按：上言"南窗"，此言"北林"，正相对为文。若作"此林"，则甚平淡无趣。故当从诸本作"北"，"此"应是"北"之形误字。〇豐：李梦阳本、何孟春本作"豊"。

[六] 神渊：递修本、曾集本曰："一作萍光。"苏写本正作"萍光"，原注曰："（萍光）一作'神渊'。"

[七] 景风：李公焕注曰："《史记·律书》：'景风者，居南方。景者，言阳道竟，故曰景风。'"陆汝嘉本同。

[八] 待：苏写本作"殆"。

[九] 已：递修本、曾集本、汤汉本作"以"，三本并曰："一作'已'。"

[一〇] 此条尾注引自李公焕本，应置于"晨色奏景风"句下。

连雨独饮　一首[一]

运生会归尽，终古谓之然。世间有松乔，于今定何阋[二]？故老赠余酒，乃言饮得仙。试酌百情远，重觞忽忘天。（天头注）"忘天"字奇。天岂去此哉[三]，任真无所先。云鹤[四]有奇翼，八表须臾还。自[五]我抱兹独，僶俛四十年。形骸久已化[六]，心在[七]复何言！"形骸久已化"下二句，（天头注）具契。○（尾注）阋，《古诗归》作"闻"。○天岂去此哉，一作"天际去此几"[八]。

【评注】

赵泉山曰：按《晋传》，靖节未尝有喜愠之色，唯遇酒则饮，时或无酒，亦雅咏不辍。《饮酒》诗云："试酌百情远，重觞忽忘天。天岂去此哉，任真无所先。"此酒中实际理地也。[九]

【校正】

[一] 递修本、曾集本、汤汉本并有"一首"二字，据补。其余诸本无之。○递修本、曾集本、汤汉本题注曰："一作'连雨人绝独饮'。"

[二] 定：李梦阳本作"宅"。○阋：苏写本、递修本、曾集本、汤汉本、李公焕本、焦竑本作"间"。递修本、曾集本曰："（间）一作'闻'。"须溪本、李梦阳本、何孟春本作"闻"。底本亦于"阋"字右侧注一"闻"字。

[三] 此句，苏写本作"天际去此几"，原注曰："一云'天岂去此哉'。"递修本、曾集本曰："一云'天际去此几'。"

[四] 鹤：递修本、曾集本曰："一作'鸿'。"

[五] 自：苏写本作"顾"。递修本、曾集本曰："一作'顾'。"

[六] 此句，递修本、曾集本曰："一云'形体凭化迁'。又云'形神久已死'。"

[七] 心在：递修本、曾集本曰："一作'在心'。"

[八] 二条尾注，上条应置于"于今定何闲"句下，云"古诗归"者，则蒋薰对此书多所参考。下条应置于"天岂去此哉"句下，此条不见于李公焕本，则蒋薰应是据递修本或曾集本引。

[九] 此条评论见李公焕本。李公焕本"诗云"下有"不觉知有我，安知物为贵"二句，"试酌"上有"独饮诗云"四字，"理地也"下有"岂狂药昏瞀之语"七字。陆汝嘉本同。凌蒙初本亦引赵泉山语，文与李公焕本有小异。蒋薰据李公焕本节引，而评论中引诗出处《连雨独饮》误作《饮酒》。

移居　二首

其一[一]

昔欲居南村[二]，非为卜其宅。间[三]多素心人，（天头注）素心人岂易多，故曰。"间"若作"闻"，字便平常。乐与数晨夕。怀此[四]颇有年，今日从兹役。弊庐何必广，取足蔽床[五]席。邻曲[六]时时来，抗[七]言谈在昔。奇文共欣赏[八]，疑义相与析[九]。"奇文共欣赏"下二句，（天头注）当是与庞参军说圣人事。（尾注）南村，柴桑之南，即栗里是也。○邻曲，指颜延年、殷景仁、庞通之辈。○奇文，见《王褒传》。[一〇]

【评注】

丹崖曰：读"疑义相析"，知渊明非不求解，不求甚解以穿凿耳。若好奇附会，此杨子云徒自苦，便失欣赏兴趣。[一一]

【校正】

［一］须溪本、李公焕本、陆汝嘉本、凌蒙初本有"其一"之类字样。李梦阳本"其一"之类皆无"其"字。其余诸本无之。

［二］南村：李公焕注曰："即栗里也。"陆汝嘉本同。

［三］间：诸本作"闻"。

［四］此：递修本、曾集本曰："一作'兹'。"

［五］床：递修本、曾集本、汤汉本、何孟春本、焦竑本作"牀"。整理者按："床"为"牀"之俗字，且为换构件异体字。《玉篇·广部》："床，俗牀字。"今则以"床"为"牀"之简化字。

［六］邻曲：李公焕注曰："指颜延年、殷景仁、庞通之辈。"陆汝嘉本同。

［七］抗：递修本、曾集本曰："一作'话'。"

［八］奇文：汤汉注曰："奇文，见《王褒传》。"李公焕本、陆汝嘉本俱引此注。〇共：递修本、曾集本曰："一作'互'。"

［九］析：递修本、曾集本曰："一作'斥'。"整理者按：作"斥"，义不可通。"析"误脱构件"木"作"斤"，"斤"又形误作"斥"。

［一〇］三条尾注皆引自李公焕本。第一条应置于"昔欲居南村"句下，而较李公焕本多"柴桑之南"四字，更觉明晰。第二条应置于"邻曲时时来"句下。第三条应置于"奇文共欣赏"句下。

［一一］"读'疑义相析'，知渊明非不求解，不求甚解以穿击耳"云云者，破"渊明好读书，不求甚解"之误读，实蒋薰之创见耳。又"穿击"殆"穿凿"之误尔。

其二

春秋多佳日，登高赋新诗。过门更相呼，有酒斟[一]酌之。农务各自归，闲暇辄相思[二]。相思则披[三]衣，言笑无厌时。"过门更相呼"下六句，（天头注）直是口头语，乃为绝妙词。极平淡，极色泽。此理将不胜[四]，无为忽去兹[五]。衣食当须纪[六]，力耕不可[七]欺。（尾注）胜，音升，任也。言此乐不可

胜，无为舍而去之。韩子亦曰："乐之终身不厌，何暇外慕。"^[八]

【评注】

钟伯敬曰：衣食不足，无以作乐，二语又映"农务各自归"句，尤有情。^[九]

丹崖曰：饮酒务农，往还无期，闲适若此，可谓不虚佳日。

【校正】

[一] 斟：何孟春本作"酙"。整理者按："酙"为"斟"之俗字。《龙龛手镜·酉部》："酙，俗。音针。正作斟。"《字汇补·酉部》："酙，与斟同。"

[二] 闲：焦竑本作"閒"。○辄：苏写本、曾集本、须溪本、李公焕本、李梦阳本、凌蒙初本作"輙"。

[三] 披：递修本、曾集本曰："一作'拂'。"

[四] 胜：李公焕注曰："音升。任也。"陆汝嘉本同。何孟春本注曰："音升。"何孟春本引李公焕注，往往脱去义注，其价值亦大打折扣。

[五] 此句，汤汉注曰："言此乐不可胜，无为舍而去之也。韩子亦云：'乐之终身不厌，何暇外慕。'"李公焕本、陆汝嘉本皆取汤汉此注，唯"韩子亦云"之"云"作"曰"。

[六] 纪：递修本、曾集本、汤汉本曰："一作'几'。"焦竑本、凌蒙初本作"几"，二本曰："（几）一作'纪'，非。"

[七] 不可：焦竑本作"吾不"。其余诸本作"不吾"，递修本、曾集本曰："（不吾）一作'吾不'。"

[八] 尾注引自李公焕本，作"韩子亦曰"，不作"韩子亦云"可证。应置于"无为忽去兹"句下。

[九] 此条评论当引自《古诗归》。

和刘柴桑　一首 ^[一]

遗民，尝作柴桑令。^[二]

山泽久见招，胡事乃踌躇[三]？直为亲旧故，未忍言索居。良辰入[四]奇怀，挈杖还西庐[五]。荒涂无归人，时时见[六]废墟。茅茨已就治，新畴复应畬[七]。谷风转凄薄[八]，春醪解饥劬[九]。弱女虽非男，慰情良[一〇]胜无。"弱女虽非男"下二句，（天头注）陶公多男，乃作此语，情无可慰也。栖栖[一一]世中事，岁月共相疏。"栖栖世中事"下二句，（天头注）黄云：世事之难在密，高士之癖在疏。[一二]耕织称其用，"称其用"三字，（夹注）三字妙。过此奚所须？去去百年外，身名同翳如。（尾注）时遗民约靖节庐山结白莲社，靖节雅，不欲预名社列，但时复往还于庐阜间。〇《尔雅》："田三岁云畬。"靖节自庚戌徙居南村，已再稔矣。今秋穫后，复应畬也。〇《尔雅》释云：东风谓之谷风。[一三]

【评注】

赵泉山曰："谷风转凄薄"四句，虽出于一时之谐谑，亦可谓巧于处穷矣。以弱女喻酒之醨薄，饥则濡枯肠，寒则若挟纩，曲尽贫士嗜酒之常态。[一四]

张尔公曰："弱女"二句，即诗人食鱼不必河鲂之意。老氏亦云："知止常足。"[一五]

丹崖曰：酬、和刘柴桑二诗，情真趣适。虽寄世中，却游人外。浔阳三隐，如遗民乃知己，非续之可比也。

【校正】

[一] 桑：何孟春本作"棻"。〇递修本、曾集本、汤汉本并有"一首"二字，据补。其余诸本无之。〇李公焕本题注曰："遗民，尝作柴桑令。"陆汝嘉本同。

[二] 此题注引自李公焕本。

[三] 踌躇：除焦竑本外，其余诸本作"踌躇"。

[四] 入：何孟春本误作"人"。

[五] 挈：递修本、曾集本曰："一作'策'。"焦竑本作"絜"。整理者

按:"絜"有"提"义,亦可通。《集韵·霁韵》:"絜,提也。"〇李公焕注此句曰:"时遗民约靖节庐山结白莲社,靖节雅,不欲预其社列,但时复往还于庐阜间。"陆汝嘉本同,而改"庐山"作"隐山",未是。

[六] 见:递修本、曾集本曰:"一作'有'。"

[七] "新畴复应畬"句,李公焕注曰:"《尔雅》:'田三岁曰畬。'靖节自庚戌徙居南村,已再稔矣。今秋获后,复应畬也。"李梦阳本注曰:"田三岁曰畬。"

[八] 谷风:李公焕注曰:"《尔雅》释云:'东风谓之谷风。'"陆汝嘉本同。〇凄:递修本、曾集本、汤汉本、李公焕本、焦竑本作"凄"。整理者按:俗书"氵"多省作"冫",故"凄"俗写作"凄"。《说文通训定声·履部》:"凄,俗字亦作凄。"古籍中多用"凄",今则"凄"字通行。

[九] 春:递修本、曾集本曰:"一作'嘉'。"整理者按:渊明诗文多用"春醪"。〇饑:除须溪本、焦竑本、何孟春本外,其余诸本作"饥"。

[一〇] 良:递修本、曾集本曰:"一作'殊'。"

[一一] 棲棲:除焦竑本外,其余诸本作"栖栖"。整理者按:"栖"为"棲"之换声旁异体字。据《广韵·齐韵》,"栖"与"棲"同。古籍中虽"栖""棲"同用,然以用"棲"为常。今则以"栖"为"棲"之简化字。

[一二] "黄"谓明人黄文焕,所引出《陶诗析义》卷二。

[一三] 三条尾注皆引自李公焕本。第一条应置于"挈杖还西庐"句下。第二条应置于"新畴复应畬"句下。第三条应置于"谷风转凄薄"句下。

[一四] 此条评论引自李公焕本,陆汝嘉本、凌蒙初本亦有之。

[一五] 此条评论见明张自烈辑《笺注陶渊明集》卷二。

酬刘柴桑　一首^[一]

穷居寡人用,时忘四运周。榈^[二]庭多落叶,慨然已知^[三]秋。新葵郁北牖^[四],嘉穟養^[五]南畴。今我不为乐,知有来岁不?（天头注）人以为达,直是讨便宜。命室携^[六]童弱,良日登远游^[七]。

【评注】

丹崖曰：前和刘诗云"未忍索居"，已辞白莲社列矣。此诗只说自己穷愁行乐，绝无酬答语，故知陶、刘相契在形迹外。

【校正】

[一] 递修本、曾集本、汤汉本并有"一首"二字，据补。其余诸本无之。

[二] 桐：苏写本作"门"。递修本、曾集本曰："一作'门'。又作'空'。或作'檐'。"焦竑本、凌蒙初本作"空"，焦竑本曰："一作'桐'，非。"整理者按："桐"为木名，焦竑说似是。

[三] 已知：递修本、曾集本、汤汉本、焦竑本作"知已"。

[四] 欎：苏写本、递修本、曾集本、汤汉本作"鬱"。整理者按："欎"为"欝"之俗写，"欝"为"鬱"之俗写，故"欎""欝"并为"鬱"之异体字。○牖：苏写本、递修本、曾集本、须溪本、汤汉本、李公焕本作"墉"。苏写本、递修本、曾集本曰："一作'牖'。"整理者按："北牖"义亦畅，不烦改作"北墉"，且"北墉"与下"南畴"义亦不类。

[五] 养：苏写本作"卷"。递修本、曾集本曰："一作'卷'。又作'眷'。"须溪本、何孟春本作"養"。焦竑本、凌蒙初本作"眷"，焦竑本曰："一作'養'，非。"凌蒙初本曰："一作'芥'，非。"整理者按："养"为"養"之俗写，《字汇·食部》："养，俗作养。"此处作"养""養""卷"诸字，其义皆顺，唯作"眷"字义无可取。未知焦竑以为非者何据。

[六] 携：何孟春本作"擕"。

[七] 日：苏写本作"曰"。递修本、曾集本曰："一作'曰'。"整理者按："良日"义胜，作"曰"者，或为"日"之形讹字。○遊：除苏写本、递修本、曾集本、焦竑本外，其余诸本作"游"。

和郭主簿　二首

其一[一]

蔼蔼堂前林[二]，中夏贮[三]清阴。凯风因时来，回飚开我襟[四]。息交遊闲业[五]，卧起弄书琴[六]。"息交游闲业"下二句，（天头注）如此那得不乐。园蔬有馀滋，旧谷犹储今。营己良有极，过足非所钦。春[七]秫作美酒，酒熟吾自斟。弱子戏我侧[八]，学语未成音。此事真复乐，聊用忘华簪。遥遥望白云，怀古一何深！"遥遥望白云"下二句，（夹注）别有托寄。

【校正】

[一] 须溪本、李公焕本、陆汝嘉本、凌蒙初本有"其一"之类字样。李梦阳本"其一"之类皆无"其"字。苏写本、递修本、曾集本、汤汉本、焦竑本、何孟春本无"其一"之类。

[二] 蔼蔼：焦竑本作"霭霭"。整理者按："云气"之义，"蔼""霭"可通用。《文选·陆机〈挽歌〉》"倾云结流蔼"李善注："蔼与霭，古字同。"而"蔼"之"茂盛"义，无用"霭"字者。〇前：递修本、曾集本曰："一作'北'。"

[三] 贮：苏写本作"复"。递修本、曾集本曰："一作'复'。又作'驻'。又作'伫'。"整理者按："贮""伫"同从"宁"得声，俱有"积聚"义。

[四] 回：李公焕本同。何孟春本作"囬"。其余诸本作"回"。〇飚：焦竑本作"飔"。整理者按："飚"为"飙"之俗字，《广韵·宵韵》"飙，风也。俗作飚。"而"飔"为"飚"之换构件异体字，见《龙龛手镜·风部》。今则只用"飙"字。〇襟：递修本、曾集本曰："一作'心'。"

[五] 交：递修本、曾集本曰："一作'友'。"〇遊：苏写本、汤汉本作"游"。

[六] 卧起：汤汉注曰："《苏武传》：卧起操持。"〇琴：诸本作"琴"。

〇此二句，递修本、曾集本曰："一云'息交逝闲卧，坐起弄书琴'，'逝'一作'誓'，'坐起'一作'起坐'。"焦竑本、凌蒙初本作"息交逝闲卧，坐起弄书琴"，焦竑本曰："一作'息交遊闲业，卧起弄书琴'，非。"凌蒙初本曰："（逝闲卧）一作'遊闲业'，非。"又曰："（坐）一作'卧'，非。"

　　[七]春：除何孟春本、李梦阳本外，其余诸本作"春"。整理者按："春秋""春秋"义皆通畅。

　　[八]戏：除焦竑本、李梦阳本外，其余诸本作"戲"。整理者按："戏"之繁体作"戲"，"戲"为"戲"之俗体。《龙龛手镜·戈部》："戲，今；戲，正。"〇侧：递修本、曾集本曰："一作'前'。"

其二

　　和泽周三春[一]，清凉素秋节[二]。露凝无游氛，天高风景彻[三]。陵岑耸逸峯[四]，遥瞻皆奇绝。"陵岑耸逸峯"下二句，（天头注）"逸峯"字妙，从"遥瞻"得来。芳菊开林耀，青松冠岩列。怀此贞[五]秀姿，卓为霜[六]下杰。"怀此贞秀姿"下二句，（夹注）自况。衔觞念幽人，千载抚尔诀。检[七]素不获展，厌厌竟良[八]月。

【评注】

　　丹崖曰：二诗前自述，言闲业之乐；后怀人，动衔觞之思。和言不独酬答，亦有次第。

【校正】

　　[一]泽：递修本、曾集本曰："一作'风'。"〇周：递修本、曾集本曰："一作'同'。"

　　[二]凉：苏写本、李公焕本、陆汝嘉本、李梦阳本、何孟春本作"凉"。〇素：焦竑本、凌蒙初本曰："一作'华'，非。"〇此句，递修本、曾集本作"华华凉秋节"，二本并曰："一作'清凉华秋节'，又作'清凉素秋节'。"汤汉本亦作"华华凉秋节"。

　　[三]风：递修本、曾集本曰："一作'肃'。"〇彻：除李梦阳本外，

其余诸本作"澈"。递修本、曾集本曰："（澈）一作冽。"

[四] 陵：递修本、曾集本曰："一作'凌'。又作'峻'。"○峯：李梦阳本、何孟春本作"峰"。整理者按："峰"为"峯"之构件移位异体字。《集韵·锺韵》："峯，或书作峰。"今则通行"峰"字，符合汉字从左至右的书写习惯。

[五] 贞：须溪本作"真"。

[六] 霜：苏写本作"山"，原注曰："一作'霜'。"

[七] 检：递修本、曾集本曰："一作'俭'。"何孟春本作"捡"。

[八] 良：递修本、曾集本曰："一作'终'。"

于王抚军座送客　一首[一]

秋[二]日凄且厉，百卉具已腓[三]。爰以履霜节，登高饯将归。寒气冒山泽，游云倏[四]无依。洲渚四缅[五]邈，风水正[六]乖违。瞻夕欲[七]良讌，离言聿云悲。晨鸟暮来还[八]，悬车敛馀辉[九]。逝[一○]止判殊路，旋驾怅迟迟。目送回舟远[一一]，情随万化遗。（尾注）《四月》诗云："秋日凄凄，百卉具腓。"（具，）集本作"各"，传写之误。○《淮南子》："日至悲泉，是谓悬车。"[一二]

【评注】

按《年谱》，此诗宋武帝永初二年辛酉秋作也。《宋书》：王弘（名元休）为抚军将军、江州刺史，庾登之为西阳太守（今黄州），被征还，谢瞻为豫章太守（今洪州），将赴郡，王弘送至湓口（今浔阳之湓浦），三人于此赋诗叙别。是必休元要靖节预席饯行，故《文选》载谢瞻即席集别诗，首章纪座间四人。[一三]

【校正】

[一] 座：递修本、曾集本曰："一作'座上'。"○一首：诸本皆无"一首"二字。范氏子烨曰："案：题目'送客'二字下，当有'一首'二字，宋本（递修本）脱，曾集本同。"整理者按：诸宋本于篇题下皆注明

"某首"字样,此篇援例亦当有之。宋本偶脱去,后之诸本遂不增。今据范氏说增入。

[二]秋:苏写本、递修本、曾集本、汤汉本作"冬"。整理者按:据李公焕注,"秋日"二句乃用《诗经》成句而略变之,故诸作"冬"者为误。

[三]李公焕注曰:"《四月》诗云:'秋日凄凄,百卉具腓。'集本作'各',传写之误。"陆汝嘉本同。李梦阳本"具"亦讹作"各"。

[四]倏:递修本、曾集本曰:"一作'永'。"整理者按:"倏"为"倏"之俗字,《字汇·人部》:"倏,俗倏字。"《龙龛手镜·人部》:"倏,倏忽,疾也。""倏"有"快速飘荡"义,用在此句中颇生动传神。

[五]四缅:递修本、曾集本、汤汉本、须溪本作"思绵",四本并曰:"一作'四缅'。"何孟春本作"四绵"。焦竑本、凌蒙初本作"思缅"。

[六]正:苏写本、陆汝嘉本、李梦阳本、何孟春本、焦竑本、凌蒙初本作"互"。递修本、曾集本、汤汉本、李公焕本作"㐅"。须溪本作"牙"。整理者按:"㐅"为"互"之俗字。《广韵·暮韵》:"互,差互。俗作㐅。"作"牙"者,为"㐅"之形误字。

[七]欲:递修本、曾集本、汤汉本曰:"一作'欣'。"焦竑本亦作"欣"。

[八]暮:苏写本作"莫"。〇此句,递修本、曾集本曰:"一作'晨鸡揔来归'。"

[九]车:苏写本、焦竑本、凌蒙初本作"崖",苏写本曰:"(崖)一作'车'。"递修本、曾集本曰:"(车)一作'崖'。"〇悬车:汤汉注曰:"《淮南子》:日至悲泉,是谓悬车。"李公焕本、陆汝嘉本、李梦阳本并引此注。整理者按:"悬车"既出《淮南子》,则渊明语有所本。作"悬崖"者想当然耳,不足取。〇辉:苏写本、递修本、曾集本、汤汉本作"晖"。

[一〇]逝:递修本、曾集本、汤汉本、须溪本、李梦阳本作"遊",递修本、曾集本、汤汉本曰:"一作'逝'。"焦竑本、凌蒙初本曰:"(逝)一作'遊',非。"

[一一]回:苏写本作"迴",焦竑本、凌蒙初本作"同"。〇远:递修本、曾集本、汤汉本曰:"一作'往'。"

[一二] 二条尾注皆引自李公焕本。第一条应置于"百卉具已腓"句下。第二条应置于"悬车敛馀辉"句下。

[一三] 此条评论见李公焕本。李公焕本"于此"作"於此",陆汝嘉本同。蒋薰据李公焕本引,然"名元休""今黄州""今洪州""今浔阳之溢浦"皆为注释文字,故李公焕本以小字标出,而蒋薰本此注文与正文同字号,未当,故本次整理将其置于小括号内以示区别。又"是必休元"之"休元"当是"元休"二字误倒,李公焕本既已误,陆汝嘉本、蒋薰本遂沿而不改。

与殷晋安别 一首 并序[一]

景仁,名铁。[二]

殷先作晋安南府长史橡[三],因居浔阳。后作太尉[四]参军,移家东下,作此以赠。[五]

遊好非久长[六],一遇尽殷勤[七]。信宿酬[八]清话,益复知为亲。去岁家南望[九],薄作少时邻[一〇]。负杖肆游[一一]从,淹留忘宵晨。语默自殊势,亦知当乖分。"语默自殊势"下二句,(天头注)晋安事刘裕,非先生所喜。未谓事已及,兴言在兹春。飘飘西来风,悠悠东去[一二]云。山川千里外,言笑难为因。良才[一三]不隐世,"良才不隐世"句,(夹注)谓殷。江湖多贱贫。"江湖多贱贫"句,(夹注)自谓。脱有经过便,念来存故人。"脱有经过便"下二句,(天头注)不期以必来,亦真亦谑。(尾注)《懒真子》云:遊好非久长,一本作"少长"。其意云,吾与子非少时、长时遊从也,但今一相遇,故定交耳。○良才,一作"才华"。[一四]

【评注】

丹崖曰:真相知不在久远从,亦不在同出处,更不在期后会,何等雅契,何等旷远。观元亮《别殷晋安》诗,觉临期执袂为烦。虽然,语默殊势,毕竟道不同也。

【校正】

[一] 苏写本、凌蒙初本有"并序"二字。递修本、汤汉本有"一首并序"四字。曾集本有"一首"二字。焦竑本篇题下亦有"有序"二字。故据以补"一首并序"四字。其余诸本无"一首并序"字样。〇李公焕本题注曰："景仁，名铁。"陆汝嘉本、李梦阳本同。

[二] 此题注引自李公焕本。

[三] 椽：苏写本、递修本、曾集本、汤汉本、陆汝嘉本、李梦阳本俱作"掾"。整理者按：虽然俗书中"木""扌"多混，且从"木"、从"扌"之字多有构成异体字的情况。而"掾"为职官名，与"椽"异义，且古籍中亦无"掾"俗写作"椽"的用例，故此处当从前举诸本作"掾"。

[四] 太尉：汤汉注曰："太尉，刘裕。"李公焕本、陆汝嘉本、李梦阳本皆引此注。底本于"太尉"下亦小注"刘裕"二字。

[五] 须溪本此序仅取"作此以赠"四字，其余删去，殊觉未妥。

[六] 遊：汤汉本作"游"。〇久：递修本、曾集本曰："一作'少'。"凌蒙初本曰："一作'少'，非。"

[七] 尽：递修本、曾集本曰："一作'定'。"〇殷勤：苏写本作"慇懃"。整理者按："慇懃"为"殷勤"之加形旁异体字，多出现在俗书中，此是汉字发展过程中的繁化现象。《古文苑·楚相孙叔敖碑》"以慇润国家"章樵注："慇，音义与殷同。"《正字通·心部》："懃，同勤。"〇此二句，李公焕注曰："《懒真子》云：'遊好非久长'。日本作'非少长'。其意云，吾与子非少时、长时遊从也，但今一相遇，故定交耳。"陆汝嘉本同，而改"日本"作"旧本"，甚是。若作"日本"，义不可通。

[八] 酬：苏写本、递修本、曾集本、汤汉本作"詶"。整理者按："詶"为"酬"之换形旁异体字。《说文·言部》"詶"字段玉裁注："俗用詶为应酬字。"《说文通训定声·言部》："《苍颉解诂》詶亦酬字。"

[九] 南望：诸本作"南里"，是，"南里"为渊明所居处。底本亦于"望"字右侧注一"里"字。

[一〇] 邻：苏写本、递修本、曾集本、汤汉本、须溪本、李公焕本作"隣"。整理者按："邻"之繁体作"鄰"，"隣"为"鄰"之构件移位异

体字。

[一一]　游：苏写本作"遊"。

[一二]　东去：递修本、曾集本曰："一作'归东'。"

[一三]　良才：苏写本、递修本、曾集本、汤汉本曰："一作'才华'。"

[一四]　二条尾注，第一条引自李公焕本，应置于"一遇尽殷勤"句下，而改"日本"作"一本"，则蒋薰亦以作"日本"为误。第二条或蒋薰自为之，应置于"良才不隐世"句下。

赠羊长史　一首　并序[一]

松龄。[二]

左军羊长史衔使秦川[三]，作此与之。[四]

愚生三季后，慨然念黄虞。得知千载外[五]，正赖古人书[六]。"愚生三季后"下四句，（天头注）意在言表。贤圣留馀跡[七]，事事在中都[八]。岂忘游心目？关河不可踰。九域甫已一[九]，逝将理舟舆。闻君当先迈[一〇]，负痾不获俱[一一]。路若经商山，为我少踌躇。多谢绮与角[一二]，精爽今何如？[一三]紫芝谁复采？深谷久应芜[一四]。驷马无贳[一五]患，贫贱有交娱。（天头注）"紫芝"下四句，皆《四皓歌》中语。清谣结心曲，人乖[一六]运见疎。拥[一七]怀累代下，言尽意不舒。[一八]（尾注）山谷云："正赖古人书"，盖当时语。或作"上赖"，甚失语意。〇洛阳，西晋之故都。长安，乃秦汉所都。〇"九域甫已一"，谓宋公裕始平一燕、秦也。〇时松龄衔左将军朱龄石之命，请裕行府，贺平关洛。原诗意，靖节初欲从松龄访，访关洛，会病，不果行。〇贳，神夜切。赊也，贷也。[一九]

【评注】

胡仔曰：渊明高风峻节，固已无愧于四皓，然犹仰慕之，足见其好贤尚友之心。[二〇]

汤东涧曰：天下分裂，而中州贤圣之迹不可得而见。今九土既一，则五帝之所连，三王之所争，宜当首访，而独多谢于商山之人，何哉？盖南北虽

合，而世代将易，但当与绮、角游耳。[二一]

丹崖曰：是年刘裕平关中，故羊长史松龄使秦川。越三年，裕受晋禅矣。先生念黄、虞而谢绮、角，乃致慨于晋、宋之间也。斯为"言尽意不舒"乎？

【校正】

[一] 递修本、曾集本并有"一首"二字。汤汉本有"一首并序"四字。焦竑本篇题下有"有序"二字。凌蒙初本篇题下有"并序"二字。而本篇实有序文，故据补"一首并序"四字。其余诸本无"一首并序"字样。○篇题"羊长史"下，李公焕注曰："松龄。"陆汝嘉本、李梦阳本同。序文"羊长史"，苏写本、递修本、曾集本、汤汉本并曰："羊名松龄。"

[二] 此题注引自李公焕本。

[三] 秦川：李公焕注曰："关中。"陆汝嘉本同。底本亦取此注。

[四] 须溪本删去此序，未妥。

[五] 外：苏写本作"上"。递修本、曾集本、汤汉本曰："一作'上'。"

[六] 正：递修本、须溪本作"上"，递修本曰："（上）一作'政'。"曾集本、汤汉本曰："（正）一作'政'。"袁行霈本曰：（正）"一作'政'，一作'上'。"焦竑本亦作"政"。○赖：除汤汉本、须溪本外，其余诸本作"頼"。○李公焕本曰："山谷云：'正赖古人书'，盖当时语。或作'上赖'，甚失语意。"陆汝嘉本同。

[七] 跡：苏写本作"迹"。

[八] 在：递修本、曾集本曰："一作'有'。"○中都：李公焕注曰："洛阳，西晋之故都。长安，乃秦汉所都。"陆汝嘉本同。

[九] 已一：苏写本作"尔去"。递修本、曾集本曰：（已一）"一作'尔去'，又作'一邕'。"○此句，李公焕注曰："谓宋公裕始平一燕、秦也。"陆汝嘉本同。

[一○] 邁：须溪本作"迈"。整理者按："万"作为"萬"之俗字，见于《玉篇·方部》："万，俗萬字。"则"迈"亦应是"邁"之俗写，其出现

或也在南北朝时期，然乏文献可证，故仅为猜测。今则以"迈"为"邁"之简化字。

[一一] 不：递修本、曾集本曰："一作'弗'。"○李公焕注此句曰："时松龄衔左将军朱龄石之命，诣裕行府，贺平关洛。原诗意，靖节初欲从松龄访关洛，会病，不果行。"陆汝嘉本同。

[一二] 角：苏写本、递修本作"甪"，递修本曰："（甪）一作'园'。"曾集本曰："（角）一作'园'。"整理者按：绮里季、甪里先生二人为汉初"商山四皓"中人。别本作"园"亦可，谓园公，亦"商山四皓"之一。唯作"角"，于此处义不谐，当是"甪"之形讹字。

[一三] "贤圣留馀迹"至"精爽今何如"十二句，汤汉注曰："天下分裂，而中州贤圣之迹，不可得而见。今九土既一，则五帝之所连，三王之所争，宜当首访，而独多谢于商山之人，何哉？盖南北虽合，而世代将易，但当与绮、角游耳。远矣深哉！"

[一四] 久：递修本、曾集本曰："一作'又'。"○"紫芝谁复采"二句，汤汉注曰："《紫芝歌》：莫莫高世，深谷逶迤。晔晔紫芝，可以疗饥。唐虞世远，吾将安归？驷马高盖，其忧甚大。富贵之畏人兮，不如贫贱之肆志。"

[一五] 贳：李公焕注曰："贳，侍夜切。赊也，贷也。"陆汝嘉本同。何孟春本但取李公焕本音注，又误将"侍"作"待"字。

[一六] 乖：除何孟春本、李梦阳本外，其余诸本作"乘"。整理者按："人乘"与"运疏"为因果关系，上下义相连属。"乘"无"乖违"义，亦无俗书作"乖"者，故此处为"乖"之形误字。

[一七] 拥：递修本、曾集本曰："一作'唯'。又作'欢'。"

[一八] 须溪本注此篇曰："此诗其晋宋之际乎？"

[一九] 五条尾注俱引自李公焕本。第一条应置于"正赖古人书"句下。第二条应置于"事事在中都"句下。第三条应置于"九域甫已一"句下。第四条应置于"负疴不获俱"句下。第五条应置于"驷马无贳患"句下，而改注文"侍"作"神"，盖其时音读如此。

[二〇] 此条评论，乃李公焕本节引胡仔语，详见《苕溪渔隐丛话》后集卷一。陆汝嘉本、凌蒙初本同李公焕本。蒋薰亦转引李公焕本节引之文。

[二一] 此条评论文字，汤汉本原置于"精爽今何如"句下，李公焕本、陆汝嘉本、凌蒙初本并引汤汉此语。蒋薫取此评论置于篇末，且脱去"游耳"下"远矣深哉"四字。

岁暮和张常侍　一首[一]

市朝凄旧人，骤骥感悲泉[二]。明旦非今日，岁暮[三]余何言！"明旦非今日"下二句，（天头注）澹永神伤。素颜敛光润，白发一已繁。阔[四]哉秦穆谈，旅[五]力岂未愆。向夕长风起，寒云没西山。厉厉[六]气遂严，纷纷飞鸟还。民生鲜常在，矧伊愁苦缠。屡阙[七]清酤至，无以乐当年。穷通靡攸[八]虑，颠顇由化迁。抚己有深怀，履运增慨然。（尾注）"悲泉"，见前。"骤骥"，言白驹之过隙。〇酤，一宿酒也。[九]

【评注】

汤东涧曰：陶公不事异代之节，与子房五世相韩之义同。既不为狙击震动之举，又时无汉祖者可托以行其志，所谓"抚己有深怀，履运增慨然"，读之亦可以深悲其志也夫![一〇]

丹崖曰：老去增感，达人不免，况愁苦颠顇耶！明知化迁，又复慨然，表里之言，故自无欺。

（丹崖）又曰：此诗作于义熙十四年冬，时刘裕幽安帝于东堂而立恭帝，"履运增慨"以此。

【校正】

[一] 递修本、曾集本、汤汉本并有"一首"二字，据补。其余诸本无之。

[二] 悲泉：汤汉注曰："悲泉，见前。骤骥，言白驹之过隙也。"李公焕本、陆汝嘉本并引此注。

[三] 暮：苏写本作"莫"。

[四] 阔：焦竑本作"濶"。整理者按："濶"为"阔"之俗写，为部分

构件移位异体字。《正字通·水部》:"阔,俗作澗。"

[五] 旅:李梦阳本作"脊"。整理者按:"脊"从"旅"得声,"旅"可通作"脊"。《说文通训定声·豫部》:"旅,叚借为脊。"

[六] 厉厉:苏写本、递修本、曾集本曰:"一作'冽冽'。"焦竑本作"冽冽"。整理者按:"厉""冽"古音并为来母月部,唯声调有去、入之别,故二字可通假。

[七] 阙:苏写本作"缺"。整理者按:"阙""缺"二字古音同,皆有"缺少""短缺"义,故古籍中多通用。《玉篇·门部》:"阙,少也。"《吕氏春秋·任数》"其所以知识甚阙"高诱注:"阙,短。"又《汉书·司马相如传下》"缺王道之仪"颜师古注引应劭曰:"缺,阙也。"则径以"阙"释"缺"字。今则二字义各有专。

[八] 攸:苏写本、递修本、曾集本、汤汉本曰:"一作'欣'。"

[九] 二条尾注,第一条引自李公焕本,应置于"骙骙感悲泉"句下。第二条应置于"屡阙清酤至"句下。

[一〇] 此条评论引自李公焕本。李公焕本"也夫"作"也矣",陆汝嘉本、凌蒙初本同。然今所见汤汉本无此评论文字,李公焕本或别有所据。

和胡西曹示顾贼曹 一首[一]

蕤宾五月中[二],清朝起威飔[三]。不驶[四]亦不迟,飘飘吹我衣。重云[五]蔽白日,闲[六]雨纷微微。流目视西园,晔晔荣紫葵。于今甚可爱,奈何当复衰[七]。感物愿及时,每恨靡所挥。悠悠待秋稼,寥落将赊[八]迟。逸想[九]不可淹,猖狂独长悲。(尾注)《史记·律书》:五月也,律中蕤宾。阴气幼少,故曰蕤;萎阳不用事,故曰宾。○飔,息兹切。风也。○驶,师止切。疾也。[一〇]

【校正】

[一] 递修本、曾集本、汤汉本并有"一首"二字,据补。其余诸本无之。

[二] 蕤:除何孟春本外,其余诸本作"蕤"。整理者按:"蕤"从

"桵"得声,二字古音同,且俱有"草木花实下垂"之义,故古籍中通用。《说文·艹部》:"蕤,草木花垂貌。"又《说文·生部》:"桵,草木实桵桵也。"段玉裁注:"桵之言垂也。"○寅:苏写本、递修本、曾集本、汤汉本、焦竑本作"賔"。整理者按:"賔"为"賓"之俗写。《字汇·贝部》:"賔,俗賓字。"然"賔"字见于《吕氏春秋》和汉碑中,其产生亦久矣。今则"賓""賔"二字俱简化为"宾"字。○此句,李公焕注曰:"《史记·律书》:五月也,律中蕤宾。阴气幼少,故曰桵;萎阳不用事,故曰宾。"陆汝嘉本同。

[三]威:诸本作"南"。○飔:李公焕注曰:"飔,息兹切。风也。"陆汝嘉本同。何孟春本曰:"飔,息兹切。"

[四]駃:李公焕注曰:"駃,踈吏切。疾也。"陆汝嘉本同。何孟春本曰:"駃,踈吏切。"

[五]云:递修本、曾集本曰:"一作'寒'。"整理者按:若作"寒",则与上"桵宾五月中"义不谐。

[六]闲:焦竑本作"閒"。

[七]当:苏写本作"行"。递修本、曾集本曰:"一作'后'。"○此句,递修本、曾集本、汤汉本曰:"一作'当奈行复衰'。"焦竑本曰:"一作'当乐行复衰',非。"

[八]赊:递修本、曾集本曰:"一作'奢'。"何孟春本误脱"赊"字。整理者按:"赊"为"奢"之假借字。《说文通训定声·豫部》:"赊,叚借为奢。"《后汉书·仲长统传》"戒在穷赊"李贤注:"赊,奢同。"

[九]想:递修本、曾集本曰:"一作'相'。"

[一〇]三条尾注皆引自李公焕本。第一条应置于"桵賓五月中"句下。第二条应置于"清朝起威飔"句下。第三条应置于"不駃亦不迟"句下,而改注文"踈吏切"作"师止切",或其时音读如此,亦或别有所据。

悲从弟仲德　一首[一]

衔哀过旧宅,悲泪应心零。借问为谁悲?怀人在九冥。礼服名羣[二]从,恩爱若同生。门前执手时,何意尔先倾。在数竟未免[三],为山不及成。慈母

118

沉哀疚[四]，二胤才数龄。双位[五]委空馆，朝夕无哭声。流尘集虚[六]坐，宿草旅[七]前庭。阶除旷远[八]迹，园林独馀情。翳然乘化去，终天不复形。迟迟将回[九]步，恻恻悲襟盈[一〇]。

【评注】

丹崖曰：止言慈母、二胤，想弟妇先亡，故云双位。无哭声，无妇哭也。旅，陈也。[一一]

【校正】

[一] 递修本、曾集本、汤汉本、焦竑本并有"一首"二字，据补。其余诸本无之。○仲：苏写本作"敬"。

[二] 羣：递修本、须溪本、李梦阳本作"群"。

[三] 数：递修本、曾集本、汤汉本作"毁"，三本并曰："一作'数'。"○未：苏写本、递修本、曾集本、汤汉本、须溪本作"不"。递修本、曾集本、汤汉本曰："一作'未'。"

[四] 疚：凌蒙初本作"痛"。

[五] 位：递修本、递修本、曾集本、汤汉本、须溪本、李梦阳本作"泣"。递修本、曾集本、汤汉本曰："（泣）一作'位'。"

[六] 虚：汤汉本作"空"，李梦阳本作"虗"。

[七] 旅：苏写本、递修本、曾集本、汤汉本曰："一作'依'。"

[八] 远：汤汉本作"游"，其余诸本作"遊"。袁行霈本曰："（远）一作'遊'。"

[九] 回：苏写本作"廻"，李公焕本作"囬"，焦竑本、凌蒙初本作"囘"。

[一〇] 悲襟盈：苏写本曰："一作'襟涕盈'。"递修本、曾集本曰："一作'衿涕盈'。"焦竑本曰："（悲襟）一作'衿涕'。"整理者按："襟""衿"古音同，在"衣服交领"义上，二字为换声旁异体字，古籍中亦或用"襟"，或用"衿"。

[一一] 此通释"慈母沉哀疚"下四句。

檇李蒋薰丹崖评阅
海昌壻周文焜青轮订

诗五言

《文选》五臣注云："渊明诗，晋所作者皆题年号，入宋所作但题甲子而已。意者耻事二姓，故以异之。"尝考渊明诗，有题甲子者，始庚子、距丙辰，凡十七年间，只十二首耳，皆晋安帝时所作也。渊明以乙巳秋为彭泽令，在官八十馀日，即解印绶，赋《归去来兮辞》。后一十六年庚申，晋禅宋，恭帝元熙二年也。宁容晋未禅宋前二十年，辄耻事二姓，所作诗但题以甲子，以自取异哉？矧诗中又无标晋年号者，其所题甲子盖偶记一时之事耳，后人类而次之，亦非渊明本意也。少游尝云："宋初受命，陶潜自以祖侃晋世宰辅，耻复屈身投劾，而归耕于浔阳，其所著书，自义熙以前题晋年号，永初以后但题甲子而已。"黄鲁直诗亦有"甲子不数义熙前"之句，然则少游、鲁直尚惑于五臣之说，他可知矣。故著于三卷之首，以祛来者之惑云。[一]

丹崖曰：按今集但有甲子而无年号，如少游、鲁直之言，或另有别本，未可知也。

【校正】

[一] 此段卷首文字，汤汉本、须溪本、李梦阳本、何孟春本、焦竑本、凌蒙初本俱无，其余诸本并有之，然互有异同。苏写本、递修本文同，与他

本差异最大，故全录于此：

　　《文选》五臣注陶渊明《辛丑岁七月赴假还江陵夜行涂中》诗题云："渊明诗，晋所作者皆题年号，入宋所作但题甲子而已。意者耻事二姓，故以异之。"思悦考渊明之诗，有以题甲子者，始庚子、距丙辰，凡十七年间，只九首耳，皆晋安帝时所作也。中有《乙巳岁三月为建威参军使都经钱溪作》，此年秋乃为彭泽令，在官八十馀日，即解印绶，赋《归去来兮辞》。后一十六年庚申，晋禅宋，恭帝元熙二年也。萧德施《渊明传》曰："自宋高祖王业渐隆，不复肯仕。"于渊明之出处，得其实矣。宁容晋未禅宋前二十年，辄耻事二姓，所作诗但题以甲子而自取异哉？矧诗中又无有标晋年号者。其所题甲子，盖偶记一时之事耳，后人类而次之，亦非渊明之意也。世之好事者多尚旧说，今因详校故书于第三卷首，以明五臣之失，且祛来者之惑焉。

　　曾集本此段文字在《庚子岁五月中从都还阻风于规林》二首其二之末，多同苏写本、递修本，而"思悦考渊明之诗"句，"思悦"下有"尝"字，"世之好事者"句无"世之"二字。

　　李公焕本、陆汝嘉本此段文字与蒋薰本多同，则蒋薰取自李公焕本可知。而李公焕本"归去来兮辞"无"兮"字，"题以甲子"无"以"字，"本意也"无"也"字，"少游尝云"作"秦少游尝云"，"尚惑于"之"于"作"于"，则知蒋薰引文改字处亦甚多。

始作镇军参军经曲阿　一首[一]

宋武帝行镇军将军，靖节为其参军。

　　弱龄寄事外，委怀在琴[二]书。被褐[三]欣自得，屡空常[四]晏如。时来苟冥[五]会，"时来苟冥会"句，（天头注）冥会，不求自至之意。宛辔[六]憩通衢。投策命晨旅[七]，暂与田园[八]疎。眇眇孤舟逝，緜緜[九]归思纡。我行岂不遥，登陟[一〇]千里馀。目倦修涂异[一一]，心念山泽居。望云惭[一二]高鸟，临水愧游鱼。"望云惭高鸟"下二句，（天头注）参军虽闲曹，终不似鱼鸟之乐。非先生不能作此语。真想初在襟^[一三]，谁谓形蹟拘^[一四]。聊且凭化迁，终返班生庐^[一五]。(尾注) 宛，屈也。屈长往之驾，息于仕路也。○投策，舍杖也。○班固《幽通赋》曰"里止仁之庐"，故云班生庐。^[一六]

【评注】

《鹤林》曰：士岂能长守山林，长亲蓑笠，但居市朝轩冕时，要使山林蓑笠之念不忘，乃为胜耳。渊明"望云惭高鸟"四句，似此胸襟，岂为外荣所点染哉！山谷曰："佩玉而心若槁木，立朝而意在东山"，亦此意。^[一七]

【校正】

[一] 递修本、曾集本、汤汉本并有"一首"二字，据补。其余诸本无之。○曾集本此篇在"庚子岁五月中从都还阻风于规林二首"之后。李梦阳本此篇置于卷二。

[二] 琹：诸本作"琴"。

[三] 被褐：焦竑本作"彼褐"。整理者按："彼褐"于此句义不谐。作"彼"者，应为"被"之形误。

[四] 常：递修本、曾集本曰："一作'恒'。"整理者按：二字俱有"长久"义，且古籍中互训。《说文·二部》："恒，常也。"《玉篇·巾部》："常，恒也。"

[五] 冥：递修本、曾集本曰："一作'宜'。又作'且'。"

[六] 宛辔：诸本作"婉娈"。苏写本、递修本、曾集本、焦竑本、凌蒙初本曰："（婉娈）一作'踠辔'。"袁行霈本曰："一作'踠辔'，一作'婉娈'。"

[七] 旅：诸本作"装"。袁行霈本曰："（旅）一作'装'。"

[八] 田园：焦竑本同。李梦阳本作"园林"。其余诸本作"园田"。递修本、曾集本曰："（园田）一作'田园'。"

[九] 緜緜：苏写本、须溪本、李公焕本、何孟春本作"绵绵"。整理者按："绵"为"緜"之构件移位异体字。《玉篇·糸部》："绵，与緜同。"《楚辞·招魂》"郑绵络些"王逸《章句》："绵"，"一作緜"。

［一〇］陟：递修本、曾集本曰："一作'降'。"须溪本作"涉"。

［一一］修涂异：诸本作"川涂异"。递修本、曾集本曰："（川涂异）一作'脩涂永'。"袁行霈本曰：（修涂异）"一作'脩涂永'，一作'川涂异'。"

［一二］慙：焦竑本作"惭"。整理者按："慙""惭"为构件移位异体字。

［一三］初在襟：苏写本、递修本、曾集本曰："一作'在襟怀'。"

［一四］谓：李梦阳本作"为"。〇蹟：递修本、曾集本曰："一作'迹'。"整理者按："蹟"为"迹"之形、声旁俱换异体字。《集韵・昔韵》："迹，《说文》：'步处也。'或作蹟。"《字汇・足部》："蹟，与迹同。"

［一五］汤汉注此句曰："班《赋》：求幽贞之所庐。"李公焕本、陆汝嘉本并引此注。

［一六］三条尾注，皆蒋薰新注。第一条应置于"宛辔憩通衢"句下。第二条应置于"投策命晨旅"句下。第三条应置于"终返班生庐"句下。第三条关于"班生庐"的注释，汤汉本、李公焕本已有之，蒋薰却另作解释，则给"班生庐"提供了多一种理解。

［一七］此条评论引自李公焕本。李公焕本则引自《鹤林玉露》（见今本卷五），文字小有差异。陆汝嘉本同李公焕本。凌蒙初本引此条，无"山谷曰"之后文字，"鹤林曰"作"罗景纶曰"。蒋薰自李公焕本转引时，改"胷襟"作"胸襟"，"以此"作"似此"，或其所见如此。

庚子岁五月中从都还阻风于规林　二首[一]

其一[二]

行行循归路，计日望旧居。一欣侍温颜[三]，再喜见友于[四]。鼓棹路崎曲，指景限西[五]隅。江山岂不险，归子念前涂。凯风负我心，戢枻[六]守穷湖。高莽[七]眇无界，夏木独森疎。虽[八]言客舟远，近瞻百里馀。延目识[九]南岭，空叹[一〇]将焉如！此首诗，（天头注）杜老诗中字法本此。〇（尾注）洪驹

父云："以兄弟为友于，歇后语也。"○柂，以制切。楫也。○南岭，即庐山。[一一]

【校正】

[一]规：苏写本、陆汝嘉本、何孟春本作"规"。凌蒙初本作"䂓"。整理者按："规"为"规"之本字。《正字通·矢部》："规，规本字。""䂓"则为"规"之形讹字。○此篇二首，李梦阳本置于卷二。

[二]须溪本、李公焕本、陆汝嘉本有"其一"之类字样。李梦阳本"其一"之类皆无"其"字。其余诸本无"其一"之类字样。

[三]颜：苏写本曰："一作'清'。"递修本、曾集本曰："一作'清'。"整理者按："清""清"古音同，俱有"寒冷"义，故可通假。《说文·仌部》："清，寒也。"《集韵·劲韵》："清，寒也。或作清。"《庄子·人间世》"爨无欲清之人"陆德明《释文》："清，字宜从仌。从水者，假借也。清，凉也。"

[四]友于：李公焕注曰："洪驹父云：'以兄弟为友于，歇后语也。'"陆汝嘉本同。

[五]西：苏写本、递修本、曾集本曰："一作'四'。"

[六]柂：递修本、曾集本曰："一作'世'。"李公焕注曰："柂，以制切。楫也。"陆汝嘉本同。何孟春本注曰："柂，以制切。"整理者按：作"世"于此处义不可通，"世"应为"柂"字误脱构件而成的误字。

[七]莽：苏写本、曾集本、汤汉本、陆汝嘉本、何孟春本、焦竑本作"莽"。

[八]虽：诸本作"谁"。袁行霈本曰："（虽）一作'谁'。"

[九]识：苏写本、递修本、曾集本曰："一作'城'。"

[一○]嘆：焦竑本误作"難"，其余诸本作"歎"。整理者按：从"口"、从"欠"之字每同。故"嘆""歎"为换形旁异体字。《集韵·翰韵》："歎，《说文》'吟也'。通作嘆。"《说文·口部》"嘆"字段玉裁注："嘆、歎二字，今人通用。"

[一一]三条尾注，第一、二条引自李公焕本，第三条为蒋薰新注。第一条应置于"再喜见友于"句下。第二条应置于"戢柂守穷湖"句下。第三

124

条应置于"延目识南岭"句下。

其二

　　自古叹行役，我今始[一]知之。山川一何旷，巽坎难与期[二]。崩浪聒[三]天响，长风无息时。久游恋所生，如何淹在兹！静念园林好，人间良可辞[四]。当年讵有几？纵心复何疑。（尾注）巽，顺也。坎，险也。或曰：巽，风也。坎，水也。言道路行役之艰难。○聒，喧语也。[五]

【评注】
　　赵泉山曰：二诗皆直叙归省意。[六]

【校正】
　　[一]今始：范氏子烨曰："案：'今始'二字，此宋本（递修本）漫漶不清，见曾集本。"整理者按：范氏所云二本外，其余诸本"今始"二字亦甚清晰。

　　[二]李公焕注曰："巽，顺也。坎，险也。或曰：巽，风也。坎，水也。言道路行役之艰难。"陆汝嘉本同。

　　[三]聒：李公焕注曰："聒，喧语也。"

　　[四]辞：苏写本作"辟"。

　　[五]二条尾注皆引自李公焕本。第一条应置于"巽坎难与期"句下，第二条应置于"崩浪聒天响"句下。

　　[六]此条评论引自李公焕本。陆汝嘉本亦有之。

辛丑岁七月赴假还江陵夜行涂口　一首 [一]

　　按江图，自沙阳下流二百五十里，至赤圻，赤圻二十里至涂口。[二]

　　閒[三]居三十载，遂[四]与尘事冥。"冥"字，（夹注）远也。诗书敦宿好，林园无俗[五]情。如何舍此去，遥遥至南荆。叩枻新秋月，临流别[六]友生。

凉风起将夕，夜景湛虚[七]明。昭昭天宇阔[八]，晶晶川上平。怀役不遑寐，中宵尚孤[九]征。商歌非吾事，依依在耦耕。投冠旋旧墟[一〇]，不为好爵萦。养真衡茅下，庶以善自名。（尾注）枻，船傍版。〇通白曰晶。〇宁戚商歌车下以干桓公。[一一]

【评注】

按是时渊明年三十七，中间除癸巳为州祭酒，乙未距庚子参镇军事，三十载家居矣。[一二]

丹崖曰：篇中淡然恬退，不露怼激，较之《楚骚》，有静躁之分。

【校正】

[一] 递修本、曾集本、汤汉本并有"一首"二字，据补。其余诸本无之。〇篇题"涂口"二字，除何孟春本作"涂口"外，其余诸本俱作"涂中"。李公焕本题注曰："（涂中）一作'涂口'。按江图，自沙阳下流二百五十里，至赤圻，赤圻二十里至涂口。"陆汝嘉本同。李梦阳本但曰："涂中，一作'涂口'。"何孟春本曰："（涂口）一作'涂中'。"〇此篇，李梦阳本作为第三卷第一首。

[二] 此题注文字节引自李公焕本。

[三] 閒：除陆汝嘉本、焦竑本外，其余诸本作"闲"。

[四] 遂：递修本、曾集本曰："一作'远'。"

[五] 俗：递修本、曾集本曰："一作'世'。"

[六] 别：递修本、曾集本曰："一作'引'。"

[七] 虚：除苏写本、李梦阳本外，其余诸本作"虚"。

[八] 阔：何孟春本、焦竑本作"澜"。

[九] 尚孤：递修本、曾集本曰："一作'向南'。"

[一〇] 墟：苏写本、递修本、曾集本曰："一作'庐'。"

[一一] 三条尾注皆蒋薰新注。第一条应置于"叩枻新秋月"句下。第二条应置于"晶晶川上平"句下。第三条应置于"商歌非吾事"句下。

[一二] 此条评注引自李公焕本。陆汝嘉本同。李公焕此注乃针对首句

"闲居三十载"而作，蒋薰置于篇末，未妥。

癸卯岁始春怀古田舍　二首

其一[一]

　　在昔闻南亩，当年竟未践。屡空既有人，春兴起[二]自免？"春兴起自免"句，（天头注）谭（元春）云："免"字如此用，妙。夙晨装吾驾，启涂情已缅。鸟哢[三]欢新节，冷风送馀善[四]。"鸟哢欢新节"下二句，（天头注）张（自烈）云："欢"字、"送"字，巧丽天然。寒竹[五]被荒蹊，地为罕[六]人远。是以植杖翁，悠然不复返。即理愧通识，所保讵乃浅[七]。

【评注】

　　锺伯敬曰：幽生于朴，清出于老，高本于厚，逸原于细。读此等作，当自得之。[八]

　　丹崖曰：此等田舍翁，非近今可得，若能领略，便作高士。

【校正】

　　[一] 须溪本、李公焕本、陆汝嘉本有"其一"之类字样。李梦阳本无"其一"，"其二"无"其"字。其余诸本无"其一"之类字样。

　　[二] 起：诸本作"岂"。底本亦于"起"字右侧注一"岂"字。

　　[三] 哢：何孟春本、焦竑本、凌蒙初本作"弄"。整理者按："哢"从"弄"得声，二字古音同，盖"弄"可假借为"哢"。

　　[四] 冷：苏写本、递修本、陆汝嘉本、李梦阳本作"泠"。〇"冷风送馀善"句，须溪本曰："一作'风送馀寒善'。"〇"鸟哢欢新节"下二句，递修本、曾集本曰："一作'鸟弄新节令，风送馀寒善'。令，一作冷。"焦竑本、凌蒙初本曰："一作'鸟弄新节冷，风送馀寒善'。"

　　[五] 竹：苏写本作"草"，原注曰："（草）一作'竹'。"递修本、曾集本、汤汉本曰："（竹）一作'草'。"焦竑本曰："（竹）一作

'草'，非。"

[六]罕：苏写本、递修本、曾集本曰："一作'幽'。"焦竑本、凌蒙初本曰："一作'幽'，非。"

[七]乃浅：苏写本作"成浅"。递修本、曾集本曰："一作'成浅'。"须溪本作"可浅"。

[八]此条评论节引自《古诗归》卷九。《古诗归》"逸原于细"下有"此陶诗也"四字。

其二

先师有遗训[一]，忧道不忧贫。瞻望[二]邈难逮，转欲志[三]长勤。秉耒欢[四]时务，解颜劝农人。平畴交远风，"平畴交远风"句，（天头注）"交"字可想。良苗亦怀新。虽未量岁功，即事多所欣。"即事多所欣"句，（天头注）"即事"字，唐人取为诗题，前此未用。整理者按：此引锺伯敬语，见《古诗归》卷九。耕种[五]有时息，行者无问津。"耕种有时息"下二句，（夹注）更不比沮、溺田舍。日入[六]相与归，壶浆劳近邻[七]。长吟掩柴门，聊为陇亩民[八]。

【评注】

东坡曰："平畴交远风，良苗亦怀新"，非古之耦耕植杖者，不能道此语；非予之世农，亦不能识此语之妙。[九]

【校正】

[一]遗训：递修本、曾集本曰："一作'成诰'。"

[二]瞻望：递修本、曾集本曰："一作'仰瞻'。"

[三]志：苏写本、汤汉本、须溪本、李梦阳本作"思"。递修本、曾集本、焦竑本、凌蒙初本作"患"，递修本、曾集本曰：（患）"一作'思'。又作'志'。"焦竑本、凌蒙初本曰："（患）一作'志'，非。"袁行霈本曰：（志）"一作'思'，又作'患'。"

[四]欢：苏写本作"力"。递修本、曾集本曰："（欢）一作'力'。"

[五]种：苏写本作"者"，原注："（者）一作'种'。"递修本、曾集

本曰:"(种)一作'者'。"

[六] 日入:递修本、曾集本曰:"一作'田人'。"

[七] 邻:苏写本、递修本、汤汉本、须溪本、李公焕本、何孟春本作"隣"。

[八] 民:递修本、曾集本曰:"一作'人'。"

[九] 此条评论引自李公焕本。李公焕本乃引自《东坡题跋》卷二《题陶渊明诗》,文字略有别。陆汝嘉本、凌蒙初本同李公焕本。

癸卯岁十二月中作与从弟敬远　一首 [一]

寝迹衡门下,邈与世相绝。顾盼[二]莫谁知,荆扉昼常闭[三]。凄凄岁暮风[四],翳翳经日[五]雪。倾耳无希声,在目皓已洁[六]。"在目皓已洁"句,(天头注)作"结"字更妙。劲气侵襟袖,箪瓢谢屡设。萧索空宇中,了无一可悦。历览千载书,时时见遗烈。高操非所攀,深[七]得固穷节。平津苟不由[八],栖[九]迟讵为拙?寄意一言外,兹契谁能别?(尾注)闭,必结切。阖也。〇洁,或作结。〇汉元朔中,武帝诏封公孙弘为平津侯。[一〇]

【评注】

《鹤林》曰:"倾耳无希声,在目皓已洁"此十字,雪之轻虚洁白尽在是矣。后此者莫能加也。[一一]

丹崖曰:于无可悦时,读书遣闷,故是巧于用拙。

【校正】

[一] 递修本、曾集本、汤汉本并有"一首"二字,据补。其余诸本无之。〇苏写本、递修本、曾集本、汤汉本、焦竑本"癸卯"下俱有"岁"字,亦据补。

[二] 盼:苏写本、李梦阳本、何孟春本、焦竑本作"眄"。整理者按:"眄""盼"二字俱有"看""视"之义。

[三] 闭:李梦阳本、焦竑本、凌蒙初本作"闲"。苏写本曰:"闭,音

方结反。"递修本、曾集本、汤汉本曰："閟，音必结反。"李公焕本曰："閟，必结切。阖也。"陆汝嘉本同。须溪本、何孟春本曰："閟，必结切。"李梦阳本曰："（闭，）入声。"焦竑本、凌蒙初本曰："闭，必结切。"整理者按："閟"为"闭"之俗字，见《玉篇·门部》。○"荆扉昼常閟"句，苏写本、递修本、曾集本曰："一作'荆门终日閟'。"

　　[四] 凄凄：递修本曰："一作'惨惨'。"曾集本、须溪本、李公焕本、何孟春本、焦竑本、凌蒙初本作"凄凄"。曾集本曰："（凄凄）一作'惨惨'。"整理者按："氵""冫"形极似，从"氵"之字俗书每作从"冫"，故"凄"俗写作"凄"。《正字通·水部》："凄，寒凉也。通作凄。"《说文通训定声·履部》："凄，俗字亦作凄。"古籍中多用"凄"，今则通行"凄"字。又"凄""惨"俱有"寒凉""寒冷"义。○暮：苏写本作"莫"。

　　[五] 日：苏写本、递修本、曾集本、汤汉本曰："一作'夕'。"焦竑本曰："（日）一作'月'，非。"凌蒙初本"日"正作"夕"，原注曰："（夕）一作'日'，非。"

　　[六] 皓：递修本、曾集本曰："一作'浩'。"整理者按："皓""浩"古音同，故"浩"可假借为"皓"，表"洁白"义。朱琦《说文假借义证》："浩，借皓（皓）。"○洁：苏写本作"絜"，递修本、曾集本、汤汉本作"结"。李公焕本、陆汝嘉本、何孟春本曰："洁，或作'结'。"凌蒙初本、袁行霈本曰："（洁）一作'结'。"整理者按："清洁""干净"义，"絜""洁"为古今字。《广韵·屑韵》"洁，清也。经典用絜。"《说文·糸部》"絜"字段玉裁注："絜，又引申为洁净。俗作洁，经典作絜。"

　　[七] 深：苏写本、递修本、曾集本曰："宋（庠）本作'谬'。"焦竑本、凌蒙初本作"谬"，二本曰："（谬）一作'深'，非。"此可见焦竑本、凌蒙初本与宋庠本是有渊源的。

　　[八] 平津：李公焕注曰："汉元朔中，武帝诏封公孙弘为平津侯。"陆汝嘉本同。李梦阳本曰："公孙弘为平津侯。"○递修本、曾集本曰："苟不由，一作'苟不申'。"

　　[九] 栖：焦竑本作"棲"。

　　[一〇] 三条尾注皆引自李公焕本。第一条应置于"荆扉昼常閟"句下。

第二条应置于"在目皓已洁"句下。第三条应置于"平津苟不由"句下。

[一一] 此条评论见李公焕本，乃引自《鹤林玉露》（见今本卷五），文字略有别。陆汝嘉本同李公焕本。凌蒙初本亦引有此条，"鹤林曰"作"罗景纶曰"。蒋薰乃据李公焕本转引。

乙巳岁三月为建威参军使都经钱溪　一首 [一]

我不践斯境，岁月好已积。晨夕看山川，事事悉如昔。微雨洗高林，清飚[二]矫云翮。眷彼品物存，义风都未隔[三]。伊余[四]何为者，勉励从兹役。一形似有制，素襟不可易。"一形似有制"下二句，（天头注）不为行役，是高人处。园田日梦想[五]，安得久离析[六]！终怀在归[七]舟，谅哉宜霜柏[八]。（尾注）归，一作墅。宜，一作负。[九]

【评注】

赵泉山云：此诗大旨庆遇安帝光复大业，不失旧物也。[一〇]

【校正】

[一] 递修本、曾集本、汤汉本并有"一首"二字，据补。其余诸本无之。〇都：李梦阳本作"道"。

[二] 飚：袁行霈本曰："一作'飙'。"

[三] 义风：递修本、曾集本曰："一作'在义'。"〇未：李梦阳本作"永"。

[四] 伊余：递修本、曾集本、汤汉本曰："一作'余亦'。"

[五] 梦想：递修本、曾集本曰："一作'想梦'。"凌蒙初本"梦"作"霎"。整理者按："霎"为"梦"之俗体字。《字汇·夕部》："霎"，同"梦"。《正字通·夕部》："霎，俗梦字。"

[六] 析：苏写本、曾集本、汤汉本曰："一作'拆'。"递修本曰："一作'折'。"凌蒙初本作"柝"。整理者按："离析"义畅，"离拆""离折""离柝"俱不辞，"拆""折""柝"并应为"析"之形误字。

131

［七］归：苏写本、递修本、曾集本、汤汉本曰："一作'墼'。"焦竑本曰："一作'墼'，非。"

［八］宜：苏写本、递修本、曾集本、汤汉本曰："一作'负'。"焦竑本曰："一作'负'，非。"○栖：苏写本、须溪本作"柏"。

［九］尾注未知所据何本。

［一〇］此条评论引自李公焕本。陆汝嘉本、凌蒙初本亦有之。

还旧居 一首 [一]

畴昔家上京[二]，六载去还归[三]。今日始复来，恻怆多所悲。阡陌不移旧[四]，邑屋或时非。履历周故居，邻老[五]罕复遗。步步寻往迹，有处特[六]依依。"阡陌不移旧"下六句，（天头注）情事俱真。流幻百年中，寒暑日相推[七]。常恐大化尽，气力不及衰。拨置且莫念[八]，一觞聊可[九]挥。（尾注）《南康志》：近城五里地名上京，亦有渊明故居。[一〇]

【评注】

韩子苍曰：渊明自庚子始作建威参军，由参军为彭泽，遂弃官归，是岁乙巳，故云六载。

赵泉山曰：自乙未佐镇军幕，迄今六载，韩说盖误。[一一]

丹崖曰：六载之中，邑屋非而邻老亡，不惟悲人，能无念我！一觞可挥，万事尽慵矣。

【校正】

［一］递修本、曾集本、汤汉本并有"一首"二字，据补。其余诸本无之。

［二］家：苏写本、递修本、曾集本曰："一作'居'。"○上京：苏写本、李梦阳本作"上京"。李公焕注曰："《南康志》：近城五里地名上京，亦有渊明故居。"陆汝嘉本同。整理者按："京"为"京"之俗写，属加笔繁化异体字。汉碑中已有之。《康熙字典·亠部》："京字，《字汇》不载，

韵书无考"，"《正字通》强增，以为京即原字，不知京、京古通假。"

[三] 六：递修本、曾集本、汤汉本曰："一作'十'。"焦竑本、凌蒙初本曰："一作'十'，非。"○李公焕注曰："韩子苍云：'渊明自庚子始作建威参军，由参军为彭泽，遂弃官归，是岁乙巳，故云六载。'赵泉山云：'自乙未佐镇军幕，迄今六载，韩说盖误。'"陆汝嘉本同，唯"六载"误倒作"载六"。

[四] 舊：须溪本作"旧"。整理者按："旧"应为"舊"在俗写时脱去形旁后的构件讹变异体字，《龙龛手镜·日部》巳载之。今则以"旧"为"舊"之简化字。

[五] 邻老：苏写本、递修本、汤汉本、李公焕本、焦竑本作"隣老"，须溪本作"隣宅"。

[六] 特：递修本、曾集本曰："一作'时'。"

[七] 推：递修本、曾集本、汤汉本曰："一作'追'。"

[八] 拨：苏写本、递修本、曾集本、汤汉本曰："一作'废'。"○且莫：苏写本、递修本、曾集本曰："一作'旦莫'。"

[九] 可：递修本、曾集本："一作'一'。"

[一○] 此条尾注引自李公焕本。陆汝嘉本亦有之。

[一一] 上二条评论引自李公焕本。陆汝嘉本亦有之。

戊申岁六月中遇火　一首[一]

草庐寄穷巷，甘以辞[二]华轩。正夏长风急[三]，林室顿烧燔。一宅无遗宇，舫舟荫门前。迢迢新秋夕，亭亭[四]月将圆。果菜[五]始复生，惊鸟尚未还。"一宅无遗宇"下六句，（夹注）烧燔后事。中宵伫遥念，一盼[六]周九天。"中宵伫遥念"下二句，（天头注）旷矣，却无聊。总发抱孤念[七]，奄出四[八]十年。形迹凭化往，灵府长独闲[九]。贞刚自有[一○]质，玉石乃非坚。仰想东户时，馀粮宿[一一]中田。鼓腹无所思[一二]，朝起暮归眠。既已不遇兹，且遂灌西[一三]园。（尾注）亭亭，高也。○按史，东户氏之时，耕者馀饩，宿之陇亩。[一四]

【评注】

按靖节旧宅居于柴桑县之柴桑里，至是属回禄之变。越后年，徙居于南里之南村。[一五]

丹崖曰：他人遇此变，都作牢骚愁苦语，先生不着一笔，末仅仰想东户，意在言外，此真能灵府独闲者。

【校正】

[一] 递修本、曾集本、汤汉本并有"一首"二字，据补。其余诸本无之。

[二] 辞：苏写本作"辝"。

[三] 急：递修本、曾集本、汤汉本曰："一作'至'。"

[四] 亭亭：李公焕注曰："亭亭，高也。"陆汝嘉本同。

[五] 菜：苏写本、递修本、曾集本、汤汉本曰："一作'药'。"

[六] 盼：苏写本、李梦阳本、何孟春本、焦竑本作"眄"。整理者按：在"眼珠流转"义上，"盼""眄"声韵同，唯声调有去、上声之别。故二字可通用。《诗·卫风·硕人》"美目盼兮"之"盼"，或作"眄"可证。

[七] 总：除李梦阳本、何孟春本、焦竑本外，其余诸本"緫"。○孤念：苏写本、递修本、曾集本曰："一作诸孤。"递修本、曾集本又曰："念，又作'介'。"焦竑本、凌蒙初本作"介"，二本曰："（介）一作'念'，非。"

[八] 四：递修本、曾集本曰："一作'门'。"

[九] 闲：焦竑本作"間"。

[一〇] 有：递修本、曾集本曰："一作'在'。"

[一一] 宿：李梦阳本作"宛"。

[一二] 鼓：递修本作"皷"。○无所思：递修本、曾集本曰："一作'且无虑'。"

[一三] 西：苏写本、递修本、曾集本、汤汉本、焦竑本作"我"。

[一四] 二条尾注，第一条引自李公焕本，当置于"亭亭月将圆"句下。陆汝嘉本亦有之。第二条为蒋薰新注，颇助于句意理解，当置于"馀粮宿中

田"句下。

[一五] 此条评论引自李公焕本。陆汝嘉本亦有之。

己酉岁九月九日　一首[一]

靡靡秋已夕，凄凄[二]风露交。蔓草不复荣，园木[三]空自凋。清气[四]澄
馀滓，杳[五]然天界高。哀蝉无归响[六]，丛雁鸣云霄[七]。万化相寻绎[八]，
人生岂不劳？从古皆有没，念之中[九]心焦。何以称我情？浊酒且[一○]自陶。
千载非所知，聊以永今朝。(尾注)《说文》：滓，淀也。[一一]

【校正】

[一] 递修本、曾集本、汤汉本并有"一首"二字，据补。其余诸本
无之。

[二] 凄凄：递修本、曾集本、汤汉本、须溪本、李公焕本、焦竑本作
"凄凄"。

[三] 木：苏写本作"林"，原注曰："(林)一作'木'。"递修本、曾
集本曰："(木)一作'林'。"

[四] 气：递修本、曾集本曰："一作'光'。"李梦阳本作"风"。

[五] 杳：递修本、曾集本曰："一作'遥'。"

[六] 哀：苏写本作"众"。递修本、曾集本曰："一作'衰'。"须溪本
作"衰"。○归：递修本、曾集本、汤汉本曰："归，一作'留'。"焦竑本、
凌蒙初本作"留"，二本曰："(留)一作'归'，非。"

[七] 丛：苏写本作"藂"。递修本、曾集本、汤汉本作"燕"，三本并
曰："燕，一作'丛'。"焦竑本、凌蒙初本曰："(丛)一作'燕'，非。"袁
行霈本曰："(丛)一作'燕'。"整理者按：据《广韵·东韵》，"藂"为
"丛"之俗字。《楚辞·招魂》"藂菅是食些"旧注："藂，一作丛。"又此处
"丛雁""燕雁"义皆顺畅。○雁：焦竑本作"雁"。

[八] 绎：递修本、曾集本曰："一作'异'。"

[九] 中：递修本、曾集本、汤汉本曰："一作'令'。"

[一〇] 且：递修本、曾集本曰："一作'思'。"

[一一] 此条为蒋薰新注，当置于"清气澄馀滓"句下。

庚戌岁九月中于西田获早稻 一首 ^[一]

人生归有道^[二]，衣食固其^[三]端。孰^[四]是都不营，而以求自安！开春^[五]理常业，岁功聊可观。晨出肆^[六]微勤，日入负耒^[七]还。山中饶霜露，风气亦先寒。田家岂不苦？弗获辞此难^[八]。四体诚乃^[九]疲，庶无异患干^[一〇]。"四体诚乃疲"下二句，（天头注）黄云："非阅世忧患后，不知此语之确。"^[一一]盥濯^[一二]息檐下，斗酒散襟颜^[一三]。遥遥沮溺心，千载乃相关。但愿长如此，躬耕非所叹^[一四]。"叹"字，（尾注）平声。^[一五]

【评注】

观此诗知靖节既休居，惟躬耕是资，故萧德施云："安道苦节，不以躬耕为耻。"^[一六]

谭友夏曰：每读陶公真实本分语，觉不事生产人，反是俗根未脱，故作清态。^[一七]

丹崖曰：农圃乃小人事，须知沮、溺耦耕，亦非得已。先生西田之作，语意自见，故不同田家乐也。

【校正】

[一] 递修本、曾集本、汤汉本并有"一首"二字，据补。其余诸本无之。〇篇题"早稻"二字，陆汝嘉本曰："一作'晚稻'。"李梦阳本亦作"晚稻"。

[二] 道：苏写本、递修本、曾集本曰："一作'事'。"

[三] 其：递修本、曾集本曰："一作'无'。"

[四] 孰：苏写本、递修本、曾集本曰："一作'执'。"

[五] 开春：苏写本、递修本、曾集本曰："一作'春事'。"

〔六〕肆：除李梦阳本、何孟春本、焦竑本外，其余诸本作"肆"，底本于"肆"右侧亦注一"肆"字。整理者按："肆"为"尽力"义，"肆微勤"犹言"尽微薄之力"。"肆"无"尽力"义，此处应是"肆"之形误字。

〔七〕负耒：苏写本曰："一作'负禾'。"递修本、曾集本、汤汉本、须溪本、李梦阳本"耒"作"禾"，递修本、曾集本、汤汉本曰："（禾）一作'耒'。"焦竑本、凌蒙初本曰："（耒）一作'禾'，非。"整理者按：当是"负禾"，与篇题"获稻"义正相谐。若是"负耒"，耒者，犁田之器，于此义无可取。焦竑、凌蒙初以作"禾"为非，似未深思。

〔八〕获：递修本、曾集本、何孟春本作"穫"，递修本、曾集本曰："（穫）一作'获'。"整理者按："获"为"猎取"，"穫"为"收割"，义本有别。然二字古音同，故可通假。《说文通训定声·豫部》："获，叚借为穫。"《荀子·富国》篇"一岁而再获之"，杨倞注："获，读为穫。"〇辤：苏写本作"辝"，须溪本作"辞"。整理者按："推辞""拒绝"义，"辤""辝"为异体字。《广韵·支韵》，"辝"，同"辤"。又"辞"为"辤"之俗写。《正字通·辛部》："辞，俗辤字。"今则以"辞"为"辤"之简化字。

〔九〕乃：递修本、曾集本、汤汉本曰："一作'已'。"焦竑本亦作"已"。

〔一〇〕庶：苏写本、递修本作"交"。袁行霈本曰："一作'交'。"〇患干：递修本、曾集本曰："一作'我患'。"

〔一一〕"黄"谓明人黄文焕。此为节引黄文焕语。《陶诗析义》卷三评此二句曰："看破世界之言，非阅世忧患后，不知此语之确。耕即有患馁而已，无意外之异也。"

〔一二〕灈：递修本、曾集本曰："一作'灌'。"

〔一三〕斗：递修本作"升"。整理者按：金文、篆文、隶书中，"斗""升"字形极近，虽楷书中二字形体有异，然字形亦很相似，则二字误用可能极大。且"斗酒"为习语。故作"升"者，殆"斗"之形误。〇襟：递修本、曾集本作"懘"，二本曰：（懘）"一作'劬'。又作'矜'。又作'襟'。"焦竑本、凌蒙初本曰："（襟）一作'劬'，非。"袁行霈本曰：

(襟)"一作'劬'。又作'矜'。又作'懔'。"

[一四] 叹:李公焕注曰:"平声。"陆汝嘉本同。

[一五] 此条尾注引自李公焕本。

[一六] 此条评论乃李公焕引宋释思悦语。陆汝嘉本亦有之。凌蒙初本亦有此条,"观此诗"上有"思悦曰"三字。蒋薰乃据李公焕本转引,而改"自资"作"是资"。

[一七] 此条评论引自《古诗归》卷九,蒋薰改"每诵老陶"作"每读陶公"。

丙辰岁八月中于下潠田舍获 一首[一]

潠,苏困切。[二]

贫居依稼穑[三],(夹注)真本分。戮力东林隈。不言春作苦[四],常[五]恐负所怀。司田眷有秋,寄声与我谐。饥[六]者欢初饱,束带候[七]鸣鸡。扬楫越平湖,汎随清壑廻[八]。郁郁[九]荒山里,猿声闻[一〇]且哀。悲风爱静夜[一一],林鸟喜晨开。"悲风爱静夜"下二句,(天头注)好句。曰余作此来,三四星火颓。姿年逝已老,其事未云乖。遥想荷蓧翁[一二],聊得从君棲[一三]。(天头注)隈、回、哀、开属十灰,怀、谐、乖属九佳,鸡、栖属八齐,三韵并用。整理者按:此分析本篇之用韵情况。

【评注】

蔡宽夫曰:秦、汉已前,字书未备,既多假借,而音无反切,平仄皆通用。自齐、梁后,既拘以四声,又限以音韵,故士率以偶俪声病为工,文气安得不卑弱?惟渊明、韩退之时时摆脱[世]俗拘忌,故"栖"字与"乖"字,皆取其傍韵用,盖笔力自足以胜之[一四]。

锺伯敬曰:陶公山水、朋友、诗文之乐,即从田园耕凿中一段忧勤讨出,不别作[一副]旷达[之语],所以为真旷达也。[一五]

【校正】

[一] 递修本、曾集本、汤汉本并有"一首"二字，据补。其余诸本无之。〇篇题"丙辰"，焦竑本误作"丙庚"。〇李公焕注曰："渼，苏困切。"陆汝嘉本、何孟春本同。

[二] 此题注引自李公焕本。

[三] 依：焦竑本、凌蒙初本曰："一作'事'，非。"〇依稼穑：苏写本、递修本、曾集本、汤汉本曰："一作'事耕稼'。"

[四] 汤汉注曰："杨恽《书》：田家作苦。"

[五] 常：递修本、曾集本曰："一作'当'。"

[六] 饑：除何孟春本、焦竑本外，其余诸本作"飢"。

[七] 候：递修本、曾集本、汤汉本曰："一作'俟'。"

[八] 廻：递修本、曾集本、须溪本、陆汝嘉本、李梦阳本、何孟春本作"回"。

[九] 郁郁：递修本、曾集本、汤汉本曰："一作'曇曇'。"李梦阳本、何孟春本、凌蒙初本作"欝欝"。

[一〇] 閒：焦竑本作"间"，其余诸本作"闲"。

[一一] 静夜：递修本、曾集本曰："一作'夜静'。"焦竑本曰："一作'夜静'，非。"

[一二] 想：除李梦阳本外，其余诸本作"谢"。袁行霈本曰："一作'谢'。"〇蓧：汤汉本作"篠"。整理者按："篠""蓧"皆从"條"得声，二字古音近，故可通假。《论语·微子》："遇丈人以杖荷蓧。"刘宝楠《正义》："（蓧，）皇（侃）本经、注皆作'篠'。"今则"蓧""篠"二字俱简化作"莜"。

[一三] 楼：除焦竑本外，其余诸本作"栖"。

[一四] 此条评论引自李公焕本。陆汝嘉本、凌蒙初本亦有之。蒋薰脱去之"世"字，据李公焕本补。

[一五] 此引锺伯敬语见《古诗归》卷九。蒋薰脱引之文，据《古诗归》补。

饮酒 二十首 并序[一]

余闲[二]居寡欢，兼此[三]夜已长。偶有名酒，无夕不饮[四]。顾影独尽，"顾影独尽"句，（夹注）作乐，妙。忽焉复醉。"忽焉复醉"句，（夹注）忘机，妙。既醉之后，辄[五]题数句自娱。纸墨遂多，辞[六]无诠次。聊命故人书之，以为欢笑尔。

谭友夏曰：妙在题是《饮酒》，只当感遇诗、杂诗，所以为远。[七]

丹崖曰：饮虽不豪，能于寂寞中有此闲适，真是韵事，反觉竹林诸贤，不免落俗。

其一[八]

衰荣无定在[九]，彼此更共之。"衰荣无定在"下二句，（天头注）语简理深。邵生瓜田中，宁[一〇]似东陵时。寒暑有代[一一]谢，人道每如兹。达人解其会[一二]，逝将不复疑。忽与一觞酒，日夕欢相持[一三]。"达人解其会"下四句，（天头注）黄云：索解大悟之后，乃可以饮酒。[一四]○（尾注）《汉·萧何传》：邵平者，故秦东陵侯，秦破，为布衣。贫，种瓜长安城东，瓜美，故世谓东陵瓜。[一五]

【评注】

黄山谷曰："衰荣无定在，彼此更共之"，此是西汉人文章，他人多少语言尽得此理。[一六]

丹崖曰：人谓塞翁嗜酒，不知情事，正复尔尔，前古后来，旷然相感。

【校正】

[一] "并序"二字，苏写本、递修本、汤汉本、凌蒙初本有之，据补。焦竑本作"有序"。其余诸本无之。○篇题"二十"，须溪本误作"十二"，凌蒙初本误作"三十"。○此篇及下《止酒》《述酒》二篇，焦竑本皆置于《四时》篇之下。

[二] 闲：除焦竑本外，其余诸本作"闲"。

[三] 此：除何孟春本、焦竑本外，其余诸本作"比"。递修本曰：

"（比）一作'秋'。"

　　［四］饮：递修本、曾集本曰："一作'倾'。"

　　［五］辄：递修本、焦竑本作"辄"，递修本曰："（辄）一作'与'。"曾集本曰："（辄）一作'与'。"

　　［六］辟：苏写本作"辩"，须溪本作"辞"。

　　［七］此引谭说，见《古诗归》卷九。

　　［八］须溪本、李公焕本、陆汝嘉本、凌蒙初本有"其一"至"其二十"。李梦阳本无"其一"，"其二"至"其二十"皆无"其"字。其余诸本无之。

　　［九］定：李梦阳本作"乏"。〇在：苏写本、递修本、曾集本曰："一作'所'。"

　　［一〇］宁：焦竑本作"甯"。〇"邵生"二句，李公焕注曰："《汉·萧何传》：邵平者，故秦东陵侯，秦破，为布衣。贫，种瓜长安城东，瓜美，故世谓东陵瓜。"陆汝嘉本同。

　　［一一］代：递修本、曾集本曰："一作'换'。"

　　［一二］会：苏写本、递修本、曾集本曰："一作'趣'。"焦竑本曰："一作'趣'，非。"

　　［一三］相持：苏写本作"自持"。递修本、曾集本曰：（相持）"一作'相迟'。又作'自持'。"

　　［一四］"黄"谓黄文焕，此为节引之语。黄文焕《陶诗析义》卷三曰："索解大悟之后，乃可以饮酒，说出酒人大来历。胸中有疑，酒不许下咽矣！'忽'字、'将'字、'不复'字、'相持'字，皆别有光景。"

　　［一五］此条尾注引自李公焕本，应置于"宁似东陵时"句下。

　　［一六］此条评论引自李公焕本。陆汝嘉本、凌蒙初本亦有之。凌蒙初本"多少"误作"名少"。

其二

　　积善云有报，夷叔在[一]西山。善恶苟不应，何事空立言[二]？九十行带索，饥寒况当年[三]。不赖[四]固穷节，百世当谁传！（尾注）《列子》：孔子游于太山，见荣启期行乎郕之野，鹿裘带索，鼓琴而歌。孔子曰："先生所以乐，何也？"

对曰："吾乐甚多：天生万物，人为贵；吾得为人，一乐也。男女之别，男尊女卑；吾得为男，二乐也。人生有不见日月、不免襁褓者，吾已行年九十矣，三乐也。贫者士之常，死者人之终，处常得终，当何忧乎哉？"孔子曰："善哉！能自宽也。"[五]

【评注】

《诗眼》曰：近世名士作诗云："九十行带索，荣公老无依。"余谓之曰：陶诗本非警策，因有君诗，乃见陶之工。或讥余贵耳贱目，则为解曰：荣启期事近出《列子》，不言荣公可知；九十，则老可知；行带索，则无依可知；五字皆赘也。若渊明意谓至于九十犹不免行而带索，则自少壮至于长老，其饥寒艰苦宜如此，穷士之所以可悲也。此所谓"君子于其言，无所苟而已矣"。古人文章，必不虚设。[六]

丹崖曰：身后名不如一杯酒，请问所传何事？渊明之言，较荣公三乐，又添蛇足。然西山夷、叔，能无以暴易暴之感乎？此固穷立节，盖有谓也。

【校正】

[一] 在：递修本、曾集本、凌蒙初本曰："一作'饥'。"焦竑本曰："一作'饥'，非。"

[二] 空立言：递修本、曾集本曰："空立言，一作'立言空'。"递修本校语置于此首之末。须溪本作"空亦言"。

[三] 馑：除何孟春本、焦竑本外，其余诸本作"饥"。○况：递修本、曾集本、汤汉本作"况"。苏写本曰："（况）一作'抱'。"递修本、曾集本曰："（况）一作抱。"整理者按："况"为"况"之俗字。《玉篇·冫部》："况，俗况字。"今则以"况"为"况"之简化字。○"九十行带索"下二句，李公焕注曰："《列子》：孔子游于太山，见荣启期行乎郕之野，鹿裘带索，鼓琴而歌。孔子曰：'先生所以乐，何也？'对曰：'吾乐甚多：天生万物，人为贵；吾得为人，一乐也。男女之别，男尊女卑；吾得为男，二乐也。人生有不见日月、不免襁褓者，吾已行年九十矣，三乐也。贫者士之常，死者人之终，处常得终，当何忧乎哉？'孔子曰：'善哉！能自宽也。'"陆汝嘉本同。李梦阳本注曰："《列子》：孔子游于太山，见荣启期行乎郕之

野，年九十，鹿裘带索，鼓琴而歌。"整理者按：所引《列子》文，见今本《天瑞》篇，文字有别。

［四］赖：除汤汉本、焦竑本外，其余诸本作"頼"。

［五］此条尾注引自李公焕本，应置于"饥寒况当年"句下。

［六］此条评论见李公焕本，乃节引自宋范温《潜溪诗眼》。陆汝嘉本、凌蒙初本亦有之。蒋薰自李公焕本转引，改两"至于"作"至于"，"飢寒"作"饑寒"。

其三

道丧^{［一］}向千载，人人惜其情。有酒不肯饮，但^{［二］}顾世间名。所以贵我身，岂不在一生？一生复能几，倏如流电惊^{［三］}。鼎鼎^{［四］}百年内，（天头注）鼎鼎，乃薪火不传意。持此欲何成！

【评注】

丹崖曰：年不待人，道丧何成，此时不饮，更为可惜。

【校正】

［一］丧：除须溪本、何孟春本、李梦阳本外，其余诸本作"丧"。苏写本、递修本、曾集本曰："（丧）一作'衰'。"

［二］但：递修本、曾集本曰："一作'惟'。"

［三］"倏如"句，苏写本、递修本、曾集本曰："一作'倏忽若沉星'。"

［四］鼎鼎：递修本、曾集本曰："一作'订订'。"

其四

棲棲失群鸟^{［一］}，日暮^{［二］}犹独飞。徘徊^{［三］}无定止，夜夜声转悲。厉响思清远，去来何依依^{［四］}！自植^{［五］}孤生松，敛翮遥^{［六］}来归。劲^{［七］}风无荣木，此荫独不衰^{［八］}。托身已得所，千载不^{［九］}相违。

【评注】

赵泉山曰：此诗讥切殷景仁、颜延年辈附丽于宋。[一〇]

丹崖曰：失群之鸟，托身孤松，先生借以自比，不似殷景仁、颜延年辈草草附宋，若"劲风无荣木"也。

【校正】

[一] 棲棲：除须溪本、焦竑本外，其余诸本作"栖栖"。〇羣：递修本、须溪本、李梦阳本作"群"。

[二] 暮：苏写本作"莫"。

[三] 徘徊：苏写本、递修本、曾集本、汤汉本作"裵回"。袁行霈本曰："一作'裵回'。"整理者按："徘徊"为叠韵联绵词，又有"俳佪""裵回""裹回"等多种写法。

[四] 何依依：递修本、曾集本曰："又作'求何依'。"〇"厉响思清远"下二句，苏写本、递修本、曾集本曰："一作'厉响思清晨，远去何所依'。"焦竑本、凌蒙初本作"厉响思清晨，远去何所依"，焦竑本曰："一作'厉响思清远，去来何依依'，非。"凌蒙初本曰："（晨）一作'远'，非。"又曰："（远去何所依）一作'去来何依依'。"

[五] 自植：陆汝嘉本、李梦阳本、何孟春本、凌蒙初本作"自值"，其余诸本作"因值"。袁行霈本曰："（自植）一作'因值'。"整理者按："值"无"栽种""种植"义，此处殆为"植"之形误字。

[六] 遥：苏写本曰："一作'终'。"递修本、曾集本曰："一作'更'。又作'终'。"

[七] 劲：递修本、曾集本曰："一作'动'。"

[八] 荫：苏写本作"廕"，陆汝嘉本作"饮"。整理者按："荫""廕""饮"三字古音同。"荫""廕"俱有"遮蔽""覆盖"等义，故为通假字。"饮"义于此处不类，当是"荫"之音误字。〇独：递修本、曾集本曰："一作'交'。"

[九] 不：递修本、曾集本曰："一作'莫'。"

[一〇] 此条评论引自李公焕本。陆汝嘉本、凌蒙初本亦有之。

其五

　　结庐在人境，而无车马喧。问君何能爾[一]？心远地自偏。"问君何能尔"下二句，（夹注）寔际语。采菊东篱下，悠然见南山[二]。山气日夕佳[三]，飞鸟相与还。此中[四]有真意，欲辩已忘言[五]。（天头注）王云：此诗，人谓"采菊东篱"数语妙绝，然尤在首四句得力。

【评注】

　　王荆公曰：渊明诗有奇绝不可及之语，如"结庐在人境"四句，诗人无此。[六]

　　东坡曰："采菊"之次，偶然见山，初不用意，而景与意会，故可喜也。[七]

　　敬斋曰：前辈有佳句，初未之知。后人寻绎出来，始见其工。如渊明"悠然见南山"，方在篱间把菊时，安知其高？老杜佳句最多，尤不自知也。如是则撞破烟楼手段，岂能有得耶？[八]

　　蔡宽夫曰：俗本多以"见"为"望"字，若尔，便有褰裳濡足之态矣。一字之误，害理如此。[九]

　　（张）九成曰：此即渊明畎亩不忘君之意也。[一〇]

　　张尔公曰："结庐"一句起手妙，"心远地自偏"虽涉指点，才一说破，意味索然矣。[一一]

　　丹崖曰：此心高旷，兴会自真，诗到佳处，只是语尽意不尽。若张无垢谓"渊明畎亩不忘君之意"，似以南山作比语，恐不然。

【校正】

　　[一]能：苏写本、递修本、曾集本曰："一作'为'。"○爾：须溪本作"尔"。

　　[二]悠然：递修本、曾集本曰："一作'时时'。"○见：递修本、曾集本曰："一作'望'。"

　　[三]佳：递修本、汤汉本作"嘉"。袁行霈本曰："一作'嘉'。"整理

者按："佳""嘉"古音不同，然俱有"美好"义。《说文·人部》："佳，善也。"《广雅·释诂二》："佳，好也。"又《尔雅·释诂》："嘉，善也。"《说文·壴部》："嘉，美也。"

[四] 中：汤汉本曰："一作'还'。"苏写本、递修本、曾集本作"还"，递修本、曾集本曰："一作'中'。"

[五] 辩：须溪本、陆汝嘉本作"辨"。整理者按："辩""辨"俱从"辡"得声，二字古音同，故可通假。《说文通训定声·坤部》："辩，叚借为辨。"○已：苏写本、递修本、曾集本曰："一作'忽'。"

[六] 此条评论引自李公焕本，而改"有诗人以来无此句"作"诗人无此"。陆汝嘉本、凌蒙初本同李公焕本。

[七] 此条评论引自李公焕本。陆汝嘉本、凌蒙初本亦有之。

[八] 此条评论李公焕本有，亦见陆汝嘉本。蒋薰未引，今补于此。

[九] 此条评论，李公焕本节引自《蔡宽夫诗话》。陆汝嘉本、凌蒙初本亦有之。蒋薰据李公焕本引，而改"若尔"作"若爾"。

[一○] 此条评论引自李公焕本。陆汝嘉本、凌蒙初本亦有之。

[一一] 此条评论引自明张自烈辑《笺注陶渊明集》卷三，而改"二句"作"一句"，改"终一"作"才一"，未知何故。

其六

行止千万端，谁知非与是。是非苟相形，雷同共誉毁！三季[一]多此事，达士[二]似不尔。咄咄俗中恶[三]，"咄咄俗中恶"句，（夹注）愤世。且当从黄绮。[四]（尾注）《汉·叙传》"三季之后"注云："三代之末也。"○咄，丁骨切。叱也。[五]

【评注】

汤东涧曰：此篇言季世出处不齐，士皆以乘时自奋为贤，吾知从黄、绮而已，世俗之是非誉毁，非所计也。[六]

丹崖曰：先生知是非者也，虽为雷同人语，晋、宋之交，能无咄咄。

【校正】

　　［一］三季：汤汉注曰："《汉·叙传》'三季之后'注云：'三代之末也。'"李公焕本、陆汝嘉本皆引此注。

　　［二］士：递修本、曾集本、汤汉本曰："一作'人'。"

　　［三］咄：李公焕注曰："咄，丁骨切。叱也。"陆汝嘉本同。何孟春本注曰："咄，丁骨切。"○恶：递修本、曾集本曰："一作'愚'。"焦竑本、凌蒙初本作"愚"，二本曰："（愚）一作'恶'，非。"

　　［四］"三季多此事"下四句，汤汉曰："此篇言季世出处不齐，士皆以乘时自奋为贤，吾知从黄、绮而已，世俗之是非誉毁，非所计也。"

　　［五］二条尾注皆引自李公焕本。第一条应置于"三季多此事"句下。第二条应置于"咄咄俗中恶"句下。

　　［六］此条评论，李公焕本引自汤汉本，陆汝嘉本亦有之。蒋薰据李公焕本转引。

其七

　　秋[一]菊有佳色，浥露掇其英[二]。况[三]此忘忧物，远我遗世情[四]。一觞虽[五]独进，杯尽壶自倾。日入羣[六]动息，归鸟趋[七]林鸣。"日入羣动息"下二句，（天头注）二语喧寂皆妙。啸傲东轩下，聊复得此生。（尾注）裹，于汲切。掇，都夺切。[八]

【评注】

　　定斋曰：自南北朝以来，菊诗多矣，未有能及渊明诗语尽菊之妙。如"秋菊有佳色"，他华不足以当此一"佳"字。然终篇寓意高远，皆由菊而发耳。[九]

　　艮斋曰："秋菊有佳色"一语，洗尽古今尘俗气。[一〇]

　　东坡曰：靖节以无事［自适］为得此生，则见役于物者，非失此生耶？[一一]

　　韩子苍曰：余尝谓古人寄怀于物，而无所好，然后为达，况渊明之真，其于黄花直寓意尔。至言饮酒适意，亦非渊明极致，向使无酒，但"悠然见

147

南山"，其乐多矣。遇酒辄醉，醉醒之后，岂知有江州太守哉！当以此论渊明。^[一二]

张尔公曰：即"杯尽壶自倾"一语，悟出达人顺命委运之妙，深心人自得之。^[一三]

【校正】

[一] 秋：递修本、曾集本曰："一作'霜'。"

[二] 浥：诸本作"裛"。袁行霈本曰："一作'裛'。"整理者按："裛""浥"古音同，故可通假。《说文通训定声·临部》："裛，叚借为浥。"○李公焕注曰："裛，于汲切。掇，都夺切。"陆汝嘉本、何孟春本同。

[三] 况：何孟春本作"泛"，其余诸本作"汎"。袁行霈本曰："一作'汎'。"整理者按：浮蚁在杯中，故曰"汎"，故应从诸本作"汎"字。作"况"，应为"汎"之形误字。作"泛"者，二字古音同，可通假，且"泛"亦有"浮"义。《说文·水部》："汎，浮皃。"同部又曰："泛，浮也。"徐灏《说文解字注笺》："《广韵》'汎'、'泛'同。"

[四] 远：李公焕注曰："远，于愿切。"陆汝嘉本、何孟春本同。○遗：递修本、曾集本曰："一作'达'。"

[五] 虽：须溪本作"聊"。递修本、曾集本曰："一作'聊'。"焦竑本、凌蒙初本曰："一作'聊'，非。"整理者按：作"聊"字，似于义尤胜。

[六] 羣：递修本、须溪本、李公焕本、李梦阳本作"群"。

[七] 趋：递修本、曾集本、汤汉本、焦竑本作"趣"，须溪本、李公焕本作"趍"。

[八] 此条尾注引自李公焕本。

[九] 此条评论引自李公焕本。陆汝嘉本、凌蒙初本亦有之。末句"皆繇"，蒋薰改作"皆由"。

[一〇] 此条评论引自李公焕本。陆汝嘉本、凌蒙初本亦有之。"艮斋"，蒋薰误作"浪斋"，兹予回改。

[一一] 此条评论引自李公焕本。陆汝嘉本、凌蒙初本亦有之。"自适"

二字，蒋薰脱去，据李公焕本补。

[一二] 此条评论引自李公焕本。陆汝嘉本、凌蒙初本亦有之。"寓意耳"之"耳"，蒋薰改作"尔"。

[一三] 此条评论引自明张自烈辑《笺注陶渊明集》卷三。

其八

青松在东园，众草没奇[一]姿。凝[二]霜殄异类，卓然见高枝。连[三]林人不觉，独树众乃奇[四]。"连林人不觉"下二句，（天头注）自负亦自怜。张（自烈）云：有奇气。提壶挂[五]寒柯，远望时复为[六]。吾生梦[七]幻间，何事绁尘羁[八]。

【校正】

[一] 奇：除李公焕本、陆汝嘉本、何孟春外，其余诸本作"其"。递修本、曾集本曰："（其）一作'奇'。"

[二] 凝：苏写本、递修本、曾集本曰："一作'晨'。"

[三] 连：苏写本曰："一作'蒙'。"递修本、曾集本曰："一作'丛'。"

[四] 奇：苏写本、递修本、曾集本曰："一作'知'。"

[五] 挂：苏写本、递修本、曾集本曰："一作'抚'。"汤汉本、何孟春本作"掛"。整理者按："掛"为"挂"之俗字，见《广韵·卦韵》。

[六] 时复为：苏写本、递修本、曾集本曰："一作'复何为'。"

[七] 梦：凌蒙初本作"寱"。

[八] 羁：苏写本、递修本、曾集本、汤汉本作"羁"，递修本、曾集本曰："（羁）一作'羁'。"

其九

清晨闻叩门，倒裳[一]往自开。问子为谁欤[二]？田父有好怀。壶浆远见候，疑我与时乖。繿缕茅[三]檐下，未足为高栖[四]。一[五]世皆尚同，愿君汩[六]其泥。深感父老言，禀气寡[七]所谐。纡辔诚可学，违己讵非迷！且共

欢此饮，吾驾不可回[八]。（尾注）泪，古没切。[九]

【评注】

赵泉山曰：时辈多勉靖节以出仕，故作是篇。[一〇]

赵氏注杜甫《宿羌村》第二首云：一篇之中，宾主既具，问答了然，可以比渊明此首。[一一]

丹崖曰：此田父犹俗见耳。其至诚可取，惜不与延年、景仁同传名。

【校正】

[一] 倒裳：汤汉注曰："颠衣倒裳，本《太玄》。"

[二] 欤：苏写本、递修本、曾集本、汤汉本作"与"。整理者按："欤"从"与"得声，作为语气词，初用"与"，后造"欤"为专字。而古籍中二字则混用。《集韵·虞韵》："与，语辞。通作欤。"《说文·欠部》："欤，安气也。从欠，与声。"段玉裁注："今用为语末之辞，亦取安舒之意。通作'与'。"

[三] 茅：何孟春本作"芧"，焦竑本作"茆"。整理者按："茅""茆"声韵同，唯声调有平、上之别，故可通用。《韩非子·外储说右上》："车不得至于茆门。"陈奇猷注："茆、茅字同。"又"芧"义为三棱草，《说文·艹部》："芧，艹也。可以为绳。"于此处亦可通。

[四] 楼：除焦竑本外，其余诸本作"栖"。

[五] 一：苏写本、递修本、曾集本、汤汉本曰："一作'举'。"

[六] 泪：李公焕注曰："泪，古没切。"陆汝嘉本、何孟春本同。

[七] 寡：苏写本、递修本、曾集本曰："一作'少'。"

[八] 回：苏写本作"廻"，焦竑本、凌蒙初本作"同"。

[九] 此条尾注引自李公焕本。应置于"愿君泪其泥"句下。

[一〇] 此条及下条评论，俱见李公焕本。陆汝嘉本、凌蒙初本亦有之。蒋薰但录本条而未采下条，未知何故。

[一一] 此条评论据李公焕本增。"赵氏"之上，凌蒙初本有"思悦曰"三字。

其十

在昔曾远游，直至东海隅。道路迥[一]且长，风波阻中涂[二]。此行谁使然？似为饑[三]所驱。倾身营一饱，少许便有馀。恐此非名计，息驾归闲[四]居。（尾注）曲阿，在宋为南东海郡。[五]

【评注】

赵泉山曰：此篇述其为贫而仕。[六]

丹崖曰：饥驱名计，他人所讳，先生俱自言之。妙！妙！○一说"名计"恐当作"久计"，不然。是虑营饱失名，何如勿为饥驱也。

【校正】

[一]迥：苏写本、焦竑本作"迥"。

[二]波：须溪本误作"汲"。○阻：苏写本、递修本、曾集本曰："一作'起'。"焦竑本、凌蒙初本曰："一作'起'，非。"○涂：苏写本作"途"。整理者按："涂""途"古音同，故"涂"可假借为"途"。《集韵·模韵》："途，通作涂。"

[三]饑：除何孟春本、焦竑本外，其余诸本作"飢"。

[四]闲：焦竑本作"閒"。

[五]此条尾注为蒋薰新注。应置于"直至东海隅"句下。

[六]此条评论引自李公焕本。陆汝嘉本、凌蒙初本亦有之。

其十一

颜生称为仁，荣公言有道。屡空不获年，长飢至于老[一]。虽留身后名，一生亦枯槁。死去何所知？称心固为好。客养千金躯[二]，临化消其宝[三]。"客养千金躯"二句，（天头注）客养，犹生寄也。字法新。（夹注）可悟。裸葬何必恶[四]，人当解意表[五]。"人当解意表"句，（夹注）谁解。（尾注）前汉阳王孙临终，令其子曰："吾欲裸葬以反吾真，死则为布囊盛尸，入地七尺，既下，从足引脱其

151

囊，以身亲土。"其子遂裸葬。[六]

【评注】

东坡曰："客养千金躯，临化消其宝。"宝不过躯，躯化则宝亡矣，人言靖节不知道，吾不信也。[七]

东涧曰：颜、荣皆非希身后名，正以自遂其志耳。保千金之躯者，亦终归于尽，则裸葬亦未可非也。或曰前八句言名不足赖，后四句言身不足惜，渊明解处，正在身名之外也。[八]

【校正】

[一] 飢：何孟春本作"饑"。〇于：苏写本、递修本、曾集本曰："一作'燓'。"

[二] 客：苏写本曰："一作'容'。"递修本、曾集本曰："一作'各'。又作'容'。"焦竑本、凌蒙初本曰："一作'各'，非。"〇养：苏写本、何孟春本作"養"。

[三] 临：苏写本、递修本、曾集本曰："一作'幻'。"〇此句，递修本、曾集本曰："一作'临死镇真宝'。"

[四] 此句，李公焕注曰："前汉杨王孙临终，令其子曰：'吾欲裸葬以反吾真，死则为布囊盛尸，入地七尺，既下，从足引脱其囊，以身亲土。'其子遂裸葬。"陆汝嘉本、李梦阳本同。

[五] 意表：苏写本、递修本、曾集本、汤汉本、须溪本作"其表"，递修本、曾集本曰："（其表）一作'意表'。"须溪本曰："解其表，即遗其外也。"〇汤汉评注此篇曰："颜、荣皆非希身后名者，正以自遂其志耳。保千金之躯者，亦终归于尽，则裸葬亦未可非也。或曰前八句言名不足赖，后四句言身不足惜，渊明解处，正在身名之外也。"

[六] 此条尾注引自李公焕本，应置于"直至东海隅"句下。

[七] 此条评论引自李公焕本。陆汝嘉本、凌蒙初本亦有之。

[八] 此条评论为汤汉注，李公焕本引之。陆汝嘉本、凌蒙初本亦有之。未知蒋薰引自汤汉本抑或李公焕本。

其十二

长公曾一仕[一]，壮节忽失时。杜[二]门不复出，终身与世辞[三]。仲理[四]归大泽，高风始在兹[五]。一往便当已，何为复狐疑？去去当奚道，世俗久相欺。"去去当奚道"二句，（天头注）不免牢骚。摆落悠悠谈，请从余所之。"摆落悠悠谈"二句，（夹注）意颇傲。○（尾注）张释之子张挚，字长公，官至大夫，免，以不能取容当世。终身不仕。○后汉杨伦，字仲理，为郡文学掾，去职，讲授大泽中，子弟至千馀人。[六]

【校正】

[一] 仕：须溪本误作"在"。

[二] 杜：苏写本作"松"。递修本、曾集本曰："一作'松'。"

[三] 辞：苏写本作"辤"，须溪本作"辞"。○"长公曾一仕"下四句，李公焕注曰："张释之子张挚，字长公，官至大夫，免，以不能取容当世，终身不仕。"陆汝嘉本、李梦阳本同。而李梦阳本"张释之"上有"汉"字，"终身不仕"上有"故"字，为小异。

[四] 仲理：汤汉注曰："杨伦。"李公焕本、陆汝嘉本、李梦阳本并引此注。

[五] 始：李梦阳本作"如"。○在：苏写本、递修本、曾集本、焦竑本曰："一作'如'。"须溪本亦作"如"。凌蒙初本曰："一作'如'，非。"

[六] 二条尾注，第一条引自李公焕本，当置于"终身与世辞"句下。第二条为蒋薰增注，内容视旧注为多，更有助于理解。

其十三

有客常同止，趣舍[一]邈异境。一士长独醉，一夫终年醒。醒醉还[二]相笑，发言各不[三]领。"醒醉还相笑"二句，（天头注）左袒醉士。规规[四]一何愚，兀傲差若颖[五]。寄言酣中客，日没烛当炳[六]。

【评注】

汤东涧曰：醒者与世计分晓，而醉者颓然听之而已。渊明盖沈冥之逃者，故以醒为愚，而以兀傲为颖耳。[七]

【校正】

[一] 趣舍：苏写本、递修本、曾集本、汤汉本、焦竑本作"取捨"。袁行霈本曰："一作'取捨'。"须溪本、李公焕本、陆汝嘉本、李梦阳本、何孟春本、凌蒙初本作"趣捨"。整理者按："趣"从"取"得声，故可通假。《礼记·曲礼上》："礼闻取于人，不闻取人。"俞樾《群经平议·大戴礼记二》："取，当读为'趣'。《释名·释言语》曰：'取，趣也。'是'取'与'趣'声近义通。"又"舍弃""放弃"义，古借"舍"字表示，后加形旁造"捨"为专字。古籍中则"舍""捨"并用。《广韵·马韵》："舍"，同"捨"。《荀子·劝学》"锲而不舍"杨倞注："舍，与'捨'同。"今则以"舍"为"捨"之简化字。

[二] 还：苏写本、递修本、曾集本曰："一作'递'。"

[三] 不：须溪本、李梦阳本作"有"。

[四] 规规：何孟春本作"规规"，焦竑本作"规矩"。

[五] 差若：递修本、曾集本曰："一作'嗟无'。"○颖：苏写本作"颕"。○"规规一何愚"下二句，汤汉评注曰："醒者与世讨分晓，而醉者颓然听之而已。渊明盖沈冥之逃者，故以醒为愚，而以兀傲为颖耳。"

[六] 烛当炳：苏写本作"烛可炳"。递修本、曾集本、焦竑本、凌蒙初本作"独何炳"。汤汉本曰："(烛当炳) 一作'独何炳'。"递修本、曾集本曰："(何炳) 一作'当秉'。(独何炳) 又作'烛当炳'。"焦竑本、凌蒙初本曰："(独何炳) 一作'烛当秉'，非。"袁行霈本曰：(烛当炳)"一作'独当秉'，又作'独何炳'。"

[八] 此条评论为汤汉注，李公焕本引之。陆汝嘉本、凌蒙初本亦有之。蒋薰或自李公焕本转引。

其十四

故人赏我趣，挈壶相与至。班荆坐松下，数斟^[一]已复醉。父老杂乱言，觞酌失行次。"父老杂乱言"二句，（夹注）妙在略礼。不觉知有我，安知物为贵。"不觉知有我"二句，（天头注）忘我更胜于齐物。悠悠迷所留^[二]，酒中有深味^[三]！"酒中有深味"句，（夹注）深远不说尽。

【评注】

张（耒）文潜曰：陶元亮虽嗜酒，家贫不能常饮酒，而况必饮美酒乎？其所与饮，多田野樵渔之人，班坐林间，所以奉身而悦口腹者，略矣。^[四]

（叶梦得）《石林诗话》曰：晋人多言饮酒有至沉醉者，此未必意真在酒。盖方时艰，人各惧祸，惟托于醉，可以粗远世故耳。^[五]

丹崖曰：酒中深味，全在知己真率，方信淳于一石，不及故人壶觞也。

【校正】

［一］斟：焦竑本作"酌"。

［二］悠悠：苏写本、递修本、曾集本、汤汉本曰："一作'咄咄'。"○留：苏写本、递修本、曾集本曰："一作'之'。"

［三］有深味：苏写本、递修本、曾集本、汤汉本曰："一作'固多味'。"须溪本作"固多味"。

［四］此条评论见胡仔《苕溪渔隐丛话前集》卷四，李公焕本引之。陆汝嘉本、凌蒙初本亦有之。蒋薰或引自李公焕本。

［五］此条评论，蒋薰引自李公焕本。陆汝嘉本、凌蒙初本亦有之。

其十五

贫居乏人工，灌木荒余宅^[一]。班班有翔鸟，寂寂无行迹。"寂寂无行迹"句，（夹注）荒凉得好。宇宙一何悠^[二]，人生少至百。"人生少至百"句，（夹注）点化得快。岁月相催逼^[三]，鬓^[四]边早已白。若不委穷达，素抱^[五]深可惜。

155

"若不委穷达"二句，（夹注）如是如是。（天头注）问先生说法度得几人。○（尾注）灌木，丛木也。○边，一作髪。[六]

【校正】

[一] 灌：苏写本、递修本、曾集本曰："一作'卉'。"李公焕注曰："灌木，丛木也。"陆汝嘉本同。○余宅：汤汉注曰："《庄子》：予宅。"

[二] 一何悠：苏写本、递修本、曾集本曰："一作'何悠悠'。"焦竑本、凌蒙初本作"何悠悠"，二本曰："（何悠悠）一作'一何悠'，非。"

[三] 催逼：苏写本："一作'从过'。"递修本、曾集本曰："宋（庠）本作'从过'。"焦竑本、凌蒙初本作"从过"，二本曰："一作'催逼'，非。"此表明焦竑、凌蒙初所据底本或为宋庠本。

[四] 鬓：焦竑本作"鬐"。

[五] 抱：递修本、曾集本曰："一作'怀'。"何孟春本误作"拖"。

[六] 二条尾注，第一条引自李公焕本，应置于"灌木荒余宅"句下。第二条为蒋薰新注，应置于"鬓边早已白"句下。

其十六

少年罕人事，游[一]好在六经。行行向不惑，淹留遂[二]无成。竟抱固穷[三]节，饥[四]寒饱所更。弊[五]庐交悲风，荒草没前庭。披褐守长夜，晨鸡不肯鸣。"弊庐交悲风"下四句，（天头注）（交、没、守、不）字法俱佳。孟公不在兹，终以翳吾情[六]。（尾注）前汉陈遵，字孟公，嗜酒，每大饮，宾客满堂。[七]

【评注】

丹崖曰：观后篇，意多所耻，终归田里。公年近四十而去官也，故云"向不惑"、"遂无成"。

又曰：固穷是诗人本意。末思孟公，当为冷落中之投辖人耳。

【校正】

[一] 游：苏写本、递修本、曾集本作"遊"。

[二] 遂：苏写本、递修本、曾集本、汤汉本作"自"，四本并曰："（自）一作'遂'。"须溪本亦作"自"。焦竑本曰："（遂）一作'自'，非。"凌蒙初本、袁行霈本曰："（遂）一作'自'。"

[三] 固穷：递修本、曾集本、汤汉本作"穷苦"，三并本曰："（穷苦）一作'固穷'。"焦竑本亦作"穷苦"。袁行霈本曰："（固穷）一作'穷苦'。"

[四] 饎：除何孟春本、焦竑本外，其余诸本作"饥"。

[五] 弊：焦竑本作"敝"。整理者按："敝"字见甲骨文，为"破旧"义本字。李孝定《甲骨文字集释》曰："肖象败巾形……契文正从攴、从肖。会意。"据李氏意，则"肖"为形容词义，"敝"为动词义。然古籍用之无此区别。"弊"从"敝"得声，二字古音同，故可通假。《玉篇·肖部》："敝，坏也。弊，同敝。"

[六] 以：递修本、曾集本曰："一作'已'。"○"孟公不在兹"二句，李公焕注曰："前汉陈遵，字孟公，嗜酒，每大饮，宾客满堂。"陆汝嘉本、李梦阳本同。

[七] 此条尾注引自李公焕本。

其十七

幽兰生前庭，含薰待清风[一]。清风脱然[二]至，见别萧艾[三]中。行行失故路，任道或能通[四]。觉悟当念还，鸟尽废良弓[五]。

【评注】

汤东涧曰：兰薰非清风不能别，贤者出处之致，亦待知者知耳。渊明在彭泽日，有"怅然慷慨，深愧平生"之语，所谓"失故路"也。惟其任道而不牵于俗，故卒能回车复路云耳。鸟尽弓藏，盖借昔人去国之语，以喻己归田之志。[六]

丹崖曰：幽兰不久开，清风不常吹，世人少觉悟，徒为失路悲。[七]

【校正】

[一] 此二句，须溪本曰："亦非无意知己。"

［二］然：苏写本、递修本、曾集本曰："一作'若'。"

［三］艾：何孟春本误作"文"。

［四］"任道"句，递修本、曾集本曰："一作'前道或能穷'。"

［五］须溪本注此句曰："终不足为用。"〇汤汉评注此篇曰："兰薰非清风不能别，贤者出处之致，亦待知者知耳。渊明在彭泽日，有'怅然慷慨，深愧平生'之语，所谓'失故路'也。惟其任道而不牵于俗，故卒能回车复路云耳。鸟尽弓藏，盖借昔人去国之语，以喻己归田之志。"李公焕本、陆汝嘉本、凌蒙初本俱引之。

［六］此为汤汉注，蒋薰或据李公焕本转引。

［七］蒋薰以诗歌形式对本篇予以评点，可谓之"评点诗"。

其十八

子云性嗜酒，家贫无由得。时赖[一]好事人，载醪祛所惑。[二]觞来为之尽，是谘[三]无不塞。有时不肯言，岂不在[四]伐国。仁者用其心，何尝失显默[五]。（尾注）杨雄家贫，嗜酒，人希至其门，好事者载酒殽从游学[六]。

【评注】

汤东涧曰：此篇盖托子云以自况，故以柳下惠事终之。《五柳先生传》云："性嗜酒，家贫不能常得，亲旧或置酒招之，造饮辄尽。"[七]

张尔公曰：如此好事人不多得，今人则计较田舍耳。大惑不解，良可悲也。[八]

丹崖曰：不肯言伐国，隐然以刘宋比新莽，盖难言之矣。

【校正】

［一］赖：除汤汉本外，其余诸本作"頼"。

［二］"时赖"二句，李公焕本注曰："杨雄家贫，嗜酒，人希至其门，好事者载酒肴从游斈。"陆汝嘉本同李公焕本，而改"斈"作"学"。整理者按："斈"为"学"之俗写。

［三］谘：递修本、曾集本曰："一作'语'。"

［四］ 岂不在：须溪本作"岂独往"。

［五］ "仁者"二句，须溪本注曰："自任亦高。"○此篇诗，汤汉注曰："此篇盖托子云以自况，故以柳下惠事终之。《五柳先生传》云：'性嗜酒，家贫不能常得，亲旧或置酒招之，造饮辄尽。'"李公焕本、陆汝嘉本俱引之。凌蒙初本引汤汉此注，无"五柳先生传"下文字。

［六］ 此条尾注引自李公焕本，应置于"载醪祛所惑"句下。蒋薰改"肴"作"殽"，改"孝"为"学"。

［七］ 蒋薰或据李公焕本转引汤汉此注。

［八］ 此条评论引自明张自烈辑《笺注陶渊明集》卷三。

其十九

畴昔苦长饥[一]，投耒去学仕。将养[二]不得节，冻馁固[三]缠己。是时向立年，志意多所耻[四]。遂尽介然分，终死[五]归田里。冉冉星气流，亭亭复一纪[六]。世路廓悠悠，杨朱所以止[七]。虽无挥金事[八]，浊酒聊可恃。（尾注）公年三十九，桓灵宝篡晋，改元永始。故云"多所耻"。○向立之年，又复一纪，则是义熙十三年也。是岁刘裕平关中，越三年，宋受晋禅。○《淮南·说林训》：杨子见歧路而哭之，为其可以南、可以北。墨子见练丝而泣之，为其可以黄、可以黑。○《文选·张协〈咏二疏〉》诗云："挥金乐当年"。○廓，同旷。[九]

【评注】

按彭泽之归，在义熙元年乙巳，此云"复一纪"，则赋此《饮酒》当是义熙十二、三年间。[一○]

黄毅庵曰：世界总皆耻辱场，仕路尤甚，归田里而后可少减焉。辱日减则分日尽矣。[一一]

【校正】

［一］ 饥：除何孟春本、焦竑本外，其余诸本作"饥"。

［二］ 养：苏写本、何孟春本作"養"。

［三］ 固：苏写本、递修本、曾集本、汤汉本曰："一作'故'。"

［四］耻：须溪本、李梦阳本、何孟春本、焦竑本作"耻"。

［五］终死：苏写本、递修本、曾集本曰："一作'拂衣'。"焦竑本、凌蒙初本作"拂衣"，二本曰："一作'终死'，非。"

［六］"亭亭复一纪"句，汤汉注曰："彭泽之归，在义熙元年乙巳，此云'复一纪'，则赋此《饮酒》诗当是义熙十二、三年间。"李公焕本、陆汝嘉本俱引之。

［七］杨朱：递修本、曾集本、汤汉本作"扬朱"。焦竑本、凌蒙初本曰："(朱)一作'生'，非。"〇所：递修本、曾集本曰："一作'踈'。"〇此句，苏写本曰："一作'杨歧何以止'。"递修本、曾集本曰："一作'扬歧何以止'。又作'扬生所以止'。"李公焕注曰："《淮南·说林训》：杨子见逵路而哭之，为其可以南、可以北。墨子见练丝而泣之，为其可以黄、可以黑。"陆汝嘉本同。李梦阳本注曰："杨子见逵路而哭之，为其可以南、可以北。"

［八］李公焕注曰："《文选·张协〈咏二疏〉》诗云：'挥金乐当年'。"陆汝嘉本同。李梦阳本注曰："张协《咏二疏》诗：'挥金乐当年'。"

［九］五条尾注，第一、二条及第五条为蒋薰新注，第三、四条引自李公焕本。第一、二条注节引自陶渊明年谱，详见温汝能《陶诗汇评》卷三所引。第一条当置于"志意多所耻"句下，第二条当置于"亭亭复一纪"句下，第三条当置于"杨朱所以止"句下，第四条当置于"虽无挥金事"句下，第五条当置于"世路廓悠悠"句下。

［一〇］此条评论见汤汉本，李公焕本、陆汝嘉本亦引之，俱节引自陶渊明年谱，详见温汝能《陶诗汇评》卷三所引。蒋薰或据李公焕本转引。

［一一］"黄般庵"即黄文焕，此条评论为节引，详见黄文焕《陶诗析义》卷三。

其二十

羲农去已[一]久，举世少复真。汲汲鲁中叟[二]，弥缝使其淳[三]。凤鸟虽不至，礼乐暂时[四]新。洙泗辍微响，漂流远[五]狂秦。诗书复何罪，一朝成灰尘。区区诸老翁[六]，为事诚殷勤[七]。如何绝世下，六籍无一亲！终日驰车走，不见问所津[八]。若复不快饮，空负头上巾。"若复不快饮"二句，（天头注）此晋文王□阮籍以□也。但[九]恨多谬误，君当恕醉人[一〇]。（天头注）□接到饮酒，妙。[一一]（尾注）鲁中叟，孔子也。[一二]

【评注】

东涧曰："诸老翁"，似谓汉初伏生诸人，退之所谓"群儒区区修补"者。刘歆《移太常书》亦可见。"不见所问津"，盖渊明自况于沮、溺，而叹世无孔子徒也。[一三]

东坡曰："但恐多谬误，君当恕醉人。"此未醉时说也，若已醉，何暇忧误哉？[一四]

钟伯敬曰：《庄子》一部书，嘲谑圣贤，不如此［语］立言渊妙，觉孔子一生述作周流，只是弥缝使淳。弥缝二字，他人不敢下，亦不能下。[一五]

【校正】

［一］已：诸本作"我"。

［二］汲汲：递修本、曾集本曰："一作'波波'。"整理者按："波波"于此义甚不类，应是"汲汲"之形误。〇鲁中叟：李公焕注曰："孔子。"陆汝嘉本同。

［三］彌：须溪本作"弥"。〇淳：焦竑本作"淓"。整理者按："淓"为"淳"之今字。见《类篇·水部》。

［四］时：诸本俱作"得"，苏写本、递修本、曾集本曰："（得）一作'时'。"

［五］远：诸本俱作"逮"，底本亦旁注"逮"字。递修本、曾集本曰："（逮）一作'待'。"袁行霈本曰：（远）"一作'逮'，一作'待'。"

［六］诸老翁：汤汉注曰："'诸老翁'，似谓汉初伏生诸人，退之所谓'群儒区区修补'者。刘歆《移太常书》亦可见。"

［七］殷勤：苏写本作"慇懃"。

［八］问所：诸本并作"所问"，苏写本、递修本、曾集本曰："（问）一作'凭'。"袁行霈本曰：（问所）"一作'所问'，一作'所凭'。"〇汤

汉注曰:"'不见所问津',盖自况于沮、溺,而叹世无孔子徒也。"

[九] 但:递修本、曾集本曰:"一作'所'。"

[一〇] 须溪本注此句曰:"未寄限如此,岂云旷然。"

[一一] 此条评注未详所指。

[一二] 此条尾注引自李公焕本,当置于"汲汲鲁中叟"句下。

[一三] 此条评论见汤汉本,李公焕本、陆汝嘉本、凌蒙初本亦引之。蒋薰或据李公焕本转引。

[一四] 此条评论,李公焕本节引自苏轼《东坡题跋》卷二《书渊明诗》,陆汝嘉本同。蒋薰则据李公焕本转引。又《东坡题跋》"误哉"下尚有"然世人言醉时是醒时语此最名言"十四字。凌蒙初本同《东坡题跋》。

[一五] 此条评论节引自《古诗归》卷九。"弥缝二字"下三句,乃谭元春语,蒋薰误作锺伯敬语。

止酒　一首[一]

居止次城邑,逍遥自闲止。坐止高荫下,步[二]止荜门里。好味止园葵,大懽止稚子[三]。平生不止酒,止酒情[四]无喜。暮止不安寝,晨止不能起。日日欲止之,营卫止不理。徒知止不乐,未信止利己[五]。始觉止为喜[六],今朝真止矣。从此一止去,将止扶桑[七]涘。清颜止宿容[八],奚止乎[九]万祀。(尾注)《山海经》云:"黑齿之北曰旸谷,有扶木,九日居下枝,一日居上枝,皆戴乌。"郭璞云:"扶木,扶桑也。"[一〇]

【评注】

胡仔曰:"坐止高荫下"四句,余反覆味之,然后知渊明之用意非独止酒,于此四者皆欲止之。故坐止于树荫之下,则广厦华堂吾何羡焉;步止于荜门之里,则朝市以利吾何趋焉;好味止于啜园葵,则五鼎方丈吾何欲焉;大欢止于戏稚子,则燕歌赵舞吾何乐焉。在彼者难求,而在此者易为也。渊明固穷守道,安于丘园,畴肯以此易彼乎![一一]

张尔公曰:错落二十个"止"字,有奇致。然渊明会心在"止"字,如

人私有所嗜，言之津津不置口也。^[一二]

　　丹崖曰：初言酒不能止，继言止酒可仙，想是偶然乏酒，作此游戏言，故曰"今朝真止"。

【校正】

　　[一]"一首"二字，递修本、曾集本、汤汉本有之，据补。其余诸本无之。焦竑本并篇题亦脱去。

　　[二]步：苏写本、递修本、曾集本曰："一作'行'。"

　　[三]大：苏写本、递修本、曾集本曰："一作'天'。"整理者按："天欢"谓天伦之乐，于此处义亦可通。〇懽：苏写本、递修本、曾集本、汤汉本作"欢"。

　　[四]情：苏写本、递修本、曾集本曰："一作'惧'。"

　　[五]信：须溪本、李公焕本、陆汝嘉本、李梦阳本、何孟春本作"知"。焦竑本、凌蒙初本曰："一作'知'，非。"〇何孟春本此句作"未知止已利"。

　　[六]喜：诸本作"善"。袁行霈本曰："（喜）一作'善'。"

　　[七]扶桑：苏写本、须溪本"桑"作"桒"。李公焕注曰："《山海经》云：'黑齿之北曰阳谷，有扶木，九日居下枝，一日居上枝，皆戴乌。'郭璞云：'扶木，扶桑也。'"陆汝嘉本同。

　　[八]容：苏写本、递修本、曾集本、汤汉本曰："一作'客'。"整理者按：上言"清颜"，此处作"宿容"是。别本作"客"，应为"容"之形误字。

　　[九]乎：诸本作"千"。袁行霈本曰："一作'千'。"

　　[一〇]此条尾注引自李公焕本，当置于"将止扶桑涘"句下。

　　[一一]此条评论引自李公焕本。陆汝嘉本、凌蒙初本亦有之。"于此四者""坐止于""步止于""味止于""欢止于""安于丘园"之"于"，原作"於"，蒋薰改作"于"。"朝市以利吾何趋"句，"以"原作"深"，蒋薰改作"以"；"趋"，蒋薰改作"趋"。

　　[一二]此条评论乃节引张自烈语。张自烈辑《笺注陶渊明集》卷三作：

"错落二十个'止'字，有奇致。然渊明会心在'止'字，如人私有所嗜，言之津津不置口也。'平生不止酒'一句尤奇，无往不止，所不止者独酒耳。不止之止，寓意更恬，此当于言外得之。"

述酒 一首[一]

旧注："仪狄造，杜康润色之。"宋（庠）本云："此篇与题非本意。诸本如此，误。"

整理者按：此题注，须溪本、李梦阳本、焦竑本无之。苏写本作："仪狄造，杜康润色之。宋本云：'此篇与题非本意。诸本如此，误。'"递修本、曾集本作："仪狄造，杜康润色之。宋本云：'此篇与题非本意。诸本如此，误。'黄庭坚曰：'《述酒》一篇盖阙，此篇似是读异书所作，其中多不可解。'"增入黄庭坚语，以辨本篇真伪。李公焕本作："旧注：'仪狄造，杜康润色之。'宋本云：'此篇与题非本意。诸本如此，误。'"所云"旧注"，或即就苏写本、递修本或曾集本而言。陆汝嘉本同。蒋薰注陶诗多据李公焕本，此篇题注文字亦全同李公焕本。

汤汉本此篇题注最详细，作："旧注：'仪狄造，杜康润色之。'宋（庠）本云：'此篇与题非本意。诸本如此，误。'黄庭坚曰：'《述酒》一篇盖阙，此篇似是读异书所作，其中多不可解。'〇按晋元熙二年六月，刘裕废恭帝为零陵王。明年，以毒酒一罂授张伟，使酖王，伟自饮而卒。继又令兵人踰垣进药，王不肯饮，遂掩杀之。此诗所为作，故以《述酒》名篇也。诗辭尽隐语，故观者弗省，独韩子苍以'山阳下国'一语，疑是义熙后有感而赋。予反覆详考，而后知为零陵哀诗也。因疏其可晓者，以发此老未白之忠愤。昔苏子《读〈述史〉九章》曰：'去之五百岁，吾犹见其人也'，岂虚言哉！〇'仪狄'，'杜康'乃自注，故为疑词耳。"何孟春本亦引汤汉此注，止于"而后知为零陵哀诗也"句，无"因疏其可晓者"以下五十一字。"授张伟"之"授"作"投"，"名篇也"无"也"字，"诗辭尽隐语"之"辭"作"辞"，"而后知"下有"决"字。

重离照南陆，鸣鸟声相闻。秋草虽未黄，融风久[二]已分。素砾皛修渚[三]，南岳无馀云[四]。豫章抗高门，重华固灵坟[五]。流泪抱中叹，倾耳听司晨。[六]神州献[七]嘉粟，西灵为我驯。[八]诸梁董师旅，羊胜丧其身。[九]山阳归下国，成名犹不勤。[一〇]卜生善斯牧，安乐不为君。[一一]平王去旧京[一二]，峡中纳遗薰。双陵[一三]甫云育，三趾显奇文。[一四]王子爱清次[一五]，日中翔河汾[一六]。朱公练九齿，閒居离世纷。[一七]峩峩西岭[一八]内，偃息常[一九]所亲。天容[二〇]自永固，彭殇非等伦。[二一]（尾注）豫章，宋武始封。重华，斥恭帝揖让事。〇黄山谷云：羊胜，当是芊胜，白公胜也。沈诸梁，叶公，杀白公胜。〇魏降汉献帝为山阳公，卒弑之。〇平王，从韩子苍本，旧作"（平）生"。[二二]

【评注】

黄山谷曰：此篇有其义而亡其辞，似是读异书所作，其中多不可解。[二三]

韩子苍曰：余反覆之，见"山阳归下国"之句，盖用山阳公事，疑是义熙以后有所感而作也。故有"流泪抱中叹"，"平王去旧京"之语，渊明忠义如此。今人或谓渊明所题甲子，不必皆义熙后，此亦岂足论渊明哉！惟其高举远蹈，不受世纷，而至于躬耕乞食，其忠义亦足见矣。[二四]

赵泉山曰：此晋恭帝元熙二年也。六月十一日，宋王裕迫帝禅位，既而废帝为零陵王。明年九月，潜行弑逆，故靖节诗中引用汉献事。今推子苍意，考其退休后所作诗，类多悼国伤时感讽之语；然不欲显斥，故命篇云《杂诗》，或托以《述酒》《饮酒》《拟古》，惟《述酒》间寓以他语，使漫奥不可指摘。今于各篇姑见其一二句警要者，馀章自可意逆也。如"豫章抗高门，重华固灵坟"，此岂述酒语耶？"三季多此事"、"慷慨争此场"、"忽值山河改"，其微旨端有在矣，类之风、雅无愧。《诔》称靖节"道必怀邦"，刘良注："怀邦者，不忘故国"。故无为子曰："诗家视渊明，犹孔门视伯夷也。"[二五]

汤东涧曰：按晋元熙二年六月，刘裕废恭帝为零陵王。明年，以毒酒一罂授张伟，使酖王，伟自饮而卒。继又令兵人踰垣进药，王不肯饮，遂掩杀之。此诗所为作，故以《述酒》名篇。诗辞尽隐语，故观者弗省，独韩子苍以"山阳下国"一语疑义熙后有感而赋。予反覆详考，而后知决为零陵哀诗也。[因疏其可晓者，以发此老未白之忠愤。]昔苏子《读〈述史〉九章》曰："去之五百岁，吾犹见其人也"，岂虚言哉！[二六]

丹崖曰：此篇虽黄山谷谓"中多不可解"，然题名《述酒》，是以饮酒时述往事以寄慨，偶略言酒也。其中山阳、平王等语，信如韩子苍所云，感义熙以后事。若王子、朱公，乃渊明流泪抱叹，自恐年命不永，欲固天容而跻彭铿，不以殇子为寿耳。

【校正】

[一]"一首"二字，递修本、曾集本、汤汉本有之，据补。其余诸本无之。焦竑本并篇题亦脱去。〇须溪本题注曰："《止酒》戏言，后必复有破戒，故云《述酒》。借其关此。"李梦阳本曰："此篇恐非陶诗。"

[二]久：焦竑本误作"火"。

[三]砾晶：苏写本曰："一作'襟辉'。"递修本、曾集本曰："宋（庠）本作'襟辉'。"〇修：诸本作"脩"。袁行霈本曰："一作'脩'。"〇汤汉注此句曰："司马氏出重黎之后，此言晋室南渡，国虽未末而势之分崩久矣。至于今，则典午之气数遂尽也。'素晶'，未详。'脩渚'，疑指江陵。"

[四]汤汉注此句曰："晋元帝《即位诏》曰：遂登坛南岳，受终文祖。"

[五]灵：苏写本、递修本、曾集本曰："一作'虚'。"〇"豫章"二句，李公焕注："豫章，宋武始封。重华，斥恭帝揖让事。"陆汝嘉本、李梦阳本同，而李梦阳本"揖让"作"揖逊"为小异。

[六]"豫章抗高门"下四句，汤汉注曰："义熙元年，（刘）裕以匡复功封豫章郡公。重华，谓恭帝禅宋也。裕既建国，晋帝以天下让而犹不免于弑，此所以'流泪抱叹'，夜耿耿而达曙也。又按：义熙十二年丙辰，裕始改封宋公，其后以宋公受禅，故诗言其旧封而无所嫌也。"

[七]獻：何孟春本作"献"。

[八]灵：苏写本、递修本、曾集本曰："一作'云'。又作'零'。"〇"神州"下二句，汤汉注曰："义熙十四年，巩县人献嘉禾，裕以献帝，帝以归于裕。'西灵'当作'四灵'，裕《受禅文》有'四灵效征'之语。二句言裕假符瑞以奸大位也。"

[九]羊：苏写本作"芊"，原注曰："一作'羊'，非。"递修本、曾集

本、汤汉本曰："（羊）一作'芊'。"○"诸梁"下二句，汤汉注曰："沈诸梁，叶公也，杀白公胜。此言裕诛剪宗室之有才望者。羊，当作芊。而梁孝王亦有羊胜之事，或故以二事相乱，使人不觉也。"李公焕注曰："黄山谷云：羊胜当是芊胜，芊胜，白公也。沈诸梁，叶公也，杀白公胜。"陆汝嘉本、李梦阳本同。凌蒙初本引李公焕注，无"沈诸梁"以下文字。

［一〇］"山阳"下二句，汤汉注曰："魏降汉献为山阳公而卒弑之。《谥法》：'不勤成名曰灵。'古之人主不善终者有灵、若、厉之号，此政指零陵先废而后弑也。曰'犹不勤'，哀怨之词也。"李公焕注曰："魏降汉献帝为山阳公，卒弑之。"此节引汤汉注。陆汝嘉本、李梦阳本同李公焕本。

［一一］"卜生"下二句，汤汉注曰："魏文侯斯事卜子夏，此借之以言魏文帝也。安乐公，刘禅也。（曹）丕既篡汉，则安乐不得为君矣。"

［一二］王：苏写本、递修本、曾集本、焦竑本作"生"。汤汉本、李公焕本、陆汝嘉本、李梦阳本曰："（王）从韩子苍本。旧作'生'。"何孟春本曰："（王）本作'生'。"凌蒙初本曰："（王）旧作'生'。"袁行霈本曰："（王）一作'生'。"○京：何孟春本作"京"。

［一三］陵：苏写本、递修本、曾集本、汤汉本曰："一作'阳'。"

［一四］"平王"下四句，汤汉注曰："裕废帝而迁之秣陵，所谓'去旧京'也。'峡中'，未详。'双陵'当是言安、恭二帝陵。'三趾'似谓鼎移于人。四句难尽通。"

［一五］次：诸本作"吹"。袁行霈本曰："一作'吹'。"整理者按："清吹"为习语，"清次"未识何意。或"次"为"吹"之误字。

［一六］日：递修本、曾集本曰："一作'星'。"○河汾：汤汉注曰："河汾，亦晋地。"

［一七］闲：除焦竑本外，其余诸本作"闲"。○"王子爱清吹"下四句，汤汉注曰："王子晋好吹笙，此托言晋也。朱公者，陶也。意古别有朱公修练之事，此特托言陶耳。晋运既去，故陶闲居以避世，明言其志也。"

［一八］西岭：苏写本、递修本、曾集本、汤汉本曰："一作'四顾'。"

［一九］常：苏写本作"得"。递修本、曾集本曰："一作'得'。"

［二〇］容：递修本、曾集本曰："一作'客'。"

[二一]"峩峩"下四句，汤汉注曰："西岭，当指恭帝所藏。帝年三十六而弑，此但言其藏之固，而寿夭置不必论，无可奈何之辞也。夫渊明之归田，本以避易代之事，而未尝正言之，至此则主弑国亡，其痛疾深矣。虽不敢言而亦不可不言，故若是乎辞之瘦也。呜呼悲夫！"

[二二]四条尾注，前三条引自李公焕本，第四条或亦如此。第一条当置于"重华固灵坟"句下，第二条当置于"羊胜丧其身"句下，第三条当置于"山阳归下国"句下，第三条当置于"平王去旧京"句下。

[二三]此条评论见递修本、曾集本、汤汉本，李公焕本自此三本之一节引，别置一处作为评论。凌蒙初本同。蒋薰亦如此，其自李公焕本转引可知。

[二四]此条评论引自李公焕本，陆汝嘉本、凌蒙初本亦有之。

[二五]此条评论引自李公焕本。陆汝嘉本亦有之，而"各篇"作"名篇"。又凌蒙初本引此条评论，脱漏颇多。

[二六]此条评论乃汤汉题注中一部分，李公焕本截出，别置一处作为评论，又脱去"因疏其可晓者以发此老未白之忠愤"十五字。陆汝嘉本亦如是。蒋薰据李公焕本转引，亦脱去。又凌蒙初本引汤汉题注，脱漏甚多。

责子　一首[一]

舒俨、宣俟、雍份、端佚、通佟，凡五人。舒、宣、雍、端、通，皆小名也。[二]

白发被两鬓，肌[三]肤不复实。"白发被两鬓"二句，（天头注）人情望子多在老年，一起，情真。虽有五男儿，总[四]不好纸笔。阿舒已二八[五]，懒惰故无匹[六]。阿宣[七]行志学，而不爱文术。雍端年十三[八]，不识六与七。通子垂九龄[九]，但觅[一〇]梨与栗。天运苟如此，且进杯中物。"天运苟如此"二句，（天头注）极败意会遣兴。

【评注】

黄山谷曰：观渊明此诗，想见其人徜徉戏谑可观也。俗人便谓渊明诸子

皆不肖，而渊明愁叹见于诗耳。^[一一]

　　丹崖曰：竹林七贤，惟伶子无闻，余窃以为恨。先生五男儿，皆不好学，天也。岂嗜酒失训哉？黄山谷谓是渊明戏谑言，非诸子真不肖。乃懒惰不识六、七人，我弗能为父讳子也。

【校正】

　　[一]"一首"二字，递修本、曾集本、汤汉本有之，据补。其余诸本无之。

　　[二]此篇题注，须溪本、何孟春本、焦竑本、凌蒙初本并无之，未知何故。苏写本作："舒俨、宣俟、雍份、端佚、通佟，凡五人。舒、宣、雍、端、通，时小名也。俟一作俣。"递修本、曾集本、汤汉本同苏写本，而"时"作"皆"，"俟一作俣"下又增"佟一作俗"四字。至李公焕本，除无"俟一作俣佟一作俗"八字外，其余文字皆同递修本、曾集本及汤汉本。陆汝嘉本、李梦阳本、蒋薰本则据李公焕本转引。

　　[三]肌：何孟春本作"肥"。

　　[四]总：苏写本、须溪本作"惣"，递修本、曾集本、汤汉本、李公焕本、陆汝嘉本作"揔"，何孟春本、焦竑本作"總"。袁行霈本曰："一作'揔'。"

　　[五]阿舒：李公焕注曰："俨。"须溪本、陆汝嘉本、李梦阳本同。〇二八：递修本、曾集本、汤汉本曰："一作'十六'。"

　　[六]惰：递修本、曾集本、汤汉本曰："一作'放'。"〇故：递修本、曾集本曰："一作'固'。"

　　[七]阿宣：李公焕注曰："俟。"须溪本、陆汝嘉本、李梦阳本同。

　　[八]雍：李公焕注曰："份。"须溪本、陆汝嘉本、李梦阳本同。〇端：李公焕注曰："佚。"须溪本、陆汝嘉本、李梦阳本同。

　　[九]通：李公焕注曰："佟。"须溪本、陆汝嘉本、李梦阳本同。〇九：递修本、曾集本、汤汉本曰："一作'六'。"

　　[一〇]觅：苏写本作"念"，原注曰："（念）一作'觅'。"递修本、曾集本曰："宋（庠）本作'念'。"焦竑本作"觅"。整理者按："觅"为

"觅"之俗写。《玉篇·见部》:"覔,同觅,俗。"

[一一] 黄山谷语见《豫章黄先生文集》卷二十六《书渊明责子诗后》。李公焕本据以节引,脱"诗耳"下"所谓痴人前不得说梦也"十字,又改"岂弟慈祥"作"徜徉"。蒋薰又据李公焕本转引,亦如此。凌蒙初本亦有此条,文同《豫章黄先生文集》。

有会而作　一首　并序[一]

旧谷既没,新谷未登。颇为老农,而值年灾[二]。日月尚悠,为患未已。登岁之功,既不可希。朝夕所资,烟[三]火裁通。旬日已来,始念饥乏[四]。岁云夕矣,慨然永怀。今我不述,后生何闻哉!

弱年逢家乏,老至更长饥[五]。菽麦实[六]所羡,孰敢慕甘肥!怒如亚九饭[七],当暑厌寒衣。岁月将欲暮,如何辛苦[八]悲。常善粥者心,深恨[九]蒙袂非。嗟来何足吝,徒没空自遗。"常善粥者心"下四句,(天头注)此由衷之言,黔娄故□近情。斯滥岂彼志[一〇]?固穷夙所[一一]归。馁也已矣夫,在昔余多师。(尾注)惄,饥也。九饭,用子思"居卫三旬九饭食"事[一二]。

【评注】

赵泉山曰:此篇述其艰食之况,尤为酸楚。"老至更长饥",是终身未尝足食也。[一三]

丹崖曰:弱年至老,常逢饥乏,陶公定有几番穷时,到此而有会者,能师固穷也。

【校正】

[一] 苏写本、何孟春本、焦竑本、凌蒙初本有"并序"二字。递修本、汤汉本有"一首并序"四字。曾集本有"一首"二字。故据以补"一首并序"四字。焦竑本篇题下但有"有序六章"四字。须溪本、李公焕本、陆汝嘉本、李梦阳本无"一首并序"字样。○李梦阳本篇题无"而"字,焦竑本

篇题"作"误作"行"。

　　[二]灾：焦竑本作"灾"。整理者按："灾"字见于甲骨文，为会意字。林义光《文源》曰："象屋下火。"甲骨文或作"灾"，为形声字。籀文作为"灾"，又为会意字。小篆作"災"，再为形声字。《说文》则以"灾"为"災"之异体字。《说文·火部》："災，天火曰災。灾，或从宀、火。"古籍中通行"灾"字，今则以"灾"为"災"之简化字。

　　[三]烟：除须溪本、李梦阳本、焦竑本外，其余诸本作"煙"。

　　[四]始：递修本、曾集本、汤汉本曰："一作'日'。"○馑：除何孟春、焦竑本外，其余诸本作"饥"。

　　[五]馑：除何孟春、焦竑本外，其余诸本作"饥"。

　　[六]实：苏写本作"寔"。

　　[七]怒：李公焕注曰："怒，饥也。"陆汝嘉本同。○亚九：苏写本、递修本、曾集本曰："一作'恶无'。"

　　[八]辛苦：苏写本、递修本、曾集本、汤汉本曰："一作'足新'。"

　　[九]恨：递修本、曾集本、汤汉本曰："一作'念'。"

　　[一〇]滥：须溪本作"鉴"。○彼：苏写本、递修本、曾集本、汤汉本曰："一作'攸'。"

　　[一一]所：须溪本作"斯"。

　　[一二]此条尾注较李公焕本有所补充，价值更大。当置于"怒如亚九饭"句下。

　　[一三]此条评论引自李公焕本，而改"之惊"作"之况"。陆汝嘉本、凌蒙初本亦有之。

蜡日　一首[一]

　　蜡，助驾切。蜡，腊祭名。伊耆氏始为蜡。蜡也者，索也。岁十二月，合聚万物而索飨之也。[二]

　　风雪送馀运，无妨时已和。梅柳夹门植，一条有佳花[三]。　"一条有佳花"

句，（天头注）秀句。我唱尔言得，酒中适何多！未能[四]明多少，章山有奇歌。

【校正】

[一]"一首"二字，递修本、曾集本、汤汉本有之，据补。其余诸本无之。〇李公焕本题注曰："蜡，助驾切。蜡，腊祭名。伊耆氏始为蜡。蜡也者，索也。岁十二月，合聚万物而索飨之也。"陆汝嘉本、何孟春本同。李梦阳本亦引李公焕此注，而删去"蜡助驾切"四字。

[二]此题注引自李公焕本。

[三]花：递修本、曾集本、汤汉本曰："一作'葩'。"

[四]能：递修本、曾集本、汤汉本曰："一作'知'。"

四时　一首[一]

此顾凯之《神情诗》，《类文》有全篇，然顾诗首尾不类，独此警绝。[二]

春水满四泽，夏云多奇峯[三]。秋月扬明晖，冬岭秀孤一作寒。松[四]。

【评注】

刘斯立云："当是凯之用此足成全篇，篇中唯此警绝，居然可知。或虽顾作，渊明摘出四句，可谓善择。"[五]

【校正】

[一]此篇蒋薰删除。除李梦阳本外，诸本俱有之，故仍据递修本存于此。〇"一首"二字，曾集本、汤汉本有之，据补。其余诸本无之。

[二]曾集本、李公焕本、陆汝嘉本题注同递修本。汤汉本题注曰："此顾凯之《神情诗》，《类文》有全篇，然顾诗首尾不类，独此警绝。〇刘斯立云：'当是凯之用此足成全篇，篇中唯此警绝，居然可知。或虽顾作，渊明摘出四句，可谓善择。'"凌蒙初本亦引汤汉此题注，而"此顾凯之"上有

"思悦曰"三字。何孟春本题注曰："顾凯之《神情诗》中有此四句。"

　　[三]峯：焦竑本作"峰"。

　　[四]孤：苏写本、曾集本、汤汉本曰："一作'寒'。"○汤汉注此句曰："春水、夏云、秋月盈天地之间，而冬秀者孤松而已，诗中盖数以孤松为言。"

　　[五]此条评注，曾集本同。李公焕本亦略同，而"刘斯立云"之"云"作"曰"，"警绝"作"警策"。"可谓善择"下，李公焕本又曰："许彦国《诗话》曰：此诗乃顾长康诗，误入彭泽集。"陆汝嘉本同李公焕本。又"许彦国《诗话》曰"云云，凌蒙初本亦有之，当是据李公焕本转引。须溪本评注此篇曰："四言尚可。即五言，与儿子语无异，可谓警绝。"

檇李蒋薰丹崖评阅
海昌壻周文焜青轮订

诗五言^[一]

拟古　九首

其一^[二]

　　荣荣牕下^[三]兰，密密堂前柳。初与君别时，不谓行当久。出门万里客，中道逢嘉友^[四]。未言心相醉^[五]，不在接杯^[六]酒。"未言心相醉"二句，（天头注）黄云：重嘉友而责少年，抑扬之际，无限幽怀。^[七]兰枯^[八]柳亦衰，遂令此言负^[九]。多谢诸少年，相知不忠厚^[一○]。"多谢诸少年"二句，（夹注）甚于痛骂。意气倾人命，离隔复何有？

【评注】

　　丹崖曰：意气之交，未有凶终隙末者，若朱文季、范巨卿辈，只是忠厚过人耳。

【校正】

　　[一]　递修本作"诗四十八首"，下小字注云："内一首联句。"

　　[二]　须溪本、李公焕本、陆汝嘉本、凌蒙初本有"其一"之类字样。李梦阳本无"其一"，"其二"以下无"其"字。其余诸本无"其一"之类

字样。

［三］牕：苏写本作"牕"。递修本、曾集本、汤汉本、须溪本、李公焕本作"牕"。陆汝嘉本作"牕"。李梦阳本、何孟春本、凌蒙初本作"牕"。焦竑本作"窗"。○牕下：递修本、曾集本曰："一作'后牕'。"

［四］道：李梦阳本作"途"。○逢：除何孟春本、焦竑本、凌蒙初本外，其余诸本作"逢"。整理者按："逢"为"逢"之俗写。《干禄字书·平声》以"逢"为"逢"之俗字。

［五］醉：递修本、曾集本曰："一作'解'。"

［六］杯：须溪本作"盃"。整理者按："盃"为"杯"之俗字，见《广韵·灰韵》。

［七］此节引黄文焕说，黄文焕《陶诗析义》卷四曰："重嘉友而责少年，抑扬之际，无限幽怀。嘉友自饶持重，无如非时；少年惯逞轻浮，何堪倚命。呜呼！事真不可为矣。"

［八］枯：递修本、曾集本曰："一作'空'。"

［九］此句，苏写本、递修本、曾集本曰："一作'时没身还朽'。"焦竑本、凌蒙初本曰："一作'时没身还朽'，非。"

［一○］忠厚：苏写本、递修本、曾集本作"中厚"。苏写本曰："（中厚）一作'相厚'。"递修本、曾集本曰：（中）"一作'相'。又作'在'。"焦竑本、凌蒙初本曰："（忠）一作'相'，非。"

其二

辞家夙严驾，当往志[一]无终。问君今何行？非商复非戎。闻有田子春[二]，节义为士雄[三]。斯人久已死，乡里习其风。生有高世名，既没传无穷。不学狂[四]驰子，直在百年中。[五]（尾注）田畴，字子春，汉北平无终人。时董卓迁帝于长安，幽州牧刘虞欲遣使奔问行在，无其人。闻畴奇士，乃署为从事。畴将行，道路阻绝，遂循间道至长安致命，诏拜骑都尉。畴以天子蒙尘，不可荷佩荣宠，固辞不受。得还报，虞已为公孙瓒所灭，畴谒虞墓，哭泣而去。瓒怒曰："汝何不送章报于我？"畴答曰云云，瓒壮之。畴得北归，遂入徐无山中。[六]

【评注】

此诗当属刘裕初废晋帝为零陵王所作。盖当时裕以兵守之，行在消息总无能知，故元亮寄慨于子春也。[七]

【校正】

[一] 志：苏写本作"至"。

[二] 春：递修本、曾集本曰："一作'泰'。"汤汉本作"泰"，原注曰："田畴，字子泰，北平无终人。"

[三] 雄：何孟春本作"雄"。整理者按："雄"为"雄"之构件讹变异体字。《龙龛手镜·隹部》："雄"，同"雄"。《字汇补·隹部》："雄与雄同。见《篇韵》。"

[四] 狂：苏写本曰："一作'駈'。"递修本、曾集本曰："一作'驱'。"焦竑本、凌蒙初本曰："一作'驱'，非。"整理者按："駈"为"驱"之换声旁异体字。《玉篇·马部》："駈，同驱。"

[五] 须溪本评此诗曰："风槩脩然，读其诗，想其人，岂独肮脏。"

[六] 此条尾注引自李公焕本。陆汝嘉本、李梦阳本并同。

[七] 此条评论乃节引黄文焕说，详见《陶诗析义》卷四，作："狂驰而弗顾节义，纵得意骄人，亦不过寿止百年，名与身俱没矣。语最冷毒，骂尽事二姓人，至死不悟。田畴为无终人，未说破其名姓，而先举其地，地以人重，急拈突数，笔意最工。'当'字、'志'字，选择斟酌，世界虽大，他无可往，只此一处耳。'鄉里习其风'，冀有继起之人，可以与我同心，愤甚热甚，悼晋之怀，千盘百结，却只以引援故实藏之。……晋主被废，有一人能为田畴者乎？此诗当属刘裕初废晋帝为零陵王所作。盖当时裕以兵守之，行在消息，总无能知生死何若，故元亮寄慨于子春也。"

其三

仲春遘时雨，始雷发东隅。众蛰各潜骇，草木纵横[一]舒。"众蛰各潜骇"二句，（夹注）似长吉。整理者按：长吉，李贺之字。翩翩新[二]来燕，雙雙[三]入我庐。先巢故尚在，相将[四]还旧居。自从分别来，门庭日荒芜。"自从分别来"二句，（天头注）能不慨然！我心固匪[五]石，君情定何如？[六]"我心固匪石"

二句，（夹注）问燕，妙！

【评注】

丹崖曰：陶庐之燕，似胜翟门之雀，我许是不忘旧也。

【校正】

[一] 纵：除须溪本外，其余诸本作"从"。整理者按："纵"自"从"得声，故"从"可假借为"纵"。《集韵·锺韵》："从，南北曰从。"《论语·八佾》："从之纯如也。"邢昺疏："从，读曰纵。"○横：苏写本曰："一作'此'。"递修本、曾集本曰："一作'此'。一作'是'。"焦竑本曰："一作'此'，辈。"焦竑注中"辈"乃为"非"之误字。凌蒙初本曰："一作'此'，非。"○整理者按：此处作"纵横"，其义晓畅自然。别本作"从此"、作"从是"，义虽可通，而诗意顿乏。

[二] 新：李梦阳本作"飞"。

[三] 雙：何孟春本作"嫂"。

[四] 将：苏写本、何孟春本作"将"。整理者按："将"应为"將"之俗写，今则为"將"之简化字。

[五] 匪：须溪本作"非"。整理者按："匪"从"非"得声，故可假借为"非"。《广雅·释诂四》："匪，非也。"

[六] 须溪本评注此首曰："兴托固高，来如不迫。"

其四

迢迢百尺楼，分明望四荒。暮作归云宅，朝为飞鸟堂。山河满目[一]中，平原独[二]茫茫。古时功名士，慷慨争此场。一旦百岁后，相与还北邙[三]。松柏[四]为人伐，高坟互低昂。颓[五]基无遗主，遊魂在何方[六]？荣华诚足贵，亦复可怜伤！

【评注】

丹崖曰：羊叔子登岘山，俯仰古今，不失英雄本色，于齐景牛山、魏武西陵，真可怜伤！先生胸襟眼界，故在百尺楼上。

177

【校正】

［一］目：何孟春本作"日"。整理者按："日"于此处义不类，当为"目"之缺笔误字。

［二］独：递修本、曾集本曰："一作'转'。"焦竑本作"转"。

［三］邙：李公焕注曰："音忙。"须溪本、陆汝嘉本、何孟春本同。

［四］栖：苏写本、李公焕本作"柏"。

［五］頮：苏写本、递修本、曾集本、汤汉本、何孟春本作"颒"。

［六］遊：苏写本作"游"。○魂：递修本、曾集本作"蒐"。整理者按："蒐"为"魂"之构件移位异体字。《玉篇·鬼部》："魂，亦作蒐。"

其五

东方有一士[一]，被服常不完。三旬九遇食[二]，十年著[三]一冠。辛苦[四]无此比，常有好容颜。我欲观其人，晨去越河关。青松夹路生，白云宿檐端。知我故来意[五]，取琴为[六]我弹。上弦惊《别鹤》，下弦操《孤鸾》。愿留就君住，从今至岁寒。(尾注)《说苑》：子思三旬九饭。[七]

【评注】

东坡曰：此"东方有一士"，正渊明也，不知从之者谁乎？若了得此一段，我即渊明、渊明即我也。[八]

丹崖曰：伊何人哉，其孙登之流耶？是神仙而无铅汞气者。

【校正】

［一］此句，汤汉注曰："《国语》：东方之士孰愈。《新序》：东方有士曰袁旌目。"

［二］遇：递修本、曾集本曰："一作'过'。"○此句，汤汉注曰："《说苑》：子思三旬九食。"李公焕本、陆汝嘉本、李梦阳本并引此注。

［三］著：汤汉本作"着"。整理者按："穿戴"义，唐以前文献中只用"著"字，唐以后文献中则用"着"字，则"着"应为"著"之后起俗字。

　[四] 苦：递修本、曾集本、汤汉本作"勤"，三本并曰："一作'苦'。"
须溪本亦作"勤"。

　[五] 意：递修本、曾集本曰："一作'时'。"

　[六] 为：递修本、曾集本曰："一作'与'。"

　[七] 此条尾注应置于"三旬九遇食"句下。

　[八] 此条评论见苏轼《东坡题跋》卷二《书渊明东方有一士诗后》，
蒋薰或据此引之。

其六

　苍苍谷中树，冬夏常如兹。年年见霜雪，谁谓不知时？[一]厌闻世上语，
结友[二]到临淄。稷下多谈士，指彼决吾疑[三]。装束既有日，已与家人
辞[四]。行行停出门，还坐更自[五]思。不怨道里长，但畏人我欺。"但畏人我
欺"句，（天头注）老成人久于阅世之言。[六]万一不合意，永为世笑之[七]。伊怀
难具[八]道，为君作此诗。

【评注】

　汤东涧曰：前四句兴而比，以言我有定见，而不为谈者所眩。[九]

　钟伯敬曰：二诗皆叹交道衰薄，朋友不足倚赖，然寓意立言，感慨
情厚。[一〇]

　丹崖曰：稷下之士，乃趋炎热、不耐霜雪者也。此诗想为终南北山人
而作。

【校正】

　[一] "苍苍谷中树"下四句，汤汉注曰："前四句兴而比，以言吾有定
见，而不为谈者所眩。似谓白莲社中人也。"凌蒙初本亦全引此注。

　[二] 友：递修本、曾集本曰："一作'交'。"

　[三] 彼：苏写本作"往"，原注曰："（往）一作'彼'。"递修本、曾
集本曰："（彼）一作'往'。"〇吾：递修本、曾集本曰："一作'狐'。"〇
此句，递修本、曾集本曰："一作'栖社决五疑'。"

[四] 辞：苏写本作"辪"。

[五] 自：须溪本、李梦阳本作"相"。

[六] 此注引锺伯敬（惺）语，见《古诗归》卷九。

[七] 笑之：递修本、曾集本曰："笑之，一作'笑嗤'。"焦竑本、凌蒙初本作"笑嗤"，二本曰："（嗤）一作'之'，非。"

[八] 难具：苏写本作"谁与"，原注曰："一作'难具'。"

[九] 李公焕本引汤汉此注，"所眩"下脱去"似谓白莲社中人也"八字，又改"吾"作"我"。蒋薫自李公焕本转引，亦如是。

[一〇] 此引锺伯敬语，见《古诗归》卷九。引文中所谓"二诗"，指第一、第六两首诗。

其七

日暮天无云，春风扇微和。佳人美清夜，达曙[一]酣且歌。歌竟长歎[二]息，持此感人多。皎皎云间[三]月，灼灼叶中华。岂无一时好，不久当如何？"岂无一时好"二句，（天头注）感叹在此。〇（尾注）曙，东方明。[四]

【评注】

丹崖曰：酣歌场中，忽然猛省，惟子房能从赤松游耳。

【校正】

[一] 曙：李公焕注曰："曙，东方明。"陆汝嘉本同。

[二] 歎：须溪本作"嘆"。

[三] 间：焦竑本作"閒"。整理者按："閒"字见于甲骨文，本指空间上的"空隙、缝隙"，引申指时间上的"间隙、间隔"，再引申为"闲暇""悠闲"义。为将本义与引申义区别开来，故本义另造以类义构件替换的"间"字表示。再后来，其引申义"闲暇""悠闲"又借本义为"木栏"的"闲"字表示。然古籍中"閒""间""闲"三字多混用不别。

[四] 此条尾注引自李公焕本，应置于"达曙酣且歌"句下。

其八

少时[一]壮且厉，抚剑独行游[二]。谁言行游[三]近？张掖至幽州。饥[四]食首阳薇，渴饮易水流[五]。不见相知人，惟见[六]古时丘。路边两高坟，伯牙与庄周。此士难再得，吾行欲何求？[七]（尾注）荆轲为燕太子丹刺秦王，太子及宾客送至易水之上。[八]

【评注】

汤东涧曰：首阳、易水，亦寓愤世之意。《说苑》：锺子期死，而伯牙绝弦破琴，知世莫可为鼓也。惠施卒，而庄子深暝不言，见世莫可语也。伯牙之琴、庄周之言，惟锺、惠能听。今有能听之人而无可听之言，此渊明所以罢远游也。[九]

丹崖曰：不为易水荆轲，便作首阳夷、齐，此渊明"抚剑行游"初意。伯牙、庄周，其退步也。

【校正】

[一] 少时：李梦阳本作"少年"。

[二] 剑：何孟春本作"釼"。其余诸本作"劔"。整理者按："釼"为"劔"之俗字。《集韵·验韵》："劔，《说文》：'人所带兵也。'或从刀。俗作釼。"而"剑"为"劔"之籀文形体。《说文·刃部》："劔，人所带兵也。剑，籀文劔从刀。"古籍中多用"剑"字。〇游：苏写本、递修本、曾集本作"遊"。

[三] 游：苏写本、曾集本、李公焕本、陆汝嘉本作"遊"。递修本、曾集本曰："（游）一作'道'。"

[四] 饥：除何孟春本、焦竑本外，其余诸本作"飢"。

[五] 李公焕注曰："荆轲为燕太子丹刺秦王，太子及宾客皆送至易水之上。"陆汝嘉本同。〇"饥食首阳薇"下二句，汤汉注曰："首阳、易水，亦寓愤世之意。"

[六] 惟见：苏写本、递修本、曾集本、凌蒙初本曰："一作'纯是'。"

[七] 吾：递修本、曾集本曰："一作'君'。"○"路边两高坟"下四句，汤汉注曰："《说苑》：锺子期死，而伯牙绝弦破琴，知世莫可为鼓也。惠施卒，而庄子深暝不言，见世莫可语也。伯牙之琴、庄周之言，惟锺、惠能听。今有能听之人而无可听之言，此渊明所以罢远游也。"○须溪本评注此首曰："从田子春至此，屡见其意，豪杰之士不能无情。故为达者，□得其似。"

[八] 此条尾注引自李公焕本，应置于"渴饮易水流"句下。

[九] 李公焕本引汤汉语，陆汝嘉本、凌蒙初本亦有之。"见世莫可语也"句，陆汝嘉本"莫可"下有"与"字，文意更畅。凌蒙初本"首阳"误作"前阳"。蒋薰则据李公焕本转引。

其九

种桑^[一]长江边，三年望当采。"种桑长江边"二句，（天头注）黄云：字字隐语，然意义甚明。^[二]枝条始欲茂，忽值山河^[三]改。柯叶自摧折，根株浮沧海。春蚕既无食，寒衣欲相^[四]待。本不植^[五]高原，今日复何悔！^[六]

【评注】

汤东涧曰：业成志树，而时代迁革，不复可骋，然生斯时矣，奚所归悔耶？^[七]

黄皲菴曰：元亮独此诗九首专感革运，最为明显，与他诗隐语不同。若以淡远达观视之，岂不差却千里！^[八]

【校正】

[一] 桑：须溪本作"桒"。

[二] 此节引黄文焕说。《陶诗析义》卷四曰："刘裕以戊午年十二月弑晋主于东堂，立琅琊王德文，是为恭帝。己未为恭帝元熙元年，庚申二年而裕逼禅矣。帝之年号，虽止二年，而初立则在戊午，是已三年也。'望当采'者，既经三年，或可以自修内治奏成绩也。长江边岂种桑之地？为裕所立，而无以防裕，势终受制。初着既误，后祸自来也。字字隐语，然意义甚明。"

182

　　[三] 河：苏写本、递修本、曾集本："一作'川'。"整理者按：当作"河"。"山河"可隐喻家国，而"山川"无此用法。

　　[四] 相：诸本作"谁"。底本"相"字右侧亦注一"谁"字。

　　[五] 植：须溪本作"值"。

　　[六] 此首诗，汤汉注曰："业成志树，而时代迁革，不复可骋，然生斯时矣，奚所归悔耶？"

　　[七] 蒋薰据李公焕本转引汤汉此语，陆汝嘉本亦有之。

　　[八] 此节引黄文焕说。《陶诗析义》卷四曰："陶诗自题甲子者十馀首，其余何年所作，诗中或自及之。其在禅宋以后，不尽可考。独此诗九首专感革运，最为明显，与他诗隐语不同。初首曰'遂令此言负'，扶运之怀，无可伸于人世也。二首以汉帝蒙尘、行在返命，遂入山不仕之田子泰为向慕，革运之慨，思一寄于入山也。其意皆隐言之。三首门庭日芜，问之巢燕，燕巢如旧，国运已易，意隐而情弥愤。四首山河满目，革运之悲于是露矣。五首孤鸾、别鹤，明为晋处士者，只吾一人耳。六首厌闻世上，堪与同心者，出门岂可得哉？以此自矜，以此自慨，而归诸长夜之太息，又牵连俱露矣。首阳不事周者也，易水欲刺秦者也，与前田子春相映，意益露矣。至末章'忽值山河改'，尽情道出，愤气横霄。若以淡远达观视之，岂不差却千里！"

杂诗　十二首[一]

丹崖曰：《杂诗》十二首，前七篇皆是"岁月不待人"意；"代耕"以后，却有谋生羁役之感。至末"袅袅"六句，恐非《杂诗》，或《拟古》之十，亦缺落不全者。

其一[二]

　　人生无根蒂[三]，飘如陌上尘。分散遂[四]风转，此已非常身。落地为[五]兄弟，何必骨肉亲[六]！得欢当[七]作乐，斗酒聚比邻[八]。盛年不重来，一日难再晨。及时[九]当勉励，岁月不待人。

【校正】

[一] 此篇第十二首，汤汉本径题"杂诗"，置于第四卷之末。

[二] 须溪本、李公焕本、陆汝嘉本、凌蒙初本有"其一"之类字样。李梦阳本无"其一"，"其二"以下无"其"字。其余诸本无"其一"之类字样。

[三] 蒂：焦竑本作"蒂"。整理者按："蒂"为"蒂"之俗字。《说文通训定声》："蒂，《声类》：'果鼻也。'《吴都赋》：'抓白蒂。'刘注：'花本也。'……俗字作'蒂'。"

[四] 遂：诸本作"逐"。底本"遂"旁亦注一"逐"字。整理者按：应是"逐"字，义为"从""随"。《玉篇·辵部》："逐，从也。"此处"逐风"即"随风"之意。"遂"无"从、随"义，此处若作"遂风"，意不可通。故"遂"应为"逐"之形误字。

[五] 落地为：苏写本作"流落成"。递修本、曾集本曰："一作'流落成'。"焦竑本、凌蒙初本曰："一作'流落成'，非。"

[六] 须溪本注此句曰："儒者以为兼善，逢者以为未□以前。"

[七] 当：须溪本作"常"。

[八] 隣：递修本、曾集本、汤汉本、何孟春本、焦竑本作"邻"。

[九] 时：李梦阳本作"是"。

其二

白日沦西河[一]，素月出东岭。遥遥万里辉[二]，荡荡[三]空中景。风来入房户，夜中[四]枕席冷。气变悟时易[五]，不眠知夕永。欲言无予[六]和，挥杯劝孤影。"欲言无予和"二句，（天头注）遣闷妙法。谭云：无聊趣语。[七]（夹注）冷。日月掷[八]人去，有志不获骋。念此怀悲凄，终[九]晓不能静。

【校正】

[一] 河：递修本、曾集本曰："一作'阿'。"整理者按：下言"东岭"，此言"西阿"，义亦妥帖。

［二］辉：苏写本作“晖”。

［三］荡荡：递修本、曾集本曰：“一作‘迢迢’。”

［四］夜中：苏写本作“中夜”。递修本、曾集本曰：“一作‘中夜’。”

［五］變：须溪本作“变”。整理者按：“变”应为“變”之俗写，今则为“變”之简化字。〇易：苏写本、递修本、曾集本曰：“一作‘异’。”整理者按：上言“气变”，此言“时易”，“变”“易”俱为动词，义亦相同，正相对。若作“异”，则词性不类。

［六］予：苏写本作“余”。递修本、曾集本曰：“一本或又作‘余’。”

［七］“谭”谓谭元春，此所引不完。《古诗归》卷九曰：“谭元春曰：无聊趣语，太白祖此。”

［八］掷：递修本、曾集本曰：“一作‘椸’。又作‘扫’。”整理者按：“椸”无动词义，“扫”嫌太俗。

［九］终：递修本、曾集本作“中”，二本并曰：“一作‘终’。”

其三

荣华难久居，盛衰不可量。昔为三春蕖[一]，今作秋莲房。严霜结野草，枯悴未遽央。日月有环周[二]，我去不再阳。眷眷往昔时，忆此断人肠。[三]

【评注】

汤东涧曰：此篇亦感兴亡之意。[四]

丹崖曰：今昔之感，语意吞吐，何必泥定兴亡如汤注也。

【校正】

［一］蕖：递修本、曾集本曰：“一作‘英’。”

［二］周：苏写本、递修本、曾集本曰：“一作‘复’。”〇有环周：递修本、曾集本曰：“又作‘还复周’。”焦竑本、凌蒙初本作“还复周”，二本曰：“一作‘有环周’，非。”

［三］汤汉注此篇曰：“此篇亦感兴亡之意。”

［四］此条评论见李公焕本。陆汝嘉本、凌蒙初本亦有之。蒋薰据李公

焕本转引。

其四

丈夫志四海，我愿不知老。亲戚共一处，子孙还相保。觞弦肆朝日，罇中酒不燥。缓带尽欢娱，起晚眠常早。"亲戚共一处"下六句，（天头注）黄云：质语描出真乐。孰若当世士，氷[一]炭满怀抱。百年归丘垄[二]，用此空名道？

【评注】

丹崖曰：乱世得此，实为侥幸，安用空名，舍我真乐。

【校正】

[一] 氷：苏写本、汤汉本、须溪本、李公焕本、陆汝嘉本、焦竑本、凌蒙初本作"冰"。整理者按："氷"为"冰"之构件省笔且移位异体字。《字汇·水部》："氷，俗冰字。"

[二] 归：苏写本、递修本曰："一作'埽'。"焦竑本、凌蒙初本曰："一作'埽'，非。"曾集本曰："一作'扫'。"整理者按："埽""扫"为异体字。《集韵·晧韵》："埽，或从手。"又《说文·土部》："埽，弃也。"则此处作"埽"或"扫"，义亦可通，只不雅耳。焦竑以作"埽"为非，未必。○丘垄：递修本曰："一作'埽垄'。"曾集本曰："一作'扫垄'。"整理者按："丘垄"指"坟墓"。《礼记·月令》："（孟冬之月）茔丘垄之大小高卑厚薄之度"，孙希旦《集解》："墓域曰茔，其封土而高者曰丘垄。"此处作"埽垄"或"扫垄"，义皆不可通。

其五

忆我[一]少壮时，无乐自欣豫。猛志逸四海，骞[二]翮思远翥。荏苒岁月颓[三]，此心稍已去。值欢无复娱，每每多忧虑。"每每多忧虑"句，（夹注）妙。气力渐[四]衰损，转觉日不如。"转觉日不如"句，（夹注）妙。壑舟无须臾，引我[五]不得住。前涂当几许？未知止泊[六]处。古人惜寸阴，念此使人惧[七]。

【评注】

汤东涧曰：太白诗云："百岁落半涂，前期浩漫漫，中宵不成寐，天明起长叹。"人生学无归宿者，例有此叹，必闻道而后免。此渊明所以惜寸阴欤![八]

丹崖曰：不到老年，无此阅历真实语，然少壮人往往所不乐闻。次章便一直接去。

【校正】

[一] 我：苏写本曰："一作'昔'。"递修本、曾集本曰："一作'为'。又作'昔'。"

[二] 骞：苏写本、递修本、曾集本曰："一作'轻'。"

[三] 颎：递修本、曾集本、汤汉本、何孟春本、焦竑本作"颡"。

[四] 渐：李梦阳本作"惭"。整理者按：当作"渐"，下言"日不如"正是对"渐衰损"的补充说明。

[五] 我：须溪本误作"伐"。

[六] 泊：苏写本、递修本、曾集本曰："一作'宿'。"

[七] "古人惜寸阴"下二句，汤汉注曰："太白诗云：'百岁落半途，前期浩漫漫，中宵不成寐，天明起长叹。'人生学无归宿者，例有此叹，必闻道而后免。此渊明所以惜寸阴也欤！"

[八] 李公焕本引汤汉此注，"而后免"下有"此"字。陆汝嘉本、凌蒙初本同。蒋薰所引无"此"字，殆所据为汤汉本乎？

其六

昔闻长者[一]言，掩耳每[二]不喜。奈何五十年，忽已[三]亲此事。"昔闻长者言"下四句，（天头注）章法甚佳。求我盛年[四]欢，一毫无复意。去去转欲远，此生岂[五]再值。倾家时作[六]乐，竟此岁月驶。有子不留金，何用身后置[七]！（尾注）男子自二十一至二十九则为盛年。[八]

【评注】

　　按此诗，靖节年五十作也。时义熙十年甲寅初，庐山东林寺释慧远，集缁素结白莲社，其间誉望尤著，为当世推重者，号社中十八贤，刘遗民、张诠、雷次宗、周续之、宗炳、张野等与焉。时秘书丞谢灵运才学为江左冠，而负才傲物，少所推挹，一见慧远，求入社。远察其心杂，拒之。灵运晚节疏放不检，果不克令终。靖节与远雅素，宁为方外交，而不愿齿社列，远遂作诗博酒，郑重招致，竟不可诎。乃钦靖节风槩，顾我能致之者，力为之不假邮。靖节反麾而谢之，或与樵苏田父，班荆道旧，于何庸流能窥其趣哉？靖节每来寺中。一日甫及寺外，闻钟声，不觉颦容，遽命还驾。张商英有诗云："虎溪回首去，陶令趣何深。"远居山馀卅年，影不出山，迹不入俗，送宾游履，常以虎谿为界。他日偕靖节、简寂观主陆修静语道，不觉过虎溪数百步，因相与大笑而别。石恪遂作《三笑图》，东坡赞之，足标一时之风致云。[九]

【校正】

　　[一] 者：苏写本、递修本、曾集本、汤汉本曰："一作'老'。"

　　[二] 每：递修本、曾集本曰："一作'常'。"整理者按：作为频度副词，"每"与"常"同用。《字汇·毋部》："每，常也，屡也，频也。"

　　[三] 已：凌蒙初本作"以"。

　　[四] 年：苏写本、递修本、曾集本曰："一作'时'。"整理者按："盛年"为习语，汉时已用之。《汉书·张敞传》曰："今天子以盛年初即位。"○盛年：李公焕注曰："男子自二十一至二十九则为盛年。"陆汝嘉本同。

　　[五] 岂：苏写本、递修本、曾集本曰："一作'难'。"焦竑本、凌蒙初本作"难"，二本曰："一作'岂'，非。"整理者按："难"字语气平顺，为客观叙述，不若"岂"字情感饱满。

　　[六] 时：递修本、曾集本曰："一作'特'。"焦竑本、凌蒙初本作"持"，二本曰："（持）一作'时'，非。"○时作：苏写本曰："一作'持此'。"递修本、曾集本曰："又作'持此'。"

〔七〕置：苏写本曰："宋（庠）本作'事'。"递修本、曾集本曰："一作'事'。"

〔八〕此条尾注引自李公焕本，应置于"求我盛年欢"句下。

〔九〕此条评论节引自李公焕本，然脱落甚多，且文字差异颇大，并误将部分小注纳入正文中。兹录《笺注陶渊明集》卷四原文如次："按此诗，靖节年五十作也。时义熙十年甲寅初，庐山东林寺主释慧远，集缁素百二十有三人，于山西岩下般若台精舍结白莲社，以春秋二节同寅协恭，朝宗灵像也。及是秋七月二十八日，命刘遗民撰同誓文，以申严斯事。其间誉望尤著，为当世推重者，号社中十八贤（小注：刘遗民、张诠、雷次宗、宗炳、周续之、张野等预焉。）时秘书丞谢灵运才学为江左冠，而负才傲物，少所推挹，一见远公，遽改容致敬，因于神殿后凿二池，植白莲，以规求入社。远公察其心杂，拒之。灵运晚节疏放不检，果不克令终。中书侍郎范宁，直节立朝，为权贵谮忌。出守豫章，远公移书邀入社，宁辞不至，盖未能顿委世缘也。靖节与远公雅素，宁为方外交，而不愿齿社列。远公遂作诗博酒，郑重招致，竟不可诎。按梁僧慧皎《高僧传》，远公持律精苦，虽敕酒米汁及蜜水之微，且誓死不犯，乃钦靖节风槩，顾我能致之者，力为之不暇邮。靖节反麈而谢之，或与樵苏田父，班荆道旧，于何庸流能窥其趣哉？靖节每来社中，一日谒远公，甫及寺外，闻锺声，不觉颦容，遽命还驾。法眼禅师晚参示众云：'今夜锺鸣复来，有何事？若是陶渊明，攒眉却廻去。'此靖节洞明心要，惟法眼特为揄扬。张商英有诗云：'虎溪回首去，陶令趣何深。'谢无逸诗云：'渊明从远公，了此一大事。下视区中贤，略不可人意。'远公居山馀三十年，影不出山，迹不入俗，送宾游履，常以虎溪为界。他日偕靖节、简寂禅观主陆修静语道，不觉过虎溪数百步，虎辙骤鸣，因相与大笑而别。石恪遂作《三笑图》，东坡赞之。李伯时《莲社图》，李元中纪之，足标一时之风致云。"陆汝嘉本虽翻自李公焕本，而"李元中"作"李元宗"为小异。凌蒙初本未引李公焕此评注文字。

其七

日月不肯迟，四时相摧[一]迫。寒风拂枯条，落叶掩[二]长陌。弱质与运颓[三]，玄鬓早已白[四]。素标插人[五]头，前涂渐就窄。家为逆旅舍，我如当去客。"家为逆旅舍"二句，（天头注）达人能言，痴人难读。去去欲何之，南山有旧宅。（尾注）靖节早年白发。〇标，读作表去声。木末也。〇旧宅，言坟墓。[六]

【校正】

[一] 摧：诸本作"催"。整理者按：作"摧"亦可。"摧""催"二字韵、调同，唯声母有清、浊之别，故二字可通假。且"摧"亦有"促迫"义。《太玄·众》："丈人摧辇。"范望注："摧，趣也。"注中"趣"读作"促"。

[二] 掩：苏写本、递修本、曾集本曰："一作'满'。"须溪本曰："（掩）不如'满'。"整理者按："掩"有"覆盖"义，《国语·晋语五》："而三掩人于朝"，韦昭注："掩，盖也。"此处用"掩"、用"满"皆贴切生动。

[三] 与：递修本、曾集本、汤汉本作"兴"，递修本、曾集本曰："一作'与'。"袁行霈本曰："（与）一作'兴'。"焦竑本曰："（与）一作'典'，非。"焦注中"典"为"兴"字之讹。凌蒙初本曰："（与）作'兴'非。"〇运颓：递修本、曾集本曰："一作'颓龄'。"

[四] 此句，李公焕注曰："靖节早年发白。"陆汝嘉本同。

[五] 人：递修本、曾集本曰："一作'君'。"整理者按："人"可自指，"君"为对称。此处用"君"，于句意不谐。

[六] 三条尾注，第一条引自李公焕本，第二、三条为蒋薰新注。第一条应置于"玄鬓早已白"句下，第二条应置于"素标插人头"句下。

其八

代耕本非望，所业在田桑[一]。躬亲未曾替，寒馁常糟糠。岂期过[二]满腹，但愿[三]饱粳粮。御冬足[四]大布，麤[五]絺以应阳。正尔不能得[六]，"正尔不能得"句，（天头注）山谷云："正尔不能得"乃当时语，改作"止"，甚失语法。[七]哀哉亦可伤！人皆尽获宜[八]，拙生失其方。理也可奈何，且[九]为陶一觞。

【校正】

　　［一］桑：苏写本、须溪本作"桒"。

　　［二］过：递修本、曾集本曰："一作'遇'。"

　　［三］愿：递修本、曾集本、汤汉本曰："一作'就'。"

　　［四］御冬足：递修本、曾集本曰："一作'禦冬乏'。"整理者按："禦"与"御"古音并为疑母，鱼部，唯声调有上、去之别。故"抵抗""抵挡"义上，"御"可假借为"禦"。《诗·邶风·谷风》"亦以御冬"毛传："御，禦也。"《楚辞·九辩》"无衣裘以御冬兮"王逸注："御，一作禦。"今则只用"御"字。

　　［五］麁：递修本、曾集本、汤汉本、焦竑本作"麤"。整理者按："麁"为"麤"之俗字。《集韵·模韵》："麤，俗作麁。"

　　［六］正：苏写本、焦竑本作"政"。递修本作"止"，原注曰："（止）一作'政'。"曾集本曰："（正）一作'政'。"袁行霈本曰：（正）"一作'政'，一作'止'。"李公焕本曰："山谷云：'正尔不能得'乃当时语，改作'止'，甚失语法。"陆汝嘉本同。○尔：苏写本作"尒"。

　　［七］此注引自李公焕本。

　　［八］宐：凌蒙初本作"宜"。整理者按："宐"为小篆字形，见《说文·宀部》；"宜"为隶书字形。《集韵·支部》："宐，隶作宜。"

　　［九］且：凌蒙初本曰："一作'足'，非。"

其九

　　遥遥从羁役，一心处两端。掩泪汎东逝，顺流追时迁。日役星与昴[一]，势翳西山巅。萧条隔天涯，惆怅念常飡。慷慨思南归，路遐无由缘。关梁难亏替，绝音寄斯篇。

【校正】

　　［一］役：诸本作"没"。袁行霈本曰："一作'没'。"○昴：焦竑本误作"昂"。

其十

　　闲^[一]居执荡志，时驶不可稽。驱役无停^[二]息，轩裳逝东崖^[三]。沉阴拟薰麝^[四]，寒气激我怀^[五]。岁月有常御，我来掩已弥^[六]。慷慨忆绸缪，此情久^[七]已离。荏苒经十载，暂为人所羁^[八]。庭宇翳馀木，倏^[九]忽日月亏。（尾注）弥，极也。^[一〇]

【校正】

　　[一] 闲：焦竑本作"间"。

　　[二] 停：苏写本、递修本、曾集本曰："一作'休'。"

　　[三] 逝：递修本、曾集本曰："一作'游'。"〇崖：除须溪本、何孟春本外，诸本作"崖"。整理者按："崖"为"崖"之构件移位异体字。《正字通·山部》："崖，同崖。"

　　[四] 此句，递修本、曾集本曰："一作'泛舟拟董司'。又作'泛舟董司寒'。"

　　[五] 此句，递修本、曾集本曰："一作'悲风激我怀'。"〇"沉阴"二句，苏写本曰："一作'泛舟董司寒，悲风激我怀'。"凌蒙初本曰："一作'汎舟拟董司，悲风激我怀'。"

　　[六] 掩：李梦阳本作"奄"，其余诸本作"淹"。袁行霈本曰："一作'淹'。"〇弥：须溪本作"弥"。整理者按："尔"俗写作"尔"，故"弥"俗写亦作"弥"。《集韵·支韵》："弥，或作弥。"今以"弥"为"弥"之简化字。

　　[七] 久：递修本、曾集本曰："一作'少'。"

　　[八] 羁：焦竑本作"羁"。

　　[九] 倏：李梦阳本误作"条"。

　　[一〇] 此条尾注为蒋薰新注，应置于"我来掩已弥"句下。

其十一

　　我行未云远，回^[一]顾惨风凉。春燕应节起，高飞拂尘梁。边雁悲无所[二]，代谢归北乡。离鹍鸣清池，涉暑[三]经秋霜。愁人难为辞[四]，遥遥春[五]夜长。

【校正】

[一] 囘：焦竑本同。苏写本作"廻"，何孟春本作"囬"，其余诸本作"回"。

[二] 边：递修本、曾集本曰："一作'隺'。"○鹍：焦竑本作"雁"。○悲：递修本、曾集本曰："一作'照'。"

[三] 暑：递修本、曾集本曰："一作'暮'。"

[四] 辞：苏写本作"辤"。

[五] 春：递修本、曾集本曰："一作'喜'。"

其十二[一]

袅袅松标崖[二]，婉娈柔童子。年始三五间[三]，乔柯何可倚[四]。养色含津气[五]，粲然有心理。(尾注) 东坡《和陶》无此篇。[六]

【评注】

黄觚庵曰：十一首中愁叹万端，第八首专叹贫困，馀慨叹老大，屡复不休，悲愤等于《楚词》，用复之法亦同之。[七]

【校正】

[一] 李梦阳本无此篇。其余诸本有之。汤汉注曰："东坡《和陶》无此篇。"李公焕本、陆汝嘉本并引汤汉此注。凌蒙初本亦引汤汉注，而"东坡"上有"思悦曰"三字，以此知汤汉此注源于思悦旧说。

[二] 标：递修本、曾集本作"摽"。袁行霈本曰："一作'摽'。"整理者按："标"之繁体作"標"，"標""摽"同以"票"为声，故可通假。《说文通训定声·小部》："摽，又叚借为标。"又"摽"亦有"高举"之义。《管子·侈靡》："摽然若秋云之远。"尹知章注："摽然，高举貌。"○崖：除何孟春本、李梦阳本外，其余诸本作"崕"。递修本、曾集本、汤汉本曰：

"（崖）一作'雀'。"

　　[三] 间：苏写本作"闲"。

　　[四] 此句，苏写本曰："一作'柯条何滓滓'。"递修本、曾集本、汤汉本、焦竑本、凌蒙初本曰："一作'柯条何滓滓'，又作'华柯真可寄'。"袁行霈本注同后五本。

　　[五] 养：苏写本、何孟春本作"養"。○气：须溪本作"意"。

　　[六] 此条尾注应作为解题文字，置于"其十二"下。

　　[七] 黄䡄菴，即黄文焕。此为对整篇十二首诗之总评，乃节引黄文焕语，《陶诗析义》卷四原文作："十二首中愁叹万端，第八首专叹贫困，馀则慨叹老大，屡复不休，悲愤等于《楚词》，用复之法亦同之。初首曰'盛年不重来，一日难再晨，……岁月不待人'，二首曰'日月掷人去'，三首曰'荣华难久居，日月有环周'，四首曰'百年归丘垄'，五首曰'荏苒岁月颓，转觉日不如'，六首曰'此生难再值，竟此岁月驶'，七首曰'日月不肯迟，四时相催迫'，九首曰'顺流追时迁，日没星与昴，势翳西山颠'，十首曰'时驶不可稽'、'倏忽日月亏'，十一首曰'四顾惨风凉'，其叠言老大之恨，字字泪下，一至于此。第十二首，特殿之以婉娈柔童，与前叹老相映，努力养真，必于少壮之时，然后可以返老还童，庶几非常也，凄悲也，难久也，知老也，力衰也，难再值也，途窄也，时驶时迁也，皆可以无叹乎！若迫老而始图，则无及矣。结法最工，而其寓意深远，则尤在言外。前此所恨老大者，胸中无限抱负，曰'及时当勉励'，曰'猛志逸四海'，曰'寒气激我怀'，曰'有志不获骋'，曰'此心稍已去'，曰'一心处两端'，曰'此情久已离'，如斯胸趣，直欲掀揭乾坤，岂但为一己长生计？而到此结穴，但曰'养色含津气，粲然有心理'，销壮心于闲心之中，敛至理于玄理之内，所谓志四海、逸四海者，一丘一壑，导引吐纳以自了而已。志果获骋耶？怀遂免激耶？心可云不去，情可云不离耶？举不能也。纵活千年，亦复何用。低徊绎之，然后知斯言也，元亮远游之一赋也。肠太热，意太壮，故人世多恨。使从少之时，专意颐养，不问世事，脏腑之间，别是一副心理，又何处可著许多忧愁哉？极愁之后，结以不复言愁，而愁乃愈深。"

咏贫士　七首

其一^[一]

万族各有托，孤云独无依。"孤云独无依"句，（天头注）以孤云比贫士，妙绝。暧暧空中灭，何时见馀晖？朝霞开宿雾，众鸟相与飞。迟迟出林翮，未夕复来归^[二]。量力守故辙，岂不寒与饥^[三]？知音苟不存，已矣何所悲^[四]！"量力守故辙"四句，（天头注）求温饱于不相知人，非士也。

【评注】

汤东涧曰：孤云、倦翮以兴举世皆依乘风云而已，独无攀缘飞翻之志，宁忍饥寒以守志节，纵无知此意者，亦不足悲也。^[五]

锺伯敬曰："孤云独无依"，妙矣。老杜又曰"孤云亦群游"，古人妙想无穷如此。然"独"字、"群"字，语若相翻，而机实相引。^[六]

沃仪仲曰：迟出早归，即从鸟上写出量力意，既似孤云之无依，当学飞鸟之自审。此真安贫法。^[七]

【校正】

[一] 须溪本、李公焕本、陆汝嘉本、凌蒙初本有"其一"之类字样。李梦阳本无"其一"，"其二"以下无"其"字。其余诸本无"其一"之类字样。

[二] 夕：递修本、曾集本曰："一作'久'。"〇此句，苏写本、递修本、曾集本曰："一作'未夕已复归'。"焦竑本、凌蒙初本曰："（复来归）一作'已复归'，非。"

[三] 饥：何孟春本、焦竑本、凌蒙初本作"饑"。

[四] 何所悲：苏写本、递修本、曾集本曰："一作'当告谁'。"〇此首诗，汤汉评注曰："孤云、倦翮以兴举世皆依乘风云而已，独无攀缘飞翻之志，宁忍饥寒以守志节，纵无知此意者，亦不足悲也。"

195

［五］李公焕本引汤汉注，"翻"作"飜"。陆汝嘉本同。凌蒙初本、蒋薫本皆据汤汉本引，故"飜"仍作"翻"。

［六］此引锺伯敬语，见《古诗归》卷九。

［七］此引沃仪仲语，乃据黄文焕《陶诗析义》卷四转引。

其二

凄厉岁云暮[一]，拥[二]褐曝前轩。南圃无遗秀，枯条盈北园。倾壶绝[三]馀沥，闚竈不见烟[四]。诗书塞座[五]外，日昃不遑研。闲[六]居非陈厄，窃有愠见言。何以慰吾怀？赖[七]古多此贤。

【校正】

［一］凄：曾集本作"淒"。〇厉：递修本、曾集本曰："一作'戾'。"整理者按："厉""戾"俱有"猛烈""劲疾"义。《广韵·祭韵》："厉，烈也，猛也。"《文选·潘安仁〈秋兴赋〉》："劲风戾而吹帷。"李善注："戾，劲疾之貌。"

［二］拥：递修本、曾集本曰："一作'短'。"焦竑本、凌蒙初本曰："一作'短'，非。"

［三］绝：递修本、曾集本曰："一作'弛'。"整理者按："弛"为"弛"之换构件异体字，《集韵·纸韵》："弛，或作弛。"此处作"弛"，义甚不类。

［四］闚：苏写本作"窥"。整理者按："闚""窥"俱见于《说文》，并从"规"得声，二字古音同，义亦多同，故古籍中并通行之。今则以"闚"为"窥"之异体字。〇烟：除焦竑本外，其余诸本作"煙"。

［五］座：苏写本作"坐"。

［六］闲：焦竑本作"间"。

［七］赖：除汤汉本、须溪本、焦竑本外，其余诸本作"頼"。

其三

荣叟老带[一]索，欣然方弹琴[二]。原生纳决屦[三]，清歌畅高[四]音。重华去我久^[五]，贫士世相寻。"重华去我久"下二句，（天头注）能不哭世？弊襟不掩肘，藜羹常乏斟。岂忘袭轻裘？苟得非所钦。"岂忘袭轻裘"下二句，（天头注）以贫为病也。赐也徒能辩^[六]，乃不见吾心。（尾注）荣叟，见《饮酒》注。〇原生，原宪也。

【评注】

张尔公曰：读"苟得非所钦"，乃知渊明《乞食》有深意在，非诚计无复之，与俗人同寥落耳。东坡代哀之，何其浅也。^[七]

【校正】

[一] 带：苏写本、递修本、曾集本曰："一作'萦'。"

[二] 此句，李公焕注曰："见《饮酒》注。"陆汝嘉本同。

[三] 原生：李公焕注曰："原宪。"陆汝嘉本同。〇决：曾集本、李公焕本、陆汝嘉本作"决"。整理者按："⺀""氵"俗书多混，故"决"俗书作"决"。《玉篇·⺀部》："决，俗决字。"古籍中通行"决"，今则以"决"为"决"之简化字。〇屦：苏写本、递修本、曾集本曰："一作'履'。"焦竑本作"履"。整理者按：据《说文》段注，"屦""履"为古今字。《说文·履部》："屦，履也。"段玉裁注："晋蔡谟曰：'今时所谓履者，自汉以前皆名屦。'……履本训践，后以为屦名，古今语异耳。许以今释古，故云古之屦即今之履也。"

[四] 高：递修本、曾集本、汤汉本作"商"。焦竑本、凌蒙初本作"商"，二本曰："一作'高'，非。"

[五] 此句，递修本、曾集本曰："一作'去我重华久'。"

[六] 辩：须溪本作"辨"，其余诸本作"辩"。整理者按："辩""辨"同从"辡"得声，故二字可通假。《说文通训定声·坤部》："辩，段借为辨。"而"辨"与"辦"俱为"辧"之俗字，《说文·刀部》"辧"字段玉裁注："辧从刀，俗作辨。"《说文·力部》"辦"字钮树玉《新附考》："辦，即辧之俗体。"则"辧""辨""辦"实为一字，而"辨"与"辩"又可通假，故此四字常混用。《正字通·辛部》："辨，同辨。与辦分为二，又分辨、

辩为二。按经史辨、辦、辩并通。"

[七] 此引评论见张自烈辑《笺注陶渊明集》卷四。

其四

安贫守贱者,自古有黔娄。[一]好爵吾不荣[二],厚馈[三]吾不酬。一旦寿命尽,弊服仍[四]不周。岂不知其极?非道故无忧。从来将千载,未复见斯俦。朝与仁义生,夕死复何求?(尾注)刘向《列女传》:鲁黔娄先生死,曾子哭之毕,曰:"何以以为谥?"其妻曰:"以康为谥。"曾子曰:"先生在时,食不充口,衣不盖形,死则手足不能敛,何乐于此而谥为康?"其妻曰:"昔先生,君尝欲授之政,以为国相,辞而不受,是有馀贵也。君尝赐之粟三十锺,辞而不受,是有馀富也。彼先生者,甘天下之淡味,安天下之卑位。不戚戚于贫贱,不忻忻于富贵,求仁得仁,求义得义,其谥曰康,不亦宜乎!"[五]

【校正】

[一]"安贫守贱者"下二句,李公焕注引刘向《列女传》曰:"鲁黔娄妻者,鲁黔娄先生之妻也。先生死,曾子哭之毕,曰:'何以为谥?'其妻曰:'以康为谥。'曾子曰:'先生在时,食不充口,衣不盖形,死则手足不敛,何乐于此而谥为康宁?'其妻曰:'昔先生,君尝欲授之政,以为国相,辞而不受,是有馀贵也。君尝赐之粟三十锺,辞而不受,是有馀富也。彼先生者,甘天下之淡味,安天下之卑位。不戚戚于贫贱,不忻忻于富贵,求仁得仁,求义得义,其谥曰康,不亦宜乎!'"陆汝嘉本同。

[二]荣:焦竑本作"萦"。

[三]馈:递修本、曾集本曰:"一作'馈'。"

[四]弊服仍:苏写本、递修本、曾集本曰:"一作'蔽覆乃'。"焦竑本、凌蒙初本曰:"一作'蔽覆乃',非。"

[五]此条尾注应置于"自古有黔娄"句下,其所引《列女传》文字,则与李公焕本所引及今本《列女传》俱有差异。

其五

袁安困[一]积雪,邈然不可干。[二]阮公见钱入,即日弃其官。刍藁[三]有常温，采苡[四]足朝飧。岂不实辛苦？所惧非飢[五]寒。贫富常交战，道胜无戚[六]颜。"道胜无戚颜"句，（夹注）会心语。至德冠邦闾，清节映西关。（尾注）《晋书》：洛阳大雪丈馀，县令出，见袁安门无行迹，谓其已死。入，见安僵卧，问其故。答曰："大雪人乏食，不宜干人。"令贤之，举孝廉。[七]

【校正】

[一]困：苏写本作"门"。递修本、曾集本曰："一作'门'。"整理者按：此处作"困"、作"门"，义皆可通。

[二]"袁安困积雪"二句，李公焕注曰："《晋书》：洛阳大雪丈馀，县令出，见袁安门无行迹，谓其已死。入，见安僵卧，问其故。答曰：'大雪人乏食，不宜干人。'令贤之，举孝廉。"

[三]刍藁：苏写本、递修本、曾集本曰："一作'蓝蒿'。"

[四]采苡：诸本作"采莒"，苏写本、递修本、曾集本曰："一作'采之'。"袁行霈本曰：（采苡）"一作'采莒'，一作'采之'。"整理者按：若作"采之"，则"之"指上"刍藁"，于此处意不合。"苡"即"芣苡"，为车前草，可食用。"莒"为芋头，亦可食用。以"苡""莒"代替早餐，于此处义皆通顺。然"苡"之古体作"苢"（见《说文·艸部》），与"莒"字形极似，颇疑诸本之"莒"即"苢"字之形误，故蒋薰本改"莒"作"苡"字。又或诸本作"莒"不误，而蒋薰误识"莒"为"苢"，又改"苢"作"苡"耳。

[五]飢：何孟春本、焦竑本、凌蒙初本作"饑"。

[六]戚：苏写本、递修本、曾集本曰："一作'厚'。"焦竑本、凌蒙初本曰："一作'厚'，非。"

[七]此条尾注引自李公焕本。

其六

仲蔚爱穷居，"仲蔚爱穷居"句，（天头注）"爱"字好。遶宅生蒿蓬。翳然绝交游[一]，赋诗颇能工。举世无知者[二]，止有一刘龚[三]。此士胡独然？实[四]由罕所同。"此士胡独然"二句，（天头注）非贫士异人，人不同贫士耳。○得此一问，以前平叙六句俱动。介焉安其业^[五]，所乐非穷通^[六]。人事固以^[七]拙，聊得长相从。（尾注）张仲蔚善属文，好诗赋，常居穷，素所处蓬蒿没人，闭门养性，时人莫知，惟刘龚知之。○《庄子》：古之得道者穷亦乐，通亦乐，所乐非穷通也。^[八]

【校正】

　　[一] 遊：诸本作"游"。

　　[二] 者：递修本、曾集本曰："一作'音'。"焦竑本、凌蒙初本曰："一作'音'，非。"

　　[三] 止：递修本、曾集本、汤汉本曰："一作'正'。"○"仲蔚爱穷居"下六句，李公焕注曰："张仲蔚善属文，好诗赋，常居穷，素所处逢蒿没人，闭门养性，时人莫知，惟刘龚知之。"陆汝嘉本同。

　　[四] 实：诸本作"寔"。

　　[五] 此句，递修本、曾集本曰："一作'弃本案其末'。"

　　[六] 此句，汤汉注曰："《庄子》：古之得道者穷亦乐，通亦乐，所乐非穷通也。"李公焕本、陆汝嘉本并引汤汉此注。

　　[七] 以：苏写本作"已"。递修本、曾集本曰："一作'已'。"整理者按："已"与"以"的古字并作"㠯"，邵瑛《说文解字群经正字》："《诗·何人斯》释文：㠯，古以字。《汉书》以皆作㠯。张谦中曰：㠯，秦刻作以。《说文》不加人字。"《正字通·已部》："已，与㠯古共一字。隶作㠯、以。"故古籍中"以"与"已"多通用。《荀子·非相》："人之所以为人者何已也。"杨倞注："已，与以同。"

　　[八] 二条尾注，应皆引自李公焕本。第一条应置于"止有一刘龚"句下，第二条应置于"所乐非穷通"句下。

其七

　　昔在黄子廉^[一]，弹冠佐名州。一朝辞^[二]吏归，清贫略难畴^[三]。年飢^[四]感仁妻，泣涕向我流。丈夫虽有志，固为儿女^[五]忧。惠孙一晤叹，腆赠竟莫酬。谁云固穷难^[六]，邈哉此前修^[七]。（尾注）《黄盖传》云：南阳太守黄

子廉之后也。^[八]

【评注】

　　黄馣蓭曰：贫士多列古人，初首叹今世之无知音，后六首追古人之有同调。层层说难堪，然后以坚骨静力胜之，道出安贫中勉强下手工夫，不浪说高话，以故笔能深入。

　　又曰：其引阮公、子廉，尤有深致，二人视草野贫士不得不安贫者不同，乃处膏辞润，矢志守困，真无往而不得贫矣。^[九]

【校正】

　　[一] 在：苏写本、递修本、曾集本、汤汉本曰："一作'有'。"○黄子廉：汤汉注曰："《黄盖传》云：南阳太守黄子廉之后也。"李公焕本、陆汝嘉本并引汤汉此注，"太守"作"大守"。

　　[二] 辞：苏写本作"辝"。

　　[三] 略：何孟春本、焦竑本、凌蒙初本作"畧"。○难畴：须溪本作"无俦"，其余诸本作"难俦"。整理者按："畴"与"俦"为古今字。《说文解字注笺·田部》："畴，引申为畴类、畴匹、畴等……其人旁之俦，乃后出字也。"

　　[四] 饥：何孟春本、焦竑本、凌蒙初本作"饥"。○仁妻：苏写本、递修本、曾集本曰："一作'人事'。"

　　[五] 女：苏写本、递修本、曾集本曰："一作'孙'。"○儿女：凌蒙初本作"男女"。

　　[六] 难：苏写本、递修本、曾集本曰："一作'节'。"

　　[七] 修：除李梦阳本、焦竑本外，其余诸本作"脩"。

　　[八] 此条尾注或引自李公焕本，应置于"昔在黄子廉"句下。

　　[九] 上二条评论，并节引自黄文焕《陶诗析义》卷四，原为对七首诗的总评，兹录于此："贫士多列古人，初首叹今世之无知音，后六首追古人之有同调。志趣所宗，以受厄陈蔡之孔氏，耕稼陶渔之重华，立贫士两大榜样，此是何等地步。就中拈出圣门诸高足子路、原宪、子贡，作一班人物，

供我去取；拈出草野诸高人荣叟、黔娄、袁安、仲蔚，作一班人物，供我比并；杂之以阮公之去官，子廉之辞吏，再作一班人物，供我推勘。姓名错综穿插，无复层节可寻，而意义自各别。其引阮公、子廉，尤有深致，二人视草野贫士不得不安贫者不同，乃处膏辞润，矢志守困，真无往而不得贫矣。仲尼、重华是大榜样，阮公、子廉是真品骨。但曰处困无如何焉，此之谓匹夫匹妇，计无复之，非贫士之胸怀旨趣也。七首布置大有主张，'岂不寒与饥''窃有愠见言''岂忘袭轻裘''岂不知其极''岂不实辛苦''所乐非穷通''固为儿女忧'，七首层层说难堪，然后以坚骨静力胜之，道出安贫中勉强下手工夫、不浪说高话，以故笔能深入，法能喷起。"

咏二疏　一首[一]

《汉·疏广传》：广，字仲翁，为太子太傅。兄子受，为太子少傅。在位五岁，广谓受曰："知足不辱，知止不殆。今仕宦至二千石，名立如此。不去，惧有后悔。岂如父子相随出关，归老故乡，不亦善乎？"即日上疏乞骸骨。宣帝许之。公卿、大夫、故人、邑子，设祖道供帐东都门外，送者车数百两。观者皆曰："贤哉！二大夫。"广归乡里，日具酒食，故旧宾客，与相娱乐。[二]

大象转四时，功成者自去[三]。借问衰[四]周来，几人得其趣？"几人得其趣"句，（夹注）妙。（天头注）黄云：不知归者，不得趣者也。游目汉廷中，二疏复此举。高啸返旧居，长揖储君傅。饯送倾皇朝，华轩盈道路。离别情所悲，馀荣何足顾。事胜感行人，贤哉岂常誉？厌厌闾里欢，所营非所[五]务。促席延故老，挥觞道平素。问金[六]终寄心，清言晓未悟。放意乐馀年，遑恤身后虑？谁云其人亡，久而道弥[七]著！（尾注）蔡泽云：四时之序，功成者去。[八]

【评注】

东坡曰：《咏二疏》诗，渊明未尝出，二疏既出而知返，其志一也。或以谓既出而返，如从病得愈，其味胜于初不病，此惑者颠倒见耳。

东涧曰：二疏取其归，三良与主同死，荆卿为主报仇，皆托古以自见云。^[九]

丹崖曰：宦成归里，不过是知足知止，若散金置酒，不为子孙立产，"趣"字从此看出。

又曰："问金"二句初不易解，按或劝广以金遗子孙，广曰："贤而多财则损其志，愚而多财则益其愚。"先生诗意盖谓，广若问金终是寄心如此，清言晓故老之未悟。

【校正】

[一]"一首"二字，递修本、曾集本、汤汉本有之；据补。何孟春本作"并序"。其余诸本无之。〇汤汉题注曰："二疏取其归，三良与主同死，荆卿为主报仇，皆托古以自见云。"

[二]此题注引自李公焕本，陆汝嘉本亦有之。何孟春本以此题注为诗序。李公焕本、何孟春本"宦"皆作"窀"。整理者按：俗书"宀"多作"穴"，故"宦"俗书亦作"窀"。《篇海类编·地理类·穴部》："窀，俗宦字。"

[三]"大象转四时"二句，汤汉注曰："蔡泽云：四时之序，功成者去。"李公焕本、陆汝嘉本并引此注。

[四]衰：苏写本、递修本、曾集本、汤汉本曰："一作'商'。"

[五]所：除苏写本外，其余诸本作"近"。递修本、曾集本曰："一作'正'。"袁行霈本曰：（所）"一作'近'，一作'正'。"

[六]金：递修本、曾集本曰："一作'尔'。"

[七]弥：须溪本作"弥"。

[八]此条尾注见汤汉本，应置于"功成者自去"句下。

[九]上二条评论，并转引自李公焕本。陆汝嘉本、凌蒙初本亦有之。

咏三良　一首^[一]

三良，子车氏子奄息、仲行、针虎。穆公殁，康公从乱命，以三子为

殉，国人哀之，赋《黄鸟》。[二]

　　弹冠乘道[三]津，但惧时我遗。服勤尽岁月，常恐功愈微。忠[四]情谬获露，遂为君所私。"弹冠乘道津"下六句，（天头注）六语三意，渐深渐危，仕宦所以为苦海也。出则陪文舆，入必侍丹帷。箴规[五]向已从，计议初无亏[六]。一朝长逝后，愿言从[七]此归。厚恩固[八]难忘，君命[九]安可违？临穴罔惟[一〇]疑，投义志攸希。荆棘笼高坟，黄鸟声正悲。良人不可赎，泫然沾[一一]我衣。

【评注】

　　葛常之曰：三良以身殉秦穆之葬，《黄鸟》之诗哀之。序《诗》者谓国人刺缪公以人从死，则咎在秦穆，不在三良矣。王仲宣云："结发事明君，受恩良不訾，临没要之死，焉得不相随。"陶元亮云："厚恩固难忘，君命安可违。"是皆不以三良之死为非也。至李德裕则谓："（为）社稷死则死之，不可许之死。"欲与梁邱据、安陵君同讥，则是罪三良之死非其所矣。然君命之于前，众驱之于后，为三良者虽欲不死，得乎？惟柳子厚云："疾病命故乱，魏氏言有章，从邪陷厥父，吾欲讨彼狂。"使康公能如魏颗不用乱命，则岂至陷父于不义如此哉？东坡和陶亦曰："顾命有治乱，臣子得从违，魏颗真孝爱，三良安足希。"似与柳子之论合。审如是，则三良不能无罪。然坡公《过秦穆墓》诗乃云："穆公生不诛孟明，岂有死之日而忍用其良？乃知三子徇公意，亦如齐之二子从田横。"则又言三良之殉非穆公之意也。[一二]

【校正】

　　[一] "一首"二字，递修本、曾集本、汤汉本有之，据补。何孟春本作"并序"。其余诸本无之。

　　[二] 此题注引自李公焕本，陆汝嘉本亦有之。何孟春本以此题注为诗序。"穆公"，李公焕本作"杨公"。"乱命"，李公焕本、何孟春本、李梦阳本皆作"治命"。整理者按：三良殉国，乃秦穆公时大事。李公焕本"穆"作"杨"，乃形近而致讹。又"乱"之本字作"𤔔"，像以双手理乱丝形，此字形就所理对象言，则有"乱"义，从治理的过程及结果言，则有"治"

义，一字而兼有正反二义，此现象在文字学上谓之正反同形。故《尔雅·释诂下》及《说文·乙部》并曰："乱，治也。"以"治"训"乱"，在训诂学上则谓之反训。从文字学及训诂学来看，"乱"与"治"形、义并同。后则以形别义，各有所专。

[三] 道：除须溪本外，其余诸本作"通"。袁行霈本曰："一作'通'。"

[四] 忠：苏写本、递修本、曾集本、汤汉本曰："一作'中'。"整理者按："忠"从"中"得声，二字古音同，古籍中常相通假。《墨子·兼爱》："今天下之君子，忠实欲天下之富而恶其贫。"孙诒让《閒诂》："毕云：'忠，一本作中。'忠、中通。"《隶释·魏横海将军吕君碑》："吕中勇显名州司。"洪适注："碑以中勇为忠勇。"

[五] 规：何孟春本作"规"。

[六] 初无亏：递修本、曾集本曰："一作'物无非'。"

[七] 从：除须溪本外，其余诸本作"同"。袁行霈本曰："一作'同'。"

[八] 固：苏写本、递修本、曾集本、汤汉本曰："一作'心'。"李公焕本作"因"。

[九] 君命：苏写本、递修本、曾集本、汤汉本曰：一作"顾命"。

[一〇] 惟：苏写本、递修本、曾集本、汤汉本曰："一作'迟'。"焦竑本、凌蒙初本作"迟"。

[一一] 沾：须溪本、焦竑本作"霑"。

[一二] 葛常之，谓宋人葛立方。此条评论转引自李公焕本，陆汝嘉本同。李公焕本所引见今本《韵语阳秋》卷九，文字小有差异。凌蒙初本未引此条评注。

咏荆轲　一首[一]

燕丹善养[二]士，志在报强嬴。招集百夫良，岁暮得荆卿。君[三]子死知己，提剑出燕京[四]。素骥鸣广陌，慷慨送我行。雄[五]发指危冠，猛气充[六]

长缨。饮饯易水上，四座列羣^[七]英。渐离击悲筑，宋意唱高声^[八]。萧萧哀风逝^[九]，淡淡寒波生。商音更流涕，羽奏壮士惊。心知去不归^[一〇]，且有后^[一一]世名。登车何时顾，飞盖^[一二]入秦庭。凌厉越万里^[一三]，逶迤过千城。图穷事自^[一四]至，豪主正征^[一五]营。惜哉劍术疎^[一六]，奇功遂不成。其人虽已没，千载有馀情^[一七]。"其人虽已没"二句，（天头注）侠气足以感物，况人乎？（尾注）《淮南子》：高渐离、宋意为击筑而歌于易水之上。〇鲁勾践闻荆轲之刺秦王，曰："惜哉！其不讲于刺剑之术也。"^[一八]

【评注】

朱文公曰：渊明诗，人皆说平淡，看他自豪放得来，不觉其露出本相者，是《咏荆轲》一篇。平淡底人如何说得这样言语出来。^[一九]

丹崖曰：摹写荆轲出燕入秦，悲壮淋漓，知浔阳之隐，未尝无意奇功，奈不逢会耳，先生心事逼露于此。

【校正】

[一] "一首"二字，递修本、曾集本、汤汉本有之，据补。其余诸本无之。

[二] 养：苏写本、何孟春本作"飬"。

[三] 君：苏写本、递修本、曾集本、汤汉本曰："一作'之'。"

[四] 剑：须溪本、李梦阳本同。何孟春本作"釰"。其余诸本作"劒"。〇京：陆汝嘉本、何孟春本作"亰"。

[五] 雄：何孟春本作"雄"。

[六] 充：苏写本、递修本、曾集本、汤汉本、焦竑本作"冲"。袁行霈本曰："一作'冲'。"整理者按："充""冲"二字声同韵近，此处"充"盖"冲"之声误字。

[七] 羣：苏写本、递修本、须溪本、李公焕本、李梦阳作"群"。

[八] "渐离击悲筑"二句，汤汉注曰："《淮南子》：高渐离、宋意为击筑而歌于易水之上。"李公焕本、陆汝嘉本并引此注。

[九] 逝：苏写本、递修本、曾集本、汤汉本曰："一作'起'。"

［一〇］心：苏写本、递修本、曾集本作"公"。袁行霈本曰："一作'公'。"〇此句，苏写本、递修本、曾集本曰："一作'一去知不归'。"

［一一］后：苏写本、递修本、曾集本曰："一作'百'。"须溪本作"百"。

［一二］葢：苏写本、递修本、曾集本、汤汉本作"葢"，李公焕本、陆汝嘉本、李梦阳本、凌蒙初本作"盖"。整理者按："葢"为"蓋"之异体字，《正字通·皿部》："葢"，同"蓋"。然经典多用"蓋"字。"盖"为"蓋"之俗字。《正字通·皿部》："盖，俗蓋字。"

［一三］凌：递修本、曾集本曰："一作'陵'。"整理者按："凌""陵"古音同，古籍中"凌"可假借为"陵"，未见"陵"假借作"凌"的用例。虽二字俱有"攀登""上升"义，而此处作"凌厉"乃习用语，作"陵厉"则未见。〇厉：何孟春本作"冯"。整理者按："冯"亦有"上升"义。《广雅·释言》："冯，登也。"若此处作"凌冯"，乃同义连文，似亦可通，然总不如"凌厉"贴切。

［一四］自：焦竑本误作"百"。

［一五］征：诸本作"怔"。袁行霈本曰："一作'怔'。"整理者按："征"为"怔"之形误字，"征"与"怔"为异体字，义为"惊惧""惶恐"。《方言》卷十："征伀，惶遽也。"《广雅·释诂二》："征伀，惧也。"《玉篇·心部》："怔，怔忪，惧貌。"此处作"征营"即"怔营"，意即"惶恐不安"。

［一六］劒：须溪本、李梦阳本、焦竑本、凌蒙初本作"剑"，何孟春本作"釼"。〇汤汉注此句曰："鲁勾践闻荆轲之刺秦王，曰：'惜哉！其不讲于刺剑之术也。'"李公焕本、陆汝嘉本并引此注。

［一七］"其人虽已没"下二句，苏写本、递修本、曾集本、焦竑本、凌蒙初本曰："一作'斯人久已没，千载有深情'。"

［一八］二条尾注并见汤汉本。第一条应置于"宋意唱高声"句下，第二条应置于"惜哉劒术疎"句下。

［一九］此条评论转引自李公焕本，陆汝嘉本同。李公焕本所引见今本《朱子语类》卷一百三十六，文字小异。凌蒙初本亦据李公焕本引，而"朱

文公"作"朱元晦"。

读《山海经》　十三首

按读《山海经》与《穆天子传》,止题《山海经》。[一]

丹崖曰:首篇言兴会所至,览传观图,后十二首之纲,直是一段小引。以下七首,竟是游仙诗。夸父而后五首,杂引刑天、巨猾,以喻共、鲧,言恃力为恶,不可入仙也。虽使《山海经》事,恰合首篇"俯仰宇宙",为此寓言。

其一[二]

孟夏草木长,遶屋树扶疎[三]。众鸟欣有託[四],吾亦爱吾庐。"众鸟欣有托"下二句,(天头注)锺云:观物观生,忽然有获之言,不可思议。既耕亦[五]已种,时还读我书。穷巷隔深辙,颇廻[六]故人车。欢然[七]酌春酒,摘我园中蔬。微雨从东来,好风与之俱。泛览周王传[八],流观《山海图》。"泛览周王传"下二句,(天头注)统云渊明"读书不求甚解",正是"泛览""流观"四字。俯[九]仰终宇宙,不乐复[一〇]何如?(尾注)大路车马行多,故辙迹深。○回车,言车此多回去而不入也。整理者按:"言车"下当有一字,义方足。○周王传,《穆天子传》,太康二年汲县民传发古冢所获书也。[一一]

【评注】

陈仲醇(继儒)曰:余谓渊明诗此篇最佳。咏歌再三,可想陶然之趣。"欲辨忘言"之句,稍涉巧,不必愈此。

【校正】

[一] 此题注引自李公焕本。李公焕本无"与"字,"止题山海经"作"止题读山海"。陆汝嘉本、何孟春本同李公焕本。

[二] 须溪本、李公焕本、陆汝嘉本有"其一"之类字样。李梦阳本无"其一","其二"以下无"其"字。其余诸本无"其一"之类字样。

[三] 扶疎:汤汉注曰:"扶疎,本《太玄》。"

〔四〕託：苏写本作、李公焕本"托"。整理者按："託""托"古音同，俱有"寄托""凭借"义。然"託"见于《说文》，"托"见于《玉篇》，则"託"字时代更早。古籍中习用"託"字，南北朝以后文献中亦通行"托"。今则以"托"为"託"之简化字。

〔五〕亦：苏写本、递修本、曾集本曰："一作'且'。"

〔六〕廻：递修本、曾集本、须溪本、陆汝嘉本、焦竑本作"迴"，何孟春本作"迴"。整理者按："迴"为"回"之加形旁异体字，为汉字的繁化现象。"廻"为"迴"之换形旁异体字，"迴"为"迴"之声旁讹变异体字。《洪武正韵·贿韵》："迴，亦作迴。"

〔七〕然：焦竑本、凌蒙初本作"言"，二本曰："一作'然'。"

〔八〕传：递修本、曾集本曰："一作'典'。"○周王传：李公焕本曰："《周穆天子传》者，大康二年汲县民发古冢所获书也。"陆汝嘉本同。

〔九〕俯：递修本、曾集本、汤汉本曰："一作'俛'。"整理者按："俯"字见于金文，为人名用字，不见于《说文》。"俛"字见于《说文》，义为"屈身""低头"，为"頫"的异体字。《说文·页部》："頫，低头也。俛，頫或从人、免。"然经典中用"俛"字，不用"頫"。邵瑛《说文解字群经正字》："今经典中有作俛，无作頫者。"后则以"俯"表"屈身""低头"义。故"俛""俯"为古今字。《古今韵会举要·麌韵》："俯仰之俯，本作頫，或作俛，今文皆作俯。"今则以"俛"为"俯"之异体字，故废"俛"而通行"俯"字。

〔一○〕复：递修本、曾集本曰："一作'将'。"

〔一一〕三条尾注，第一、二条为蒋薰新注，当置于"颇廻故人车"句下，第三条引自李公焕本，应置于"泛览周王传"句下。

〔一二〕此引陈继儒说，亦见温汝能《陶诗汇评》卷四引。

其二

玉台〔一〕凌霞秀，王母怡妙颜〔二〕。天地共俱生，不知几何年。灵化无穷已，馆宇非一山。高酣发新谣，宁效俗中言〔三〕？（尾注）《山海经》云："玉山，王母所居。"又云："处崑仑之丘。"郭璞注云："王母亦自有离宫别馆，不专住一山也。"○《穆天子传》：西王母宴穆王于瑶池之上，为天子谣曰："白云在天，山陵自出。道里悠远，山川间之。将子无死，尚复能来。"穆王答曰："予归东土，和洽诸夏。万民平均，吾顾见女。比及三年，将复而野。"[四]

【校正】

[一] 台：苏写本、递修本、曾集本、汤汉本作"堂"，四本并曰："（堂）一作'台'。"焦竑本、凌蒙初本曰："一作'堂'，非。"袁行霈本曰："一作'堂'。"

[二] 怡：苏写本、递修本、曾集本曰："一作'积'。"

[三] 宁：焦竑本作"甯"。○此首诗，汤汉注曰："《山海经》云：'玉山，王母所居。'又云：'处昆仑之丘。'郭璞注云：'王母亦自有离宫别馆，不专住一山也。'○《穆天子传》：'西王母宴穆王于瑶池之上，为天子谣曰'云云。"李公焕本、陆汝嘉本、李梦阳本并引汤汉此注。

[四] 此条尾注乃疏通整首大意，而在汤汉、李公焕注的基础上予以增补，价值更高。

其三

迢递槐[一]江岭，是谓玄圃丘。西南望崑墟[二]，光气难与俦。亭亭明玕照，落落清瑶[三]流。恨不及周穆，托乘一来游。[四] （尾注）《山海经》云："槐江之山，其上多琅玕，实为帝之平圃。南望崑仑，其光熊熊，其气魂魂，爰有瑶流，其清洛洛。"平圃，即玄圃。《穆传》："天子铭迹于玄圃之上。"[五]

【校正】

[一] 槐：苏写本、递修本、曾集本曰："一作'楒'。"

[二] 崑：陆汝嘉本作"崏"。墟：苏写本、递修本、曾集本曰："一作'仑'。"焦竑本、凌蒙初本曰："一作'仑'，非。"

[三] 瑶：陆汝嘉本作"滛"。

[四] 此首诗，汤汉注曰："槐江之山，其上多琅玕，实惟帝之平圃（即玄圃也）。南望崑仑，其光熊熊，其气魂魂，爰有滛（音遥）流，其清洛洛。

○《穆传》：'天子铭迹于玄圃之上。'"李公焕本、陆汝嘉本、李梦阳本并引汤汉此注，而略有不同。李公焕本将汤汉注文中的小注单列。陆汝嘉本"滛流"误作"滛水"。李梦阳本"南望"作"滛望"，"魂魂"作"蒐蒐"，"滛流"亦误作"滛水"，"穆传"作"穆天子传"。

［五］此条尾注亦将汤汉注文中的小注单列，应是转引自李公焕本，而又少"音遥"二字。

其四

丹木生何许？廼在崒山阳[一]。黄花复朱实，食之寿命长。白玉凝素液，瑾瑜发奇[二]光。岂伊君子宝？见重我轩黄[三]。（尾注）崒，音密。《山海经》云：崒山上多丹木，黄华而赤实，食之不饥。丹木出焉，其中多白玉，是有玉膏，黄帝是食是飨。瑾瑜之玉为良，润泽而有光，君子服之，以御不祥。[四]

【校正】

［一］廼：递修本、曾集本、须溪本、何孟春本、焦竑本作"廼"。李梦阳本作"乃"。整理者按："廼"与"乃"表义本有别，但作为发语词，则以"乃"为"廼"之俗体字，且古籍中"廼""乃"并用。《说文·乃部》"廼"字段玉裁注："惊声者，惊讶之声，与'乃'字音义俱别。《诗》《书》《史》《汉》发语多用此字作'廼'，而流俗多改为'乃'。"《正字通·辵部》："廼、乃音义并同，故经传杂用之。"而作为"就是"义，"廼"与"乃"同为"乃"之异体字。《集韵·海韵》："乃，《说文》：'曳词之难也。'或作乃、廼。"今则并废"廼""廼"，只用"乃"字。○崒：苏写本、递修本、曾集本、汤汉本作"密"。须溪本、李公焕本、陆汝嘉本、李梦阳本、何孟春本、凌蒙初本并注曰："音密。"整理者按："崒"为山名，与"密"古通用。《山海经·西山经》："又西北四百二十里曰崒山。"郝懿行疏："郭（璞）注《穆天子传》及李善注《南都赋》《天台山赋》引此经俱作'密山'，盖崒、密古字通也。"

［二］奇：递修本、曾集本曰："一作'其'。"

［三］黄：苏写本、递修本、曾集本、汤汉本曰："一作'皇'。"整理

者按："轩黄"与"轩皇"义同，古籍中多杂用之。○此首诗，汤汉注曰："峚，密音。山上多丹木，黄华而赤实，食之不饥。丹水出焉，其中多白玉，是有玉膏，黄帝是食是飨。瑾瑜之玉为良，浊泽有而光，君子服之，以御不祥。"李公焕本引汤汉此注，"山上多丹木"作"山海经云峚山上多丹木"。陆汝嘉本、李梦阳本并同李公焕本。

[四] 此条尾注转引自李公焕本，"丹水出焉"之"丹水"改作"丹木"，未是。而"浊泽有而光"改作"润泽而有光"则是。

其五

翩翩三青鸟，毛色奇[一]可怜。朝为王母使，暮归三危山[二]。我欲因此鸟，具同王母言[三]：在世无所须[四]，惟酒与长年[五]。（尾注）《山海经》云："三青鸟主为西王母取食。"又云："三危之山，三青鸟居之。"[六]

【校正】

[一] 奇：苏写本、递修本、曾集本、汤汉本、凌蒙初本曰："一作'甚'。"

[二] "翩翩三青鸟"下四句，汤汉注曰："三青鸟主为西王母取食。"又曰："三危之山，三青鸟居之。"李公焕本引汤汉此注，首句上有"山海经云"四字。陆汝嘉本、李梦阳本同李公焕本。而李梦阳本"西王母"无"西"字为小异。

[三] 具：苏写本曰："一作'且'。"递修本、曾集本曰："一作'期'，又作'且'。"○同：诸本作"向"。整理者按：据文意，当从诸本作"向"，"同"应是"向"之形误字。

[四] 须：递修本、曾集本、汤汉本曰："一作'愿'。"

[五] 惟：苏写本、递修本、曾集本、汤汉本作"唯"。○此句，苏写本、递修本、汤汉本曰："一作'唯愿此长年'。"

[六] 此条尾注转引自李公焕本，应置于"暮归三危山"句下。

其六

逍遥芜皋上，杳然望扶木。洪柯百万寻，森散覆晹谷^[一]。灵人侍^[二]丹池，朝朝为日浴。神景^[三]一登天，何幽不见烛？（尾注）《山海经》云："大荒之中有山，上有扶木，柱三百里。有谷曰晹谷，上有扶木。"注云："扶桑在上。"^[四]

【校正】

[一]"逍遥芜皋上"下四句，汤汉注曰："大荒之中有山，上有扶木，柱三百里。有谷曰汤谷，上有扶木。注云：扶桑在上。"李公焕本引汤汉此注，首句上有"山海经云"四字，"汤谷"作"晹谷"。陆汝嘉本、李梦阳本同李公焕本。

[二]侍：苏写本、递修本、曾集本曰："一作'待'。"

[三]景：递修本、曾集本曰："一作'愿'。"须溪本作"京"。

[四]此条尾注转引自李公焕本，应置于"森散覆晹谷"句下。

其七

粲粲三珠树，寄生赤水阴。亭亭凌风桂，八干^[一]共成林。灵凤抚云舞，神鸾调玉音^[二]。虽非世上宝，爰得王母^[三]心。（尾注）《山海经》云：三珠树，生赤水上，其树如栢，叶皆为珠。○桂林八树，在番隅东，八树而成林，言其大也。○载民之国爰有歌舞之鸟，鸾鸟自歌，凤鸟自舞。^[四]

【校正】

[一]干：除苏写本、递修本、曾集本外，其余诸本作"榦"。整理者按："干""榦"二字古音同，故"干"可假借为"榦"。《说文·木部》"榦"字段玉裁注："榦，俗作幹。"则以正俗体视"幹""榦"二字。而古籍中于"主干""树干"义则杂用"幹""榦"二字。

[二]"粲粲三珠树"下六句，汤汉注曰："三珠树，生赤水上，其树如栢，叶皆为珠。○桂林八树，在番隅东，八树而成林，言其大也。○载民之

213

国爰有歌舞之鸟，鸾鸟自歌，凤鸟自舞。"李公焕本引汤汉此注，首句上有"山海经云"四字。李梦阳本同李公焕本，而"臷民之国"之"臷"误作"裁"。

〔三〕母：递修本、曾集本曰："母，一作'子'。"

〔四〕三条尾注俱转引自李公焕本，可并置于"神鸾调玉音"句下。

其八

自古皆有没，何人得[一]灵长？不死复不老[二]，"不死复不老"句，（天头注）以"平常"说仙人，妙！妙！万岁如平常。赤泉给我饮，员丘足我糧[三]。方与三辰游，寿考[四]岂渠央。（尾注）《山海经》云：不死民在交胫国东，其人黑色，寿不死。

【校正】

〔一〕何人得：苏写本、递修本、曾集本曰："一作'河氏独'。"整理者按：据上下文观之，作"河氏独"者于义无所取。

〔二〕复：递修本、曾集本曰："一作'亦'。"〇此句，李公焕注曰："《山海经》云：不死民在交胫国东，其人黑色，寿不死。"陆汝嘉本、李梦阳本同李公焕本，而李梦阳本"寿不死"作"皆寿而不死"为小异。

〔三〕糧：须溪本作"粮"。

〔四〕考：递修本、曾集本曰："一作'老'。"整理者按：甲骨文"考""老"二字同形，皆像老者执杖之形，故二字本为一字。至周代金文中，所执之杖讹变为"丂"形，则为"考"字；所执之杖讹变为"匕"形，则为"老"字。故《说文·老部》曰："考，老也。"同部又曰："老，考也。"以二字互训，则知二字本同义。后以"考""老"表义繁多，遂生差别。

〔五〕此条尾注引自李公焕本，可置于"不死复不老"句下。

其九

夸父诞宏志，乃与日竞[一]走。"夸父诞宏志"二句，（天头注）贪功非仙。

俱至虞渊[二]下，似若无胜负。神力既殊妙，倾河焉足有？馀迹寄邓林，功竟有身后[三]。（尾注）《山海经》云："夸父不量力，欲追日景，逮之于禺谷。渴，欲得饮，饮于河渭，河渭不足，北饮大泽。未至，道渴而死，弃其杖，化为邓林。"注云："夸父者，神人之名也。"其能及日景而倾河渭，岂以走饮哉！[四]

【校正】

[一] 競：须溪本作"競"。

[二] 渊：递修本、曾集本曰："一作'泉'。"整理者按："虞渊"见于《淮南子》，义为"日落处"。作"虞泉"者，应是唐本避高祖李渊讳而改。

[三] 有：除须溪本外，其余诸本作"在"。整理者按：此处作"在"义更贴切，当从诸本。○此首诗，汤汉注曰："夸父不量力，欲追日景，逮之于禺谷。渴，欲得饮，饮于河渭。河渭不足，北饮大泽。未至，道渴而死，弃其杖，化为邓林。注：'夸父者，神人之名也。'其能及日景而倾河渭，岂以走饮哉！"李公焕本引汤汉注，首句上有"山海经云"四字。陆汝嘉本、李梦阳本同李公焕本，而李梦阳本"岂以走饮哉"作"岂以渴死哉"为小异。

[四] 此条尾注引自李公焕本。

其十

精卫衔微木[一]，将以填沧海[二]。"精卫衔微木"下二句，（天头注）成心非仙。刑天舞干戚[三]，猛志故常在[四]。同物既有[五]虑，化去不复[六]悔。徒设[七]在昔心，良晨讵可待？（尾注）《山海经》云：精卫，炎帝之少女，名曰女娃。游于东海，溺而不反，故为精卫，常衔西山之木石以堙东海。[八]

【评注】

曾纮曰：余尝评陶公诗，语造平淡而寓意深远，外若枯槁，中实敷腴，真诗人之冠冕也。平生酷爱此作，每以世无善本为恨，因《山海经》诗云："形天无千岁，猛志固常在。"疑上下文义不相贯，遂取《山海经》参校，《经》中有云："刑天，兽名也，口中好衔干戚而舞。"乃知此句是"刑天舞干戚"，故与"猛志固常在"相应。五字皆讹，盖字画相近，无足怪者。因思宋宣献言："校书如拂几上尘，旋拂旋生。"岂欺我哉！[九]

【校正】

[一] 木：苏写本作"石"。

[二] "精卫衔微木"下二句，汤汉注曰："精卫，炎帝之少女，名曰女娃。游于东海，溺而不返，故为精卫，常衔西山之木石以堙于东海。"李公焕本、陆汝嘉本并引此注。李梦阳本亦引之，末句作"常啣西山之木石以湮东海焉"。

[三] 此句，苏写本、递修本、曾集本、须溪本、李梦阳本作"形夭无千岁"。递修本于"形夭无千岁"旁标"刑天舞干戚"五字。须溪本曰："作'形夭'岂不可解？何必迁就异闻。"汤汉本、焦竑本作"形天舞干戚"。

[四] "刑天舞干戚"下二句，汤汉注曰："奇肱之国，形夭与帝至此争神，帝断其首，葬之常羊之山。乃以乳为目，以脐为口，操干戚以舞。"整理者按：汤汉本正文既作"形天舞干戚"，则注文"形夭"宜作"形天"为是。

[五] 有：诸本作"无"。袁行霈本曰："一作'无'。"

[六] 不复：递修本、曾集本、汤汉本曰："一作'何复'。"

[七] 设：递修本、曾集本曰："一作'役'。又作'使'。"汤汉本曰："一作'役'。"

[八] 此条尾注标出引文出处，较汤汉本、李公焕本为善。应置于"将以填沧海"句下。

[九] 此条评论转引自李公焕本，"曾紘"误作"曾弦"，径改。陆汝嘉本亦有之，而"衔干戚"之"衔"误作"御"，"无足怪"之"怪"作俗体字"恠"。李公焕本所引为节引，文字亦有差异。详文可参咸丰辛酉刻莫氏翻宋刊本《陶渊明集》卷十所引曾紘说。曾集本此段文字置于"其十三"之末，文字颇有差别，姑录于此：

余尝评陶公诗，语造平淡而寓意深远，外若枯槁而中实敷腴，真诗人之冠冕也。平生酷爱此作，每以世无善本为恨。顷因阅读《山海经》诗，其间一篇云："形夭无千岁，猛志固常在。"疑上下文义不甚相贯，遂取《山海经》参校，《经》中有云："刑天，兽名也，口中好衔干戚而舞。"乃知此句是"刑天舞干戚"，故与下句"猛志固常在"意旨相应。五字皆讹，盖字画相近，无足怪者。间以语友人岑穰彦休、晁咏之之道，二公抚掌惊叹，亟取所藏本是正之。因思宋宣献言"校书如拂几上尘，旋拂旋生"，岂欺我哉！亲友范元义寄示义阳太守公所开陶集，想见好古博雅之意，辄书以遗之。宣和六年七月中元，临汉曾纮书。

其十一

巨猾[一]肆威暴，钦䲹[二]违帝旨。"巨猾肆威暴"二句，（天头注）为恶非仙。窫窳[三]强能变，祖江遂独死[四]。明明上天鉴[五]，为恶不可履。"明明上天鉴"二句，（夹注）寓警戒意。长枯固已剧，鵕鹗[六]岂足恃？（尾注）窫，音轧。窳，音愈。《山海经》云："钟山神，其子曰鼓，是与钦䲹杀祖江于崑仑之阳，帝乃戮之。钦䲹化为大鹗，鼓亦化为鵕鸟，见即其邑大旱。"○"窫窳，龙首，居弱水中。"注云："本蛇身人面，为贰负臣所杀，复化而成此物。"[七]

【校正】

[一] 猾：苏写本、递修本、曾集本曰："一作'危'。"

[二] 䲹：陆汝嘉本、李梦阳本同。焦竑本、凌蒙初本作"䴤"。其余诸本作"䴤"。袁行霈本曰："一作'䴤'。"整理者按："䴤"为"䲹"之构件移位异体字。《字汇补·鸟部》："䴤，与䲹同。"而"䴤"与"䲹"声近韵同，调亦同，则"䴤"应为"䲹"之音借字。

[三] 窫窳：须溪本、李梦阳本曰："音轧愈。"李公焕本曰："上音轧，下音愈。"陆汝嘉本同。何孟春本曰："窫音轧，下音愈。"

[四] "巨猾肆威暴"下四句，汤汉注曰："锺山神，其子曰鼓，是与钦䲹（丕）杀祖江于崑仑之阳，帝乃戮之。钦䲹化为大鹗，鼓亦化为鵕鸟，见即其邑大旱。○'窫窳（音轧愈），龙首，居弱水中。'注云：'本蛇身人面，为贰负臣所杀，复化而成此物。'"李公焕本引汤汉注，首句上有"山海

经云"四字，无括号内注音字（因已于上文单独出音注）。陆汝嘉本、李梦阳本同李公焕本。又陆汝嘉本"鼓"作"皷"，"崑"作"崐"为小异。

[五] 鉴：李梦阳本、何孟春本作"鑑"。整理者按："鉴"之繁体作"鑒"，"鑒"为"鑑"之异体字。《广韵·鉴韵》："鑑，同鑑。"

[六] 鷄𪁣：苏写本、递修本、曾集本作"鷄𪁣"，三本并曰："一作'鸡鹈'。"袁行霈本曰：（鷄𪁣）"一作'鷄𪁣'，一作'鸡鹈'。"范氏子烨曰："《集韵》卷一'𪁣'字条：《说文》：'鷄𪁣，秦汉之初侍中所冠鷄𪁣鳖也，似山鸡而小。'"是范氏以此处宜作"鷄𪁣"。

[七] 二条尾注同李公焕本，乃据其转引。

其十二

鹛鷃[一]见城邑，其国有放士[二]。念彼怀生世[三]，当时数来止[四]。青丘有奇鸟，自言独见尔[五]。本为迷者生，不以喻君子！（尾注）《山海经》云："柜山有鸟，其状如鸱，其名曰鹈，见则其县多放士。"注云："放，逐也。青丘之山有鸟，状如鸠。"〇鹛鷃，当作鸥鹈。[六]

【校正】

[一] 鹛鷃：苏写本、递修本、曾集本曰："一作'鸣鹈'。"汤汉注曰："当作'鸥鹈'。"须溪本、李公焕本、陆汝嘉本、李梦阳本、何孟春本、焦竑本、凌蒙初本并引汤汉此注。

[二] 汤汉注曰："柜山有鸟，其状如鸱，其名曰鹈（音株），见则其县多放士。注：'放，逐也。青丘之山有鸟，状如鸠。'"李公焕本、陆汝嘉本、李梦阳本并引汤汉此注，首句上有"山海经云"四字。又陆汝嘉本"音株"作"音洙"。李梦阳本无"音株"，"放逐也"上脱去"注"字。

[三] 彼：递修本、曾集本、汤汉本曰："一作'昔'。"〇生：诸本作"王"。〇世：递修本、曾集本曰："一作'母'。"

[四] 当时：递修本、曾集本曰："一作'亦得'。"〇"念彼怀生世"下二句，苏写本曰："一云'念彼怀王时，亦得数来止'。"

[五] 尔：苏写本、递修本、曾集本曰："一作'理'。"

　　[六] 二条尾注，第一条引自李公焕本，"状如鸠"之"鸠"改作"鹃"。
第二条或引自汤汉本。

其十三

　　岩岩[一]显朝市，帝者慎[二]用才。何以废共鲧[三]？重华为之来。仲父献
诚信[四]，姜公乃见猜[五]。"仲父献诚信"二句，（天头注）猜疑非仙。临没告饥[六]渴，当复何及哉！

【评注】

　　张尔公曰：予读《咏山海经》诗，颇类屈子《天问》，词虽幽异离奇，
似无深指。[七]

　　黄骹蓭曰：十三首中，初首总冒，末为总结，馀皆分咏事物，超然作俗
外之想，兴古帝之思。盖从晋室所由式微之故，引援故实，以寄慨世，非侈
异闻也。[八]

【校正】

　　[一] 岩岩：苏写本、递修本、曾集本曰："一作'悠悠'。"

　　[二] 慎：苏写本、递修本、曾集本曰："一作'善'。"

　　[三] 鲧：苏写本、递修本、曾集本作"鲧"。袁行霈本曰："一作
'鲧'。"整理者按："鲧"字见于《楚辞》，为"鲧"之异体字。《广韵·混
韵》："鲧，亦作鲧。"

　　[四] 父：苏写本、须溪本作"文"。递修本、曾集本曰："一作
'文'。"整理者按：下言"姜公"（姜太公），则此作"仲父"（管仲）于义
方通。作"仲文"者，未知所指何人，"文"应为"父"之形误字。○信：
须溪本作"意"。其余诸本作"言"。

　　[五] 此句，汤汉注曰："管仲请去三竖事。"

　　[六] 饥：何孟春本、焦竑本、凌蒙初本作"饥"。

　　[七] 此条评论为节引，"深指"原作"深旨耳"。详文见张自烈《笺注
陶渊明集》卷四，兹录于此："予读《咏山海经》诗，颇类屈子《天问》，

词虽幽异离奇，似无深旨耳。"又曰："傲诡不可考，愚意渊明偶读《山海经》，意以古今志林多载异说，往往不衷于道，聊为咏之，以明存而不论之意，如求其解，则凿矣。读是诗者，观其意可也。"

[八]此条评论亦为节引，详见黄文焕《陶诗析义》卷四，为对十三首诗之总评，姑录于此："十三首中，初首为总冒，末为总结，馀皆分咏'玉台''玄圃''丹木'，超然作俗外之想，兴古帝之思。至因青乌而渐露在世弗乐之意，望扶木而益露幽冤难烛之嗟；于是冀王母之慰我，仗灵人之浴日，绪多端矣。又杂思夫珠树桂林之供游玩，重羡王母；赤泉员丘之供食饮，添助长年；心愈奢，望毋乃愈孤乎？愿不可满，世不可为，然后特尊夸父，令担当世事，矢志社稷，有如夸父其人者，功纵不就于生前，亦留于身后矣。精卫也，刑天也，是皆有其志者也。嗟夫！世人之不及久矣，但有作恶违帝之钦鸦而已。鹪鹠双指鸦与鼓，而违帝专系之鸦者，鸦为鼓之臣，鼓思妄杀，鸦当谏止，乃佐恶焉，故罪专归鼓也。佐恶之奸臣愈多，贤者愈无所容，鹪且日见，而士日放，云如之何！此元亮读书之血泪次第也。再拈重华之佐尧，贤得举而恶得退；桓公于仲父临卒之言，贤不听举，恶不听退，自贻虫尸之惨，盖从晋室所由式微之故寄恨于此，以为读《山海》之殿，使后人寻绎卒章，则知引援故实，以寄慨世，非侈异闻也。"

拟挽歌辞　三首

其一[一]

有生必有死，早终[二]非命促。"早终非命促"句，（天头注）见到人与俗论不同。整理者按："见到"疑是"见道"，谓明道也。若作"见到"，义不可通。昨暮同为人，今旦掩[三]鬼录。魂气[四]散何之？枯形[五]寄空木。娇儿索父啼，良友抚我哭。得失不复知，是非安能觉？千秋万岁后，谁知荣与辱？但恨在世时，饮酒不得足[六]。"千秋万岁后"下四句，（天头注）生时计荣辱人，有酒不肯饮，当为猛省。

【校正】

[一] 须溪本、李公焕本、陆汝嘉本、凌蒙初本有"其一"之类字样。李梦阳本无"其一","其二"以下无"其"字。其余诸本无"其一"之类字样。

[二] 终：何孟春本作"从"。

[三] 掩：诸本作"在"，递修本、曾集本、汤汉本曰："（在）一作'作'。"袁行霈本曰：(掩)"一作'在'，一作'作'。"

[四] 气：递修本、曾集本、汤汉本曰："一作'魄'。"

[五] 形：何孟春本作"影"。整理者按：此处作"形"义更胜。

[六] 不得足：苏写本、递修本、曾集本曰："一作'常不足'。"

其二

在昔无酒饮，今但[一]湛空觞。"在昔无酒饮"下二句，（天头注）此是吊奠之酒也，昔无今有，似不能不恨亲旧。春醪更[二]浮蚁，何时更[三]能尝？殽[四]案盈我前，亲旧哭我傍。欲语口无音，欲视眼无光。昔在高堂寝，今在荒草乡[五]。一朝出门去[六]，归来夜[七]未央。（尾注）出门，一作相送。[八]

【校正】

[一] 但：递修本、曾集本、汤汉本曰："一作'旦'。"焦竑本、凌蒙初本作"旦"，二本曰："（旦）一作'但'。"整理者按：上言"在昔"，此言"今旦"，上下文语意顺承而通畅。

[二] 更：诸本作"生"。整理者按：当从诸本作"生"。若作"更"，义不可通，且与下"何时更"之"更"字无谓重复。

[三] 更：苏写本、递修本、曾集本、汤汉本曰："一作'复'。"

[四] 殽：除何孟春本、李梦阳本、焦竑本外，其余诸本作"肴"。整理者按："殽"从"肴"得声，二字古音同，故"殽"可假借为"肴"。《说文通训定声·小部》："殽，叚借为肴。"《诗·小雅·宾之初筵》："殽核为旅。"马瑞辰《通释》："按'殽核'，班固《典引》作'肴覈'，蔡邕注：'肴覈，食也。肉曰肴，骨曰覈。'引《诗》'肴覈为旅'，盖本三家

诗。……毛诗作'穀核'者,叚借字。"

[五] 在:诸本作"宿"。袁行霈本曰:"一作'宿'。"整理者按:上言
"昔在",此言"今在",则"在"字重。当从诸本作"宿"。○此句之下,
苏写本、递修本、汤汉本曰:"一本有'荒草无人眠,极视正茫茫'二句。
极,又作直。"曾集本、李公焕本、陆汝嘉本、须溪本、李梦阳本同,唯曾
集本"正茫茫"之"正"误作"江"字,下四本又无"极又作直"四字。

[六] 去:递修本、曾集本曰:"一作'易'。"

[七] 夜:除何孟春本、李梦阳本、焦竑本外,其余诸本作"良"。袁行
霈本曰:"一作'良'。"

[八] 此条尾注为蒋薰新增,应置于"一朝出门去"句下。

其三

荒草何茫茫,白杨亦萧萧。"荒草何茫茫"下二句,(天头注)□云:不作鬼
语,偏有仙气。严霜九月中,送我出[一]远郊。四面无人居,高坟正嶕[二]嶢。
马为仰天鸣,风为自萧条[三]。幽室一已闭,千年不复朝。千年[四]不复朝,
"千年不复朝"句,(天头注)叠一句,更惨。贤达无奈何。向来相送人,各
自[五]还其家。亲戚或馀悲,"亲戚或馀悲"句,(天头注)"或"字妙。他人亦已
歌。死去何所道?托體[六]同山阿。(尾注)无奈何,一作"将奈何"。○人死为
灰,灰死为土,所谓"同山阿"也。[七]

【评注】

祁宽曰:昔人自作祭文、挽诗者多矣,或寓意骋辞,成于暇日。宽考次
靖节诗文,乃绝笔于祭挽三篇,盖出于属纩之际者,辞情俱达,尤为精丽,
其于昼夜之道(整理者按:即生死之道),了然如此。古之圣贤,唯孔子、
曾子能之,见于曳杖之歌、易箦之言。嗟哉!斯人没七百年,未闻有称赞及
此者。[八]

赵泉山曰:"严霜九月中,送我出远郊",与《自祭文》"律中无射"之
月相符,知挽辞乃将逝之夕作,是以梁昭明采此辞入《选》,止题曰《陶渊
明挽歌》。而编次本集者不悟,乃题云《拟挽歌辞》。[九]

222

曾端伯（慥）云：秦少游将亡，效陶渊明自作哀挽。王平甫亦云："九月清霜送陶令。"此则挽辞，决非拟作，从可知已。^[一〇]

（曾端伯）又曰：晋桓伊善挽歌，庾晞亦喜为挽歌，每自摇大铃为唱，使左右齐和。袁山松遇出游，则好令左右作挽歌。类皆一时名流达士习尚如此，非如今之人例以为悼亡之语而恶言之也。^[一一]

（李公焕）按：苏、刘皆不和（渊明挽歌），岂畏死耶？

【校正】

[一] 出：递修本、曾集本、汤汉本曰："一作'来'。"

[二] 嶕：陆汝嘉本作"嶤"。整理者按："嶕"为"嶤"之构件移位异体字。《玉篇·山部》："嶤，嶕嶤，山高。嶕，同嶤。"

[三] "马为仰天鸣"下二句，苏写本曰："一作'鸟为动哀鸣，林为结风（下缺）'。"递修本、曾集本、须溪本、焦竑本、凌蒙初本曰："一曰'鸟为动哀鸣，林为结风飚'。"

[四] 年：苏写本作"秊"。整理者按："谷熟"之义，甲骨文作"秂"，像人负禾形，为会意字。周代金文中"人"讹作"千"，作"秊"字，为形声字。小篆和汉代隶书亦如此。作"年"殆为"秊"之进一步讹变。然古籍中偶尔用"秊"，而通行"年"字。《说文·禾部》："秊，谷孰也。从禾，千声。"邵瑛《说文解字群经正字》："今经典作年。"

[五] 自：苏写本、递修本、曾集本曰："一作'已'。"

[六] 體：须溪本作"体"。整理者按："身体"之义，字本作"體"，后以"粗劣"义之"体"字表示。《广韵·混韵》："体，麤皃。又劣也。"而"体"之本义乃借"竹黄"义之"笨"字表示。《说文·竹部》："笨，竹里也。"《正字通·人部》："体，别本作笨，义同。"今则以"体"为"體"之简化字。

[七] 二条尾注为蒋薰新注。第一条应置于"贤达无奈何"句下。

[八] 此条评论节引自李公焕本。李公焕本"及此者"下有"因表而出之附于卷末"九字。陆汝嘉本、凌蒙初本同李公焕本。

[九] 此条评论引自李公焕本。陆汝嘉本、凌蒙初本亦有之。

[一〇] 此条评论节引自李公焕本。李公焕本"效陶渊明"无"陶"字，"从可知已"下尚有一段文字，作："又曰：晋桓伊善挽歌，庚晞亦喜为挽歌，每自摇大铃为唱，使左右齐和。袁山松遇出游，则好令左右作挽歌。类皆一时名流达士习尚如此，非如今之人例以为悼亡之语而恶言之也。"陆汝嘉本、凌蒙初本同李公焕本。

[一一] 此条及下条评论，蒋薰未录，兹据李公焕本增入。

桃花源诗　并记[一]

晋大元中[二]，武陵人捕鱼为业[三]。缘溪行，忘路之远近。忽逢桃花林，夹岸数百步，中无杂树[四]，芳草[五]鲜美，落英[六]缤纷。渔人甚异之，复前行，欲穷其林。林尽水源，便得一山。山有小口，髣髴若有光，便舍船[七]，从口入。初极狭，才通人，复行数十步，豁然开朗。土地平旷，屋舍俨[八]然，有良田、美池[八]、桑[九]竹之属，阡陌交通，鸡犬相闻。其中往来种作，男女衣着[一〇]，悉如外人。黄发垂髫[一一]，并怡然自乐。见渔人乃大惊，"见渔人"句，（夹注）递接奇。问所从来，具答之。便要还家，设[一二]酒杀鸡作食。村中闻有此人，咸来问讯。自云先世避秦时乱，率妻子邑人，来此绝境，不复出焉，遂与外人间隔。问今是何世，乃不知有汉，无论魏晋[一三]。"乃不知有汉"下二句，（夹注）深讽。此人一一为具言所闻，皆叹惋。余人各复延[一四]至其家，皆出酒食。停数日，辞去。此中人语[一五]云："不足为外人道也。"既出，得其船[一六]，便扶[一七]向路，处处志之。及郡下，诣太守[一八]，说如此。太守即遣[一九]人随其往，寻向所志，遂迷，不复得路。南阳刘子骥[二〇]，高尚士也。闻之，欣然亲往[二一]，未果，寻病终。后遂无问津者。

诗[二二]

嬴氏乱天纪，贤者避其世。黄绮之商山，伊人亦云逝。"黄绮之商山"下二句，（夹注）自寓。往迹浸复湮[二三]，来迳遂芜废。相命肆农耕[二四]，日入从所憩。桑[二五]竹垂余荫，菽[二六]稷随时艺。春蚕取长丝[二七]，秋熟靡王税。

224

荒路暖交通，鸡犬互^[二八]鸣吠。俎豆犹古法，衣裳^[二九]无新制。童孺纵行歌，班白懽游诣^[三〇]。草荣识节和，木衰知风厉。虽无纪历^[三一]志，四时自成岁。怡然有馀乐，于^[三二]何劳智慧。奇踪隐五百，一朝敞^[三三]神界。淳^[三四]薄既异源，旋复还幽蔽^[三五]。借问游^[三六]方士，焉测尘嚣外^[三七]？愿言蹑轻风，高举寻吾^[三八]契。

【评注】

唐子西曰：唐人诗云："山僧不解数甲子，一叶落知天下秋。"及观渊明诗云："虽无纪历志，四时自成岁。"便觉唐人费力如此。如《桃花源记》言："尚不知有汉，无论魏晋。"可见造语之简妙。盖晋人不造语，而渊明其尤也。^[三九]

东坡曰：世传桃源事，多过其实。考渊明所记，止言先世避秦乱来此，则渔人所见，似是其子孙，非秦人不死者也。又云杀鸡作食，岂有仙而杀者乎？旧说南阳有菊水，水甘而芳，居民三十馀家，饮其水皆寿，或至百二三十岁。蜀青城山老人村，有［见］五世孙者，道极险远，生不识盐酰，而溪中多枸杞，根如龙蛇，饮其水故寿。近岁道稍通，渐能致五味，而寿益衰。桃源盖此比也？使武陵太守得至焉，则已化为争夺之场久矣。常意天壤间若此者甚众，不独桃源也。^[四〇]

胡仔曰：东坡此论盖辩证唐人以桃源为神仙，如王摩诘、刘梦得、韩退之作《桃源行》是也。惟王介甫作《桃源行》，与东坡之论合。^[四一]

张尔公曰：东坡不悟《桃源记》，却从南阳、青城觅蹊径，直是梦中说梦，至所云"岂有仙而杀者乎"，此又儿女子痴语，渊明闻此必大笑，东坡不是解人。^[四二]

或谓渊明借此发挥胸次，非真述其事，大抵渔人不近俗，故托言渔人。"缘溪"一段，行止自如，懒懒散散，须看他是何等人品。"开朗"一段，是说萧野气象，即在人间，故曰"悉如外人"。独言避秦，秦之先，三代也，明明自谓与三代相接，是即所谓羲皇上人之意。

按《桃花源记》言太元中事，诗云"奇踪隐五百"，韩退之《桃源图》诗又以为六百年。洪庆善曰："自始皇三十三年筑长城，明年燔诗书，又明年坑儒生，三十七年胡亥立，三年而灭于汉，二汉四百二十五年而为魏，四十五年而为晋，至孝武宁康三年，通五百八十八年，明年改元大元，至大元十二年，乃及六百年。"赵泉山曰："靖节、退之，虽各举其岁盈数，要之六百载为近实，而桃花源事，当在孝武帝大元十三年丁亥前数年间。"任安贫《武陵记》直据"奇踪隐五百"之语，辄改为太康中，彼不知靖节所记刘子骥者，正大（太）元时人。[四三]

【校正】

[一] 何孟春本、李梦阳本、焦竑本篇题作"桃花源记"。何孟春本、李梦阳本"记"后录"诗"，焦竑本则将"诗"自"记"中析出，独立为篇。其余诸本篇题作"桃花源记并诗"。李公焕本题注曰："《桃源经》曰：桃源山，在县南一十里，西北乃沉水，曲流而南。有障山，东带钞锣溪，周回三十有二里，所谓桃花源也。"陆汝嘉本、李梦阳本并引李公焕此注，而李梦阳本"沉水"作"沅水"。

[二] 大元：何孟春本作"太康"，其余诸本作"太元"。

[三] 此句，李公焕注曰："渔人姓黄名道真。"须溪本、陆汝嘉本、李梦阳本、何孟春本注并同。

[四] 树：递修本、曾集本曰："一作'草'。"

[五] 草：苏写本、递修本、曾集本作"华"。焦竑本、凌蒙初本曰："一作'华'，非。"

[六] 英：汤汉本作"芙"。

[七] 船：苏写本、李梦阳本作"舡"。递修本作"舩"，下同。整理者按："舡""舩"并为"船"之俗字，《集韵·僊韵》："船，俗作舡。"又曰："舩"，同"船"。

[八] 俨：递修本、曾集本曰："一作'晏'。一作'鱼'。"整理者按："俨然"义为"整齐有序"，"晏然"义为"安宁""闲适"，"鱼然"无用例，三者之中，此处作"俨然"最贴切。

[八] 池：何孟春本作"地"。整理者按：上言"良田"，此言"美地"，义亦顺畅。

226

［九］桑：何孟春本作"荣"。

［一〇］著：汤汉本、李公焕本、陆汝嘉本、焦竑本、凌蒙初本作"着"。

［一一］垂髫：递修本、曾集本曰："一作'髻乩'"。

［一二］设：苏写本、递修本、曾集本作"为设"。袁行霈本曰："一作'为'。"

［一三］"魏晋"下，苏写本、递修本、曾集本曰："一本有'等也'二字。"

［一四］延：须溪本作"迎"。

［一五］语：苏写本、递修本、曾集本曰："一本无'语'字。"

［一六］船：李梦阳本作"舡"。

［一七］扶：苏写本、递修本、曾集本、焦竑本、凌蒙初本曰："一作'於'。"汤汉本作"指"，原注曰："（指）一作'於'。"

［一八］太守：李公焕本曰："太守，刘歆。"陆汝嘉本同。须溪本曰："刘歆。"李梦阳本、焦竑本、凌蒙初本曰："刘歆也。"底本亦小注"刘歆"二字。

［一九］遣：焦竑本误作"遗"。

［二〇］刘子骥：何孟春本曰："刘骥之，字子骥。《晋书》有传。"

［二一］亲：递修本、曾集本、汤汉本、须溪本、焦竑本、凌蒙初本作"规"。焦竑本、凌蒙初本曰："（规）一作'亲'，非。"〇"亲往"下，苏写本、递修本、曾集本、汤汉本曰："一本有'游焉'二字。"

［二二］苏写本、递修本有此"诗"字，据补。

［二三］迹：苏写本、递修本、曾集本作"跡"。整理者按："脚印"之义，金文以从辵、朿声之字表之。籀文及秦刻石亦如此。小篆中"朿"讹变为"亦"，遂成"迹"字，为《说文·辵部》所收。同部又收"蹟"字，为"迹"之异体字。"跡"则为"迹"之换形旁异体字。《广韵·昔韵》："迹，足迹。跡，同迹。"古籍中不用金文字形，常用"迹""跡"，偶或用"蹟"。今则以"迹"为"跡"之简化字。〇浸：苏写本、递修本、曾集本、李梦阳本作"寖"。整理者按："寖"字见于甲骨文，像以帚、水洒扫于宀下之形。

其甲骨文之或体则像以帚扫牛形，或像手持帚、水洒扫牛形。故其本义应为"清洁""洒扫"，与其时之祭祀有关。后其本义消失，假借为水流名，故《说文·水部》曰："寖，水。"再后来又假借为副词"渐渐"。传写过程中，其构件"宀"脱去，便为"浸"字，故"寖""浸"为汉字流变所形成的古今字，俱通行于古籍中，且于表他义亦可通用。《广雅·释诂一》："寖，积也。"王念孙《疏证》："浸与寖同。"《周礼·夏官·职方氏》："其浸五湖。"陆德明《释文》曰："浸，本又作寖。"《汉书·沟洫志》："泉流灌寖。"颜师古注："寖，古浸字。""寖"与"浸"既异形，故古籍中二字表义渐有差别。今则只通行"浸"字。

[二四] 肆：焦竑本作"肄"。整理者按："肆"谓"尽力"，于此意合。"肄"为"肆"之形误字。○耕：何孟春本作"畊"。整理者按："畊"为"耕"字古文，有井田制之遗意。《玉篇·田部》："畊，古文耕字。"

[二五] 桑：须溪本、何孟春本作"桒"。

[二六] 菽：何孟春本曰："菽，一作'黍'。"

[二七] 取：除李梦阳外，其余诸本作"收"。袁行霈本曰："（取）一作'收'。"○长：递修本、曾集本、汤汉本曰："一作'良'。"

[二八] 互：苏写本、递修本、曾集本作"㸦"。

[二九] 裳：何孟春本曰："裳，一作'冠'。"

[三○] 班：焦竑本作"斑"。整理者按："班""斑"二字古音同，故"分开"或"斑点"义上可通假。《广雅·释诂一》："斑，分也。"王念孙《疏证》："斑者，《说文》：'班，分瑞玉。从珏、刀。'班与斑同。"《说文·文部》"斑"字段玉裁注："斑者，……又或假班为之。"○懽：何孟春本作"欢"。其余诸本作"歡"。整理者按："懽""歡"二字并见《说文》，古音同，虽表义有别，而俱有"欢乐"义。加之从"欠"之字每可从"忄"，故"懽""歡"常被视为换形旁异体字。《说文·心部》"懽"字段玉裁注："懽与歡，音义皆略同。"《正字通·心部》"懽，同歡。""欢"又为"歡"之俗字，见《宋元以来俗字谱》。○游：苏写本、递修本、曾集本作"遊"，三本并曰："（遊）一作'迎'。"

　　[三一]历：李梦阳本、何孟春本作"曆"。整理者按："历"之繁体作"曆"，"厤"应为"曆"之构件省笔俗字。

　　[三二]于：焦竑本作"於"。

　　[三三]敝：须溪本误作"敞"。

　　[三四]淳：焦竑本作"湻"。

　　[三五]蔽：递修本、曾集本、汤汉本、凌蒙初本曰："一作'闭'。"

　　[三六]游：苏写本、焦竑本作"遊"。

　　[三七]尘嚣外：苏写本曰："宋（庠）本作'尘外地'。"递修本、曾集本曰："一作'尘外地'。"〇何孟春本曰："（外）叶鱼计切。"

　　[三八]吾：何孟春本作"古"，应是"吾"之缺笔误字。

　　[三九]唐子西，即唐庚。此条评论转引自李公焕本。李公焕本"唐人"下有"有"字，"简妙"之"妙"作"妙"，"不造语"作"工造语"。陆汝嘉本同。李公焕本引唐庚说，见《唐子西文录》，文字有别。

　　[四〇]此条评论转引自李公焕本，陆汝嘉本亦有之。李公焕本所引为节引，详见《苏文忠公诗集》卷四十三《和桃源诗序》，文字有别。

　　[四一]此条评论原缺，李公焕本有之，据补。又见陆汝嘉本。

　　[四二]此条及下一条，并引自张自烈辑《笺注陶渊明集》卷五。

　　[四三]此条评论引自李公焕本。李公焕本无首句"按"字，"大元"皆作"太元"，"四十五年"上有"魏"字，"明年改元大元"无"大元"二字，"十三年丁亥"之"三"作"二"。陆汝嘉本同李公焕本。

联句[一]

鸣鴈乘风飞，去去当何极？念彼穷居士，如何不歎[二]息！　渊明
虽欲腾九万，扶摇竟何[三]力。远招王子乔[四]，云驾庶可饬。　愔之
顾侣正徘徊[五]，离离翔天侧[六]。霜露岂不切[七]？务从忘爱翼[八]。
循之
高柯濯条榦[九]，远眺同天色。思绝庆未看，徒使生迷惑。　渊明[一〇]

【校正】

[一] 除汤汉本外，其余诸本此篇在《拟挽歌辞》三首其三之下。

[二] 歎：须溪本、陆汝嘉本、凌蒙初本作"嘆"。

[三] 何：苏写本、递修本、曾集本、汤汉本曰："一作'无'。"

[四] 乔：递修本、曾集本曰："一作'晋'。"

[五] 正：须溪本作"政"。〇徘徊：苏写本曰："一作'离离'。"递修本、曾集本曰："一作'离离'。又作'争飞'。"焦竑本作"循徊"。

[六] 此句，苏写本、递修本、曾集本曰："一作'附羽天池则'。"

[七] 此句，苏写本、递修本、曾集本曰："一作'霜落不切肌'。"焦竑本作"霜落不切肌"。

[八] 此句，苏写本、递修本、曾集本曰："一作'徒爱双飞翼'。"焦竑本作"徒爱双飞翼"。

[九] 濯：苏写本、递修本、曾集本、汤汉本作"擢"。袁行霈本曰："一作'擢'。"〇鞥：除汤汉本、焦竑本外，其余诸本作"幹"。袁行霈本曰："一作'幹'。"

[一〇] "渊明"二字，李梦阳本、焦竑本、凌蒙初本有，其余诸本无。

原附录

陶靖节诗集　总论

锺嵘《诗品》曰：宋征士陶潜诗，其源出于应璩，又协左思风力。文体省静，殆无长语。笃意真古，辞兴婉惬。每观其文，想其人德。世叹其质直。至如"欢言酌春酒"、"日暮天无云"，风华清靡，岂直为田家言耶？古今隐逸诗人之宗也。

敖器之《诗评》曰：陶彭泽诗如绛云在霄，舒卷自如。

阳休之曰：余览陶潜之作，辞采虽未优，而往往有奇绝异语，放逸之致，栖托仍高。

郑厚《艺圃折中》曰：陶渊明诗如逸鹤任风，闲鸥忘海。

（元陈绎曾）《诗谱》曰：元亮心存忠义，身处闲逸，情真景真，事真意真，几于《十九首》矣，但气差缓耳。至其工夫精密，天然无斧凿痕迹，又有出于《十九首》之外者，盛唐诸家风韵皆出此。

《竹林诗评》曰：陶潜之作，清澜白鸟、长林麋鹿，虽弗婴笼络，可与其洁。而隐显未齐，厌欣犹滞，直适乎此而不能忘隘乎彼者耶！　整理者按：据李成晴《〈竹林诗评〉考论》（戚良德主编：《中国文论》第三辑，上海古籍出版社2016年版）考证，《竹林诗评》作者为明人朱奠培。

苏东坡曰：吾于诗人无所好，独好渊明诗。渊明诗不多，然质而实绮，癯而实腴，自曹、刘、鲍、谢诸人，皆莫及也。　整理者按：此条见李公焕本、凌蒙初本。李公焕本文字有别，作："东坡曰：渊明作诗不多，然其诗质而实绮，癯而实腴，自曹、刘、鲍、谢、李、杜诸人，皆莫及也。"

又　李公焕本作"东坡"。曰：所贵于枯淡者，谓外枯而中腴，　李公焕本、凌蒙初本作"膏"。似淡而实美，渊明、子厚之流是也。若中、边皆枯，亦何足道。[佛言"譬如食蜜，中、边皆甜"，人食五味，知其甘苦（者）皆是，能分别其中、边者，百无一也。]　整理者按：此条见李公焕本、凌蒙初本，又据李公焕本补"佛言"至"百无一也"数句。

　　又　李公焕本作"东坡"。曰：孔子不取微生高，孟子不取于陵仲子，恶其不情也。陶　据李公焕本补"陶"字。渊明欲仕则仕，不以求之为嫌；欲隐则隐，不以去之为高。饑　李公焕本作"飢"。则扣门而乞食，饱则鸡黍以迎客，古今贤之，贵其真也。

　　黄山谷　李公焕本作"山谷道人"。曰：宁律不谐不使句弱，用字不工不使语俗，此庾开府之所长也，然有意于为诗也。至于渊明，则所谓不烦绳削而自合者。虽然，巧于斧斤者多疑其拙，窘于检括者辄病其放。[孔子曰：宁武子，其智可及也，其愚不可及也。]　整理者按：据李公焕本补"孔子曰"至"其愚不可及也"数句。渊明之拙与放，岂可为不知者道哉！[道人曰：如我按指海印发光，汝暂举心尘劳先起说者曰，若以法眼观，无俗不真；若以世眼观，无真不俗。渊明之诗，]　整理者按：据李公焕本补"道人曰"至"渊明之诗"数句。要当与一丘一壑者共之耳。　整理者按：此条见李公焕本、凌蒙初本。

　　又　李公焕本作"山谷"。曰：退之于诗，本无解处，以才高而好耳。渊明不为诗，写其胸　李公焕本作"胷"。中之妙尔　凌蒙初本作"耳"。无韩之才与陶之妙，而学为　李公焕本作"其"。诗，终［为］乐天耳。　整理者按：此条见李公焕本、凌蒙初本。

　　[胡仔《苕溪渔隐》曰：锺嵘评渊明诗为"古今隐逸诗人之宗"，余谓陋哉！斯言岂足以尽之？不若萧统云渊明"文章不群，词彩精拔，跌宕昭彰，独超众类，抑扬爽朗，莫之与京。横素波而傍流，干青云而直上。语时事则指而可想，论怀抱则旷而且真，加以贞志不休，安道苦节，不以躬耕为耻，不以无财为病，自非大贤笃志，与道污隆，孰能如是乎！"此言尽之矣。]　整理者按：据李公焕本、凌蒙初本补此条。

　　[黄]　据李公焕本、凌蒙初本补"黄"字。山谷《跋渊明诗卷》曰：血气方刚时读此诗，如嚼枯木。及绵历世事，知决定无所用智。又云：谢康乐、庾义城之诗，镬锤之功不遗馀力。然未能窥彭泽数仞之墙者，二子有意于俗人赞毁其工拙，渊明直寄焉。持是以论渊明，亦足　李公焕本、凌蒙初本作

232

"可"。以知其关键矣。　整理者按：此条见李公焕本、凌蒙初本。

葛常之　李公焕本、凌蒙初本"之"下有"韵语阳秋"四字。曰：陶潜、谢朓诗皆平淡　李公焕本、凌蒙初本作"澹"。下同。有思致，非后来诗人刬　李公焕本、凌蒙初本作"怵"。心刬目雕琢者所为也。老杜云"陶谢不枝梧，风骚共推激。紫燕自超诣，翠駮谁剪剔"，是也。大抵欲造平淡，当自组丽中来，落其纷华，然后可造平淡之境。如此，则陶、谢不足进矣。今　李公焕本、凌蒙初本下有"之"字。人多作拙易诗，而自以为平淡，识者未常不绝倒也。梅圣俞《和晏相》诗云："因令适性情，稍欲到平淡。苦词未圆熟，刺口剧菱芡。"言到平淡处甚难也。李太白　李公焕本、凌蒙初本作"李白"。云："清水出芙蓉，天然去雕　李公焕本、凌蒙初本作"彫"。饰。"平淡而到天然处，则善矣。　整理者按：此条见李公焕本、凌蒙初本。

[葛常之曰：东坡拈出渊明谈理之诗，有三：一曰"采菊东篱下，悠然见南山"，二曰"笑傲东轩下，聊复得此生"，三曰"客养千金躯，临化消其宝"，皆以为知道之言。盖摛章绘句，嘲风弄月，虽工，亦何补？若觏道者，出语自然超诣，非常人能蹈其轨辙也。]　整理者按：据李公焕本补此条。

（蔡绦）《西清诗话》：渊明意趣真古，清淡之宗，诗家视渊明，犹孔门视伯夷也。　整理者按：此条见凌蒙初本。

朱晦庵　李公焕本、凌蒙初本作"朱文公语录"。曰：晋宋人物虽曰尚清高，然箇箇要官职。这边一面清淡，那边一面招权纳货。陶渊明　李公焕本、凌蒙初本下有"真个"二字。是能不要，此所以高于晋宋人物。　整理者按：此条见李公焕本、凌蒙初本。

又　李公焕本、凌蒙初本作"朱文公语录"。曰：作诗须从陶、柳门中来乃佳。不如是，无以发萧散冲澹之趣，不免于局促尘埃，无由到古人佳处。整理者按：此条见李公焕本、凌蒙初本。

[朱晦庵曰：陶渊明诗平淡出于自然，后人学他平淡便相去远矣。某后生见人做得诗好，锐意要学，遂将渊明诗平仄用字一一依他做到，一月后便解自做，不要他本子，方得作诗之法。]　整理者按：此条据凌蒙初本补。

[朱晦庵又曰：韦苏州诗直是自在，气象近道。陶却是有力，但诗健而意闲。隐者多是带性负气之人，为之陶，欲有为而不能者也，又好名。韦则

自在。]　　整理者按：此条据凌蒙初本补。

杨龟山　李公焕本、凌蒙初本下有"语录"二字。曰：渊明诗所不可及者，冲澹深粹，出于自然。若曾用力学，然后知渊明诗非著　李公焕本作"着"。力所能成也。　　整理者按：此条见李公焕本、凌蒙初本。杨龟山即杨时，二本所引"语录"指《龟山先生语录》。

陈后山曰：鲍昭之诗华而不弱。陶渊明之诗切于事情，[但不文耳。]整理者按：此条见李公焕本、凌蒙初本。据二本补"但不文耳"四字。又按：陈后山即陈师道，此引文见《后山诗话》。

[陈后山又曰：右丞、苏州皆学陶，正得其自在。]　　整理者按：此条据凌蒙初本补。

蔡宽夫曰：柳子厚之贬，其忧悲憔悴之叹发于诗者，特为酸楚，卒以愤死，未为达理也。白乐天似能脱屣轩冕者，然荣辱得失之际，铢铢较　李公焕本、凌蒙初本作"校"。量，而自矜其达，每诗未常不著　李公焕本作"着"。此意，是岂真能忘之者哉！亦力胜之耳。惟渊明则不然，观其《贫士》《责子》与其他所作，当忧则忧，当喜则喜，忽然忧乐两忘，则随所寓而皆适，未常有择于其间。所谓超世遗物者，要当如是而后可。[观三人之诗，以意逆志，人岂难见？以是论贤、不肖之实，何可欺乎？]　　整理者按：此条见李公焕本、凌蒙初本。据二本补"观三人之诗"至"何可欺乎"数句。又按：此引文见《蔡宽夫诗话》。

陆象山曰：诗自黄初而降，日以渐薄，惟彭泽一源来自天稷，与众殊趣而淡薄平夷，玩嗜者少。　　整理者按：此条见凌蒙初本。

[陆象山又曰：李白、杜甫、陶渊明皆有志于吾道。]　　整理者按：此条据凌蒙初本补。

叶梦得曰：梁锺嵘作《诗品》，皆云某人诗出于某人。论陶渊明，乃以为出于应璩，此语不知其所据。应璩诗不多见，惟《文选》载其《百一诗》一篇，所谓"下流不可处，君子慎厥初"者，与陶诗了不类。五臣注引《文章录》云："曹爽用事，多违法度，璩作此诗以刺在位，意若百分有补于一者。"渊明正以脱略世故，超然物外为意，顾区区在位者，何足以累其心哉！且此老何常欲以诗自名，而追取一人而模倣之？此乃当时文士与世进取竞进而争长者所为，何期此老之浅！盖嵘之陋也。　　整理者按：此引文见《石林诗话》卷下。

真西山（德秀）曰：渊明之作，宜自为一编，以附于《三百篇》《楚辞》之后，为诗之根本准则。　整理者按：此条见李公焕本、凌蒙初本。

［休斋曰：人之为诗，要有野意，《语》曰"质胜文则野"。盖诗非文不腴，非质不枯。能始腴而终枯，无中边之殊意，味自长。风人以来得野意者，渊明而已。］　整理者按：南宋陈知柔，字休斋。此条据凌蒙初本补。

［胡仔《苕溪渔隐丛话》曰：东坡在颍州时，因欧阳叔弼读《元载传》，叹渊明之绝识，遂作诗云："渊明求县令，本缘食不足。束带向都邮，小屈未为辱。飘然赋《归去》，岂不念穷独。重以五斗米，折腰营口腹。云何元相国，万锺不满欲，胡椒铢两多，安用八百斛？以此杀其身，何翅抵鹊玉。往者不可悔，吾其反自烛。"渊明隐约栗里、柴桑之间，或饭不足也。颜延年送钱二十万，即日送酒家，与蓄积不知纪极，至藏胡椒八百斛者相去远近，岂直睢阳苏合弹与蛣蜣粪丸比哉！］　整理者按：据李公焕本、凌蒙初本补此条。

魏鹤山曰：世之美陶公者曰：荣利不足易其守，声味不足累其真，文辞不足溺其志。而公悠然自得之趣，则未深识也。风雅以降，诗人之词乐而不淫，哀而不伤，以物观物而不牵于物，吟咏性情而不累于情，孰有能如公者乎？有谢康乐之忠而勇退过之，有阮嗣宗之达而不至于放，有元次山之漫而不著其迹，此岂小小进退所能窥其际耶！　整理者按：此引文见《鹤山先生大全集》卷五十二《费元甫注陶靖节诗序》，为节引。又按：凌蒙初本所引魏鹤山文较蒋薰所引为详，兹录于此："魏鹤山曰：世之辩证陶氏者曰，前后名字之五变也，死生岁月之不同也，彭泽退休之年，史与集所载各异也，然是所当考而非其要也。其称美陶公者曰，荣利不足以易其守也，声味不足以累其真也，文辞不足以溺其志也，然是亦近之，而其所以悠然自得之趣，则未之深识也。风雅以降，诗人之辞乐而不淫，哀而不伤，以物观物而不牵于物，吟咏性情而不累于情，孰有能如公者乎？有谢康乐之忠而勇退过之，有阮嗣宗之达而不至于放，有元次山之漫而不著其迹，此岂小小进退所能窥其际耶？先儒所谓经道之馀，因闲观时、因静照物、因时起志、因物寓言、因志发咏、因言成诗、因咏成声、因诗成音者，陶公有焉。"

周竹坡曰：古人诗多喜效渊明体者，如《和陶诗》非不多，但使渊明愧其雄丽耳。　整理者按：周竹坡即周紫芝。此引文见《竹坡诗话》。

《雪浪斋日记》曰：为诗欲词格清美，当看鲍照、谢灵运，欲浑成而有正始以来风气，当看陶渊明。　整理者按：此条见凌蒙初本。又见《说郛》卷十七。

严沧浪曰：汉、魏古诗，气象混沌，难以句摘，晋以还方有佳句，如渊明"采菊东篱下，悠然见南山"、谢灵运"池塘生春草"之类。谢所以不及陶者，康乐之诗精工，渊明之诗质而自然耳。　整理者按：严沧浪即严羽。此引文见《沧浪诗话》。

许彦周曰：陶彭泽诗，颜、谢、潘、陆皆不及者，以其平昔所行之事赋之于诗，无一点愧辞，所以能尔。　整理者按：许彦周即许颛。此引文见《彦周诗话》。

杨　李公焕本作"汤"，是。文清公曰：按诗中言本志少，说固穷多。夫惟忍于饑　李公焕本作"饥"。寒之苦，而后能存节义之闲，西山之所以有饿夫也。世士贪荣禄、事豪侈而高谈名义，自方于古之人，余未之信也。　整理者按：汤文清公，谓汤汉。此条见李公焕本、凌蒙初本。

[按祁宽曰：靖节先生以义熙元年秋为彭泽令，其冬解绶去职，时四十一岁矣。后十六年，晋禅宋。又七年卒，是为宋文帝元嘉四年。《南史》及梁昭明太子《传》不载寿年，《晋书·隐逸传》及颜延之《诔》皆云"年六十三"。以历推之，生于晋哀帝兴宁三年乙丑岁。　张缜云：先生辛丑《游斜川》诗言"开岁倏五十"，若以诗为正，则先生生于壬子岁。自壬子至辛丑为年五十，迄丁卯考终，是得年七十六。并记之。]　整理者按：据李公焕本补此条。

[按张缜曰：梁昭明太子《传》称："陶渊明，字元亮。或云潜，字渊明。"颜延之《诔》亦云"有晋征士浔阳陶渊明"。以统及延之所书，则渊明固先生之名，非字也。先生作《孟嘉传》称"渊明先亲，君之第四女"，嘉于先生为外大父，先生又及其先亲，义必以名自见，岂得自称字哉？统与延之所书，可信不疑。《晋史》谓"潜，字元亮"，《南史》谓"潜，字渊明"，皆非也。先生于义熙中《祭程氏妹》亦称渊明，至元嘉中对檀道济之言则云"潜也何敢望贤"，《年谱》云"在晋名渊明，在宋名潜，元亮之字则未尝易"。此言得之矣。]　整理者按：据李公焕本补此条。

刘后村曰：士之生世，鲜不以荣辱得丧挠败其天真者。渊明一生，惟在彭泽八十馀日涉世故，馀皆高枕北牖 李公焕本作"寔"，凌蒙初本作"窗"。之日，无荣，恶乎辱？无得，恶乎丧？此其所以为绝唱而寡和也。[二苏公则不然，方其得意也，为执政侍从；及其失意也，至下狱过岭。晚更忧患于是，始有《和陶》之作。二公虽惓惓于渊明，未知渊明果印 凌蒙初本作"恁"。可否？] 整理者按：此条见于李公焕本、凌蒙初本。据二本补"二苏公则不然"下数句。

吴临川曰：靖节先生高志远识，超越古今，其令彭泽也，不肯屈于都邮而去，异时讵肯忍耻于二姓哉！观其《述酒》《荆轲》等作，殆欲为孔明之事而无其资，谁谓汉魏以降而有斯人者乎？ 整理者按：吴临川，谓元代吴澄。此条见《吴文正集》卷三十七《湖口县靖节先生祠堂记》。

又曰：渊明为晋忠臣，志愿莫伸，其愤闷之情往往发见于诗。

王元美曰：渊明托旨冲澹，其造语有极工者，乃大入思来，琢之使无痕迹耳。后人苦一切深沉，取其形似，谓为自然，谬以千里。 整理者按：此条文字见明王世贞《艺苑卮言》卷三。

又曰：读渊明诗使人穆然萧远，不必以某句某诗为之。

锺伯敬曰：陶诗闲远，自其本色，一段渊永淹润之气，其妙全在不枯。

整理者按：锺伯敬，谓明人锺惺。此条文字见《古诗归》卷九。

赵钝叟曰：渊明、灵运同为晋室勋臣之裔，灵运浮沉禅代，袭爵康乐，晚乃自悔，有"韩亡秦帝"之语，博浪未鎚，身名并殒，以坠家声，惜哉！独渊明解组肆志，鸿冥鼎革之间，不友不臣，易纪元以甲子，凛然《春秋》大义，虽寄怀沉湎，而德辉弥上，殆首阳之展禽、箕山之接舆也。 整理者按：此条文字见明张自烈辑《笺注陶渊明》即卷首引赵维寰《评陶渊明集序》。

又曰：渊明大节自足不朽，要以兴会所到，悠然得句，意不在诗。亦如琴不必弦，书不甚解云耳。必以为字字句句皆关君父，又乌知陶诗不堕经生刻画苦海乎？

敦好斋律陶纂

闽 黄槐开子虚甫纂

会稽谑菴王先生戏以陶诗作律，而即以律律陶，得如干首。其言曰："律者，陶公之所攒眉也，而见此律，则必当眉开十丈，笑谓是子也善盗。"嘻！此谑菴谑也。予读之，心怦技痒，竭蹷学步，仅及数三之二。度先生见之，亦必当笑曰："开门而揖之进，虽康子，自遗患乎？无亦天下于今半是君也。"予拟复之曰："昔祖车骑渡江时，公私俭薄，无好服玩。王、庾诸公共就祖，忽见裘袍重叠，珍饰盈列，怪问之。祖曰：'昨夜复南塘一，出按公取、窃取皆为盗，而自首者免。'律严之矣。"先生闻之，当又笑曰："善谑不谑，是我辈人。"命为《律陶纂》者，纂，缵也，综集也。敦好斋主人题。

归田园居

投耒去学仕，结交到临淄。丈夫虽有志，壮节忽失时。量力守故辙，登高赋新诗。养真衡茅下，但畏人我欺。

其二

虚舟纵逸棹，六载去还归。崩浪聒天响，鸣雁乘风飞。浊酒聊可恃，游云倏无依。伊怀难具道，孰敢慕甘肥。

其三

诗书塞座外，桃李罗堂前。虚室绝尘想，顺流非时迁。物新人惟旧，心远地自偏。且共欢此饮，重觞忽忘天。

其四

瞻望邈难逮，灵府常独闲。眇眇孤舟逝，纷纷飞鸟还。重云蔽白日，绿酒开芳颜。盥濯息檐下，悠然见南山。

其五

寒暑日相推，汎随清壑廻。开荒南野际，勠力东林隈。猛志固常在，盛年不重来。既耕亦已种，天岂去此哉。

饮酒

耕种有时息，一觞聊可挥。不言春作苦，但使愿无违。促席延故老，悬车敛馀辉。酒中有深味，投义志攸希。

其二

酒能祛百虑，闲饮自欢然。靡靡秋已夕，亭亭月将圆。倾身营一饱，放意乐馀年。汎此忘忧物，乃言饮得仙。

其三

山中酒应熟，酒熟吾自斟。即理愧通识，清歌畅高音。得欢当作乐，有子不留金。俯仰终宇宙，遥遥沮溺心。

其四

挥杯劝孤影，得酒莫苟辞。同物既无虑，纵心复何疑。姿年逝已老，日夕欢相持。但恨多谬误，为君做此诗。

悼亡

生而相依附，寒馁常糟糠。结发念善事，游魂在何方。但馀平生物，今宿荒草乡。立善有遗爱，谁云其人亡。

杂诗

茅茨已就治，今日天气佳。迥泽散游目，良辰入奇怀。称心固为好，禀气寡所谐。竟抱固穷节，其事未云乖。

其二

春秫作美酒，解颜劝农人。四时自成岁，一日难再晨。赐也徒能辩，颜生称为仁。愿言诲诸子，忧道不忧贫。

其三

野外罕人事，长吟掩柴门。功成者自去，心在复何言。常恐霜霰至，而无车马喧。试携子侄辈，拥褐曝前轩。

其四

斑白欢游诣，薤宾五月中。神渊写时雨，平畴交远风。卫生每苦拙，赋诗颇能工。杜门不复出，所乐非穷通。

其五

斗酒散襟颜，吾生梦幻间。诗书敦宿好，药石有时闲。皎皎云间月，荣荣窗下兰。无幽不见烛，清节映西关。

其六

我无腾化术，庶以善自名。善恶苟不应，饥寒饱所更。明明上天鉴，恻恻悲襟盈。有志不获骋，猛气冲长缨。

其七

老夫有所爱，游好在六经。得之千载外，遂与尘世冥。落叶掩长陌，幽兰生前庭。衰荣无定在，菊为制颓龄。

其八

贫富常交战，我今始知之。达人解其会，鼓腹无所思。地为罕人远，情随万化遗。安贫守贱者，在昔余多师。

同友人饮启秀楼值雨

迢迢百尺楼，光气难与俦。有客常同止，及辰为兹游。挥觞道平素，引满更献酬。风雨纵横至，悠悠迷所留。

客至

羲羲西岭内，暖暖远人村。故老赠余酒，清晨闻叩门。谈谐无俗调，惆怅念长飧。素抱深可惜，愿君取吾言。

其二

顾我抱兹独，委怀在琴书。穷通靡攸虑，岁月共相疎。我愿不知老，君情定何如。班荆坐松下，谁谓行迹拘。

赠堪舆范山人

晨夕看山川，任真无□□。□□□□□，百世当谁传。圣贤留遗迹，饥寒□□□。□□□□□，锺期信为贤。

示文会诸宗彦

奇文共欣赏，四座列 羣 英 。□□□□乐，孰云都不营。子孙还相保，恩爱若同生。 骞 翮 思远翥，缅焉起深情。

叙别

故人赏我趣，即事多所欣。有酒不肯饮，校书亦已勤。秋兰气当馥，鸣鸟声相闻。兹契谁能别，遥遥望白云。

有欲遍游名山者集此尼之

去去当何极，愿言蹑轻风。山川千里外，流幻百年中。不喜亦不惧，非商复非戎。君其爱体素，何必升华嵩。

于天宝峰田舍获

高莽眇无界，分明望四荒。岂忘游心目，但愿饱粳粮。营已良有极，代畊本非望。悠悠待秋稼，且为陶一觞。

拟古

阡陌不遗旧，良苗亦怀新。几人得其趣，举世少复真。岁月相催逼，江湖多贱贫。从来将千载，闻有田子春。

庚辰夏日，予既刻《律陶》诗竣，偶阅闽中黄子虚氏《律陶纂》二十七首，较之谑庵，虽不能青出于蓝，然其命词遣意，粹然无瑕，似为过之，可见惟熟能巧。子虚氏之涵泳于靖节者深矣！青轮识。

附东坡和陶诗

东坡《和陶诗》一百九篇，盖谪居海南时，慕靖节之高风，借题以道性情也。清冲澹老，实大类陶。陆子静含请注之以附刻，余曰："昔王龟龄注苏诗而不及《和陶》，谅非无谓。今必强注之，亦大非述而不作之意矣。"因即公所自注者付之梓，并附《和归去来辞》一篇，以见两公臭味相同若此。

追和陶渊明诗引　（题注）子由作。

东坡先生谪居儋耳，寘家罗浮之下，独与幼子过负担渡海，葺茅屋而居之，日啖藷芋，而华屋玉食之念不存于胸中。平生无所嗜好，以图史为园囿，文章为鼓吹，至是亦皆罢去。独犹喜为诗，精深华妙，不见老人衰备之气。

是时，辙亦迁海康，书来告曰："古之诗人有拟古之作矣，未有追和古人者也。追和古人，则始于吾。吾于诗人，无所甚好，独好渊明之诗。渊明作诗不多，然其诗质而实绮，癯而实腴，自曹、刘、鲍、谢、李、杜诸人，皆莫及也。吾前后和其诗凡一百有九篇，至其得意，自谓不甚愧渊明。今将集而并录之，以遗后之君子，其为我志之。然吾于渊明，岂独好其诗也哉？如其为人，实有感焉。渊明临终，疏告俨等：'吾少而穷苦，每以家弊，东西游走。性刚才拙，与物多忤，自量为己必贻俗患，黾勉辞世，使汝等幼而饥寒。'渊明此语，盖实录也。吾真有此病而不蚤自知，半生出仕，以犯世患，此所以深愧渊明，欲以晚节师范其万一也。"

嗟夫！渊明不肯为五斗米一束带见乡里小儿，而子瞻出仕三十馀年，为狱吏所折困，终不能悛，以陷大难，乃欲以桑榆之末景，自托于渊明，其谁肯信之？虽然，子瞻之仕，其出处进退，犹可考也。后之君子，其必有以处之矣。

孔子曰："述而不作，信而好古，窃比于我老彭。"孟子曰："曾子与子思同道，区区之迹，盖未足以论士也。"辙少而无师，子瞻既冠而学成，先君命辙师焉。子瞻尝称辙诗有古人之风，自以为不若也。然自其斥居东坡，其学日进，沛然如川之方至。其诗比杜子美、李太白有馀，遂与渊明比。辙虽驰骤从之，而常出其后，其和渊明，辙继之者亦一二焉。

丁丑十二月海康城南东斋引

和时运　四首

丁丑二月十四日，白鹤峰新居成，自嘉祐寺迁入。咏渊明《时运》诗云："斯晨斯夕，言息其庐。"似为余发也，乃次其韵。长子迈与余别三年矣，挈携诸孙，万里远至，老朽忧患之馀，不能无欣然。

我卜我居，居非一朝。龟不我欺，食此江郊。废井已塞，乔木干霄。昔人伊何，谁其裔苗。

下有碧潭，可饮可濯。江山千里，供我遐瞩。木固无胫，瓦岂有足。陶匠自至，啸歌相乐。

我视此邦，如洙如沂。邦人劝我，老矣安归。自我幽独，倚门或挥。岂无亲友，云散莫追。

旦朝丁丁，谁欤我庐。子孙远至，笑语纷如。鬋发垂髫，一作"剪彩垂髻"。覆此瓠壶。三年一梦，乃复见余。

和劝农　六首

海南多荒田，俗以贸香为业。所产秔稌，不足于食。乃以藷芋杂米作粥糜以取饱。余既哀之，乃和渊明《劝农》诗，以告其有知者。

咨尔汉黎，均是一民。鄙夷不训，夫岂其真。怨忿劫质，寻戈相因。欺谩莫诉，曲自我人。

天祸尔土，不麦不稷。民无用物，怪珍是殖。播厥薰木，腐馀是穑。贪夫污吏，鹰鸷狼食。

岂无良田，膴膴平陆。兽踪交缔，鸟喙谐穆。惊麕朝射，猛豨夜逐。芋羹藷糜，以饱耆宿。

听我苦言，其福永久。利尔鉏耜，好尔隣偶。斩艾蓬藋，南东其亩。父兄揞梃，以扶游手。

天下假易，亦不汝匮。春无遗勤，秋有厚冀。云举雨决，妇姑毕至。我良孝爱，祖跣何媿。

逸谚戏侮，博弈顽鄙。投之生黎，俾勿冠履。霜降稻实，千箱一轨。大作尔社，一醉醇美。

和停云　四首

自立冬以来，风雨无虚日，海道断绝，不得子由诗。乃和渊明《停云》诗以寄。

停云在空，黯其将雨。嗟我怀人，道修且阻。眷此区区，俯仰再抚。良辰过鸟，逝不我伫。

飓作海浑，天水溟蒙。云屯九河，雪立三江。我不出门，寤寐北窗。念彼海康，神驰往从。

凛然清癯，落其骄荣。馈奠化之，廓兮忘情。万里迟子，晨兴宵征。远虎在侧，以宁先生。

对弈未终，摧然斧柯。再游兰亭，默数永和。梦幻去来，谁少谁多。弹指太息，浮云几何。

和归园田居　六首

三月四日，游白水山佛迹岩，沐浴于汤泉，晞发于悬瀑之下，浩歌而归，肩舆却行，以与客言，不觉至水北荔枝浦上。晚日葱曨，竹阴萧然，时荔子累累如芡实矣。有父老年八十五，指以告余曰："及是可食，公能携酒来游乎？"意欣然，许之。归卧既觉，闻儿子过诵渊明《归园田居》诗六首，乃悉次其韵。始，余在广陵和渊明《饮酒二十首》，今复为此，要当尽和其诗乃已耳。今书以寄妙总大士参寥子。

环州多白水，际海皆苍山。以彼无尽景，寓我有限年。东家著孔丘，西家著颜渊。市为不二价，农为不争田。周公与管蔡，恨不茅三间。我饱一饭足，薇蕨补食前。门生馈薪米，救我厨无烟。斗酒与只鸡，酣歌饯华颠。禽鱼岂知道，我适物自闲。悠悠未必尔，聊乐我所然。

穷猿既投林，疲马初解鞍。心空饱新得，境熟梦余想。江鸥渐驯集，蜑叟已还往。南池绿钱生，北岭紫笋长。提壶岂解饮，好语时见广。春江有佳句，我醉堕渺莽。

新浴觉身轻，新沐感发稀。风乎悬瀑下，却行咏而归。仰观江摇山，俯见月在衣。步从老父语，有约吾敢违。

老人八十馀，不识城市娱。造物偶遗漏，同侪尽丘墟。平生不渡江，水北有幽居。手插荔枝子，合抱三百株。莫言陈家紫，甘冷恐不如。君来坐树下，饱食携其馀。归舍遗儿子，怀抱不可虚。有酒持饮我，不问钱有无。

坐倚朱藤杖，行歌紫芝曲。不逢商山翁，见此野老足。愿同荔枝社，长作鸡黍局。教我同光尘，月固不胜烛。霜飚散氛祲，廓然似朝旭。　　　（尾注）
《庄子》云："月固不胜火。"郭象曰："大而暗不若小而明。"陋哉斯言也！余为更之曰："明于大者必晦于小，月能烛天地而不能烛毫厘，此其所以不胜火也。然卒之火胜月胜耶？"

昔我在广陵，怅望柴桑陌。长吟《饮酒》诗，颇获一笑适。当时已放浪，朝坐夕不夕。矧今长闲人，一劫展过隙。江山互隐见，出没为我役。斜川追渊明，东皋友王绩。诗成竟何为，六博本无益。

五月旦日作和戴主簿

海南无冬夏，安知岁将穷。时时小摇落，荣瘁俯仰中。上天信包荒，佳植无由丰。鉏耰代肃杀，有择非霜风。手栽兰与菊，侑我清宴终。撷芳眼已明，饮酒腹尚冲。草去土自隤，井深墙愈隆。勿笑一亩园，蚁垤齐衡嵩。

酬刘柴桑

红薯与紫芋，远插墙四周。且放幽兰春，莫争霜菊秋。穷冬出瓮盎，磊落胜农畴。淇上白玉延，（夹注）淇上出山药，一名玉延。能复过此不？一饱忘故山，不思马少游。

与殷晋安别 （题注）和送昌化军使张中罢官赴阙。

孤生知永弃，末路差长勤。久安儋耳陋，日与雕题亲。海国此奇士，官居我东隣。卯酒无虚日，夜棋有达晨。小瓮多自酿，一瓢时见分。仍将对床梦，伴我五更春。暂聚水上萍，忽散风中云。恐无再见日，笑谈来生因。空吟清诗送，不救归装贫。

和王抚军座送客 （题注）再送张中。

胸中有佳处，海瘴不能腓。三年无所愧，十口今同归。汝去莫相怜，我生本无依。相从大块中，几合几分违。莫作往来相，而生爱见悲。悠悠含山日，炯炯留清晖。悬知冬夜长，不恨晨光迟。梦中无与别，作诗记忘遗。

和答庞参军 （题注）三送张中。

留灯坐达晓，要与影晤言。下帷对古人，何暇复窥园。使君本学武，少诵十三篇。颇能口击贼，戈戟亦森然。才智谁不如，功名叹无缘。独来向我说，愤懑当奚宣。一见胜百闻，往鏖皋兰山。白衣挟三矢，趁此征辽年。

形赠影

天地有常运，日月无闲时。孰居无事中，作止推行之。细察我与汝，相因以成兹。忽然乘物化，岂无生灭期。梦时我方寂，偃然无所思。胡为有哀乐，辄复随涟洏。我舞汝凌乱，相应不少疑。还将醉时语，答我梦中辞。

影答形

丹青写君容，常恐画工拙。我依月灯出，相肖两奇绝。妍媸本在君，我岂相媚悦。君如火上烟，火尽君乃别。我如镜中像，镜坏我不灭。虽云附阴晴，了不受寒热。无心但因物，万变岂有竭。醉醒皆梦尔，未用议优劣。

神释

二子本无我，其初因物著。岂惟老变衰，念念不如故。知君非金石，安足长托附。莫从老君言，亦莫用佛语。仙山与佛国，终恐无是处。甚欲随陶翁，移家酒中住。醉醒要有尽，未易逃诸数。平生逐儿戏，处处馀作具。所至人聚观，指目生毁誉。如今一弄火，好恶都焚去。既无负载劳，又无寇攘惧。仲尼晚乃觉，天下何思虑。

怨诗楚调示庞主簿邓治中

当欢有馀乐，在戚亦颓然。渊明得此理，安处故有年。嗟我与先生，所赋良奇偏。人间少宜适，惟有归耘田。我昔堕轩冕，毫厘真市廛。困来卧重裀，忧媿自不眠。如今破茅屋，一夕或三迁。风雨睡不知，黄叶满枕前。宁当出怨句，惨惨如孤烟。但恨不早晤，犹推渊明贤。

九日闲居

明日重九，雨甚，展转不能寐。起坐索酒，和渊明一篇，醉熟昏然，殆不能佳也。

九日独何日，欣然惬平生。四时靡不佳，乐此古所名。龙山忆孟子，栗里怀渊明。鲜鲜霜菊艳，溜溜糟床声。闲居知令节，乐事满馀龄。登高望云海，醉觉三山倾。长歌振履商，起舞带索荣。坎轲识天意，淹留见人情。但愿饱粳稌，年年乐秋成。

和移居 二首

余去岁三月，自水东嘉祐寺，迁居合江楼。迨今一年，多病寡欢，颇怀水东之乐也。得归善县后隙地数亩，父老云："古白鹤观也。"意欣然，欲居之，乃和此诗。

昔我初来时，水东有幽宅。晨与乌鹊朝，暮与牛羊夕。谁令迁近市，日有造请役。歌呼杂闾巷，鼓角鸣枕席。出门无所诣，乐事非夙昔。病瘦独弥年，束薪谁与析。

洄潭转碕岸，我作江郊诗。今为一廛氓，此地乃得之。葺为无邪斋，思我无所思。古观废已久，白鹤归何时。我岂丁令威，千岁复还兹。江山朝福地，古人不吾欺。

岁暮作和张常侍

十二月二十五日，酒尽，取米欲酿，米亦竭。时吴远游、陆道士皆客于余，因读渊明《岁暮和张常侍》，亦以无酒为叹，乃用其韵，赠二子。

我生有天禄，玄膺流玉泉。何事陶彭泽，乏酒每形言。仙人与道士，自养岂在繁。但使荆棘除，不忧梨枣愆。我年六十一，颓景薄西山。岁暮似有得，稍觉散亡还。有如千丈松，常苦弱蔓缠。养我岁寒枝，会有解脱年。米尽初不知，但觉饥鼠迁。二子真我客，不醉亦陶然。

和郭主簿 二首

清明日闻过诵书，声节闲美。感念少时，怅然追怀先君宫师之遗意，且念淮、德二幼孙。无以自遣，乃和渊明二篇，随意所寓，无复伦次也。

今日复何日，高槐布初阴。良辰非虚名，清和盈我襟。孺子卷书坐，诵诗如鼓琴。却念四十年，玉颜如汝今。闭户未尝出，出为隣里钦。家世事酌古，百史手自斠。当年二老人，喜我作此音。淮德入我梦，角羁未胜簪。孺子笑问我，君何念之深。

雀鷇含淳音，竹萌抱静节。（夹注）此两句，先君少时诗，失其全首。诵我先君诗，肝肺为澄澈。犹为鸣鹤和，未作获麟绝。愿因骑骡李，追此御风列。丈夫贵出世，功名岂人杰。家书二万卷，独取服食诀。地行即空飞，何必挟日月。

示周续之祖企谢景夷三郎 （题注）时游城东学舍作。

闻有古学舍，窃怀渊明欣。摄衣造两塾，窥户无一人。邦风方杞夷，庙貌犹殷因。先生馈已缺，弟子散莫臻。忍饥坐谈道，嗟我亦晚闻。永年百世祀，未补平生勤。今此复何国，岂与陈蔡隣。永媿虞仲翔，弦歌沧海滨。

和答庞参军　六首

周循州彦质在郡二年，书问无虚日。罢归过惠，为余留半月。既别，和此诗送之。

我见异人，且得异书。挟书从人，何适不娱。罗浮之趾，卜我新居。而非玄德，三顾我庐。

旨酒荔蕉，绝甘分珍。虽云晚接，数面自亲。海隅一笑，岂云无人。无酒酤我，或乞其隣。

将行复止，眷言孜孜。苟有于中，倾倒出之。奕奕千言，粲焉陈诗。筋行笔落，了不容思。

丱妙侍侧，两髦丫分。歌舞寿我，永为欢欣。曲终凄然，仰视浮云。此曲此声，何时复闻。

击鼓其镗，船开舻鸣。顾我而言，雨泣载零。子卿白首，当还西京。辽东万里，亦归管宁。

感子至意，托辞西风。吾生一尘，寓形空中。愿言谦亨，君子有终。功名在子，何异我躬。

和连雨独饮　二首

吾谪海南，尽卖酒器，以供衣食。独有一荷叶杯，工制美妙，留以自娱。乃和渊明《连雨独饮》。

平生我与尔，举意辄相然。岂止磁石针，虽合犹有间。此外一子由，出处同偏僻。晚景最可惜，分飞海南天。斜缠（夹注）一作躔。不吾欺，宁此忧患先。顾影一杯酒，谁谓无往还。寄语海北人，今日为何年。醉里有独觉，梦中无杂言。

阿堵不解醉，谁欺此颓然。误入无功乡，掉臂嵇阮间。饮酒八仙人，与我俱得僊。渊明岂知道，醉语忽谈天。偶见此物真，遂趋天地先。醉醒可还酒，此觉无所还。清风洗徂暑，连雨催丰年。牀头伯雅君，此子可与言。

和赠羊长史

得郑会嘉靖老书，欲以海舶载书千馀卷见借。因读渊明《赠羊长史》诗云："愚生三季后，慨然念黄虞。得知千载事，上赖古人书。"次其韵以谢郑君。

我非皇甫谧，门人如挚虞。不特两鸱酒，肯借一车书。欲令海外士，观经似鸿都。结髮事文史，俯仰六十踰。老马不耐放，长鸣思服舆。故知根尘在，未免病药俱。念君千里足，历块犹踟蹰。好学真伯业，比肩可相如。此书久已熟，救我今荒芜。顾惭桑榆迫，岂厌诗书娱。奏赋病未能，草玄老更疏。犹当距杨墨，稍欲惩荆舒。

和乞食

庄周借贷粟，犹欲舂脱之。鲁公亦乞米，炊煮尚不辞。渊明端乞食，亦不避嗟来。呜呼天下士，死生寄一杯。斗酒何所直，远汲愁姜诗。幸有馀薪米，养此老不才。至味久不坏，可为子孙贻。

和胡西曹示顾贼曹

长春如稚女，飘飘倚轻飔。卯酒晕玉颊，红绡卷生衣。低颜香自敛，含睇意颇微。宁当娣黄菊，未肯似戎葵。谁言此弱质，阅历观盛衰。頮然疑薄怒，沃盥未可挥。瘴雨吹蛮风，凋零岂容迟。老人不解饮，短句馀清悲。

游斜川和正月五日与儿子过出游作

谪居澹无事，何异老且休。虽过靖节年，未失斜川游。春江渌未波，人卧船自流。我本无所适，汎汎随鸣鸥。中流遇洑洄，舍舟步曾丘。有口可与饮，何必逢我俦。过子诗似翁，我唱儿辄酬。未知陶彭泽，颇有此乐不。问点尔何如，不与圣同忧。问翁何所笑，不为由与求。

和己酉岁九月九日

十月初吉，菊始开，乃与客作重九，因次韵渊明《己酉岁九月九日》一首。胡广饮菊潭水而寿，然《李固传·赞》云：其视胡广、赵戒，犹粪土也。

今日我重九，谁谓秋冬交。黄花与我期，草中实后凋。香馀白露干，色映青松高。怅望南阳野，古潭霏庆霄。伯始真粪土，平生夏畦劳。饮此亦何益，内热中自焦。持我万家春，一酹五柳陶。夕英幸可掇，继此木兰朝。

和癸卯岁始春怀古田舍　二首

儋人黎子云兄弟，居城东南，躬农圃之劳。偶与军使张中同访之。居临大池，水木幽茂。坐客欲为醵钱作屋，余亦欣然许之。名其屋曰"载酒堂"，用渊明《始春怀古田舍》韵作二首。

退居有成言，垂老竟未践。何曾渊明归，屡作敬通免。休闲等一味，妄想生媿赧（夹注）渊明本用"缅"字，聊取其同音字。聊将自知明，稍积在家善。城东两黎子，室迩人自远。呼我钓其池，人鱼两忘返。使君亦命驾，恨子林塘浅。

茅茨破不补，嗟子乃尔贫。菜肥人愈瘦，竈闲井常勤。我欲致薄少，解衣劝坐人。临池作虚堂，雨急瓦声新。客来有美载，果熟多幽欣。丹荔破玉肤，黄柑溢芳津。借我三亩地，结茅为子隣。鴂舌傥可学，化为黎母民。

251

和饮酒　二十首

吾饮酒至少，常以把杯为乐。往往颓然坐睡，人见其醉，而语中了然，盖莫能名其为醉为醒也。在扬州时，饮酒过午辄罢。客去，解衣盘礴终日，欢不足而适有馀，因和渊明《饮酒》二十首，庶以髣髴其不可名者，示舍弟子由、晁无咎学士。

我不如陶生，世事缠绵之。云何得一适，亦有如生时。寸田无荆棘，佳处正在兹。纵心与事往，所遇无复疑。偶得酒中趣，空杯亦常持。

二豪诋醉客，气涌胸中山。灌然忽冰释，亦复在一言。啬气实其腹，云当享长年。少饮得径醉，此祕君勿传。

道丧士失己，出语辄不情。江左风流人，醉中亦求名。渊明独清真，谈笑得此生。身如受风竹，掩冉众叶惊。俯仰各有态，得酒诗自成。

蠚蟆食叶虫，仰空慕高飞。一朝傅两翅，乃得粘网悲。喁啾厌巢雀，沮泽疑可依。赴水生两壳，遭闭何时归。二虫竟谁是，一笑百念衰。幸此未化间，有酒君莫违。

小舟真一叶，下有暗浪喧。夜棹醉中发，不知枕几偏。天明问前路，已度千金山。嗟我亦何为，此道常往还。未来宁蚤计，既往复何言。

百年六十化，念念竟非是。是身如虚空，谁受誉与毁。得酒未举杯，丧我固忘尔。倒牀自甘寝，不择菅与绮。

顷者大雪年，海沠翻玉英。有士常痛饮，饥寒见真情。牀头有败榼，孤坐时一倾。未能平体粟，且复浇肠鸣。脱衣裹冻酒，每醉念此生。

我坐华堂上，不改麋鹿姿。时来蜀冈头，喜见霜松枝。心知百尺底，已结千岁奇。煌煌凌霄花，缠绕复何为。举觞酹其根，无事莫相羁。

芙蓉在秋水，时节自阖开。清风亦何意，入我芝兰怀。一随采折去，永与江湖乖。断丝不复续，斗水何足栖。不如玉井莲，结根天池泥。感此每自慰，吾事幸不谐。酒中有归路，了了初不迷。乘流且复逝，抵曲吾当廻。

篮舆兀醉守，路转古城隅。酒力如过雨，清风消半途。前山正可数，后骑且勿驱。我缘在东南，往寄白发馀。遥知万松岭，下有三亩居。

民劳吏无德，岁美天有道。暑雨避麦秋，温风送蚕老。三咽初有闻，一溉未濡槁。诏书宽积欠，父老颜色好。再拜贺吾君，获此不贪宝。颓然笑阮籍，醉儿书谢表。

我梦入小学，自谓总角时。不记有白发，犹诵《论语》辞。人间本儿戏，颠倒略似兹。惟有醉时真，空洞了无疑。坠车终无伤，庄叟不吾欺。呼儿具纸笔，醉语辄录之。

醉中虽可乐，犹是生灭境。云何得此身，不醉亦不醒。痴如景升牛，莫保尻与领。黠如东郭魏，束缚作毛颖。乃如嵇叔夜，非坐虎文炳。

我家小冯君，天性颇纯至。清坐不饮酒，而能容我醉。归休要相依，谢病当以次。岂知山林士，肮脏乃尔贵。乞身当念蚤，过是恐少味。

去乡三十年，风雨荒旧宅。惟存一束书，寄食无定迹。每用愧渊明，尚取禾三百。颀然六男子，粗可传清白。于我岂不多，何事复叹息。

哓哓六男子，弦诵各一经。复生五丈夫，戢戢丁欲成。归田了门户，与国充践更。普儿初学语，玉骨开天庭。淮老如鹤雏，破壳已能鸣。举酒属千里，一欢媿凡情。

淮海虽故楚，无复轻扬风。斋厨圣贤杂，无事时一中。谁言大道远，正赖三杯通。使君不夕坐，衙门散刀弓。

何人筑东台，一郡坐可得。亭亭古浮图，独立表众惑。芜城阅兴废，雷塘几开塞。明年起华堂，置酒吊亡国。无令竹西路，歌吹久寂默。

晁子天麒麟，结交未及仕。高才固难及，雅志或类己。各怀伯业能，共有丘明耻。歌呼时就君，指我醉乡里。吴国门下客，贾谊独见纪。请作《鵩鸟赋》，我亦得坎止。行乐当及时，绿髪不可恃。

盖公偶谈道，齐相独适真。颓然不事事，客至先饮醇。当时刘项罢，四海创痍新。三杯洗战国，一斗销强秦。寂寥千载后，阳公嗣前尘。醉卧客怀中，言笑徒多勤。我时阅旧史，独与三人亲。未暇餐脱粟，苦心学平津。草书亦何用，醉墨淋衣巾。一挥三十幅，持去听坐人。

和止酒

丁丑岁，余谪海南，子由亦贬雷州。五月十一日，相遇于藤，同行至雷。六月十一日，相别，渡海。余时病痔呻吟，子由亦终夕不寐。因诵渊明诗，劝余止酒。乃和元韵，因以赠别，庶几真止矣。

时来与物逝，路穷非我止。与子各意行，同落百蛮里。萧然两别驾，各携一稚子。子室有孟光，我室惟法喜。相逢山谷间，一月同卧起。茫茫海南北，粗亦足生理。劝我师渊明，力薄且为己。微疴坐杯勺，止酒则瘳矣。望道虽未济，隐约见津涘。从今东坡室，不立杜康祀。

还旧居和梦归惠州白鹤山居作

瘦人常念起，夫我岂忘归。不敢梦故山，恐兴坟墓悲。生世本暂寓，此身念念非。鹅城亦何有，偶舍鹤毳遗。穷鱼守故沼，聚沫犹相依。大儿当门户，时节供丁推。梦与隣翁言，悯默怜我衰。往来付造物，未用相招麾。

和始作镇军参军经曲阿

虞人非其招，欲往畏简书。穆生责醴酒，先见我不如。江左古弱国，强臣擅天衢。渊明堕诗酒，遂与功名疎。我生值良时，朱金义当纡。天命适如此，幸收废弃馀。独有媿此翁，大名难久居。不思牺牛龟，兼取熊掌鱼。北郊有大赉，南冠解囚拘。睠言罗浮下，白鹤返故庐。

和庚戌岁九月中西田获早稻

小圃栽植渐成，取渊明诗有及草木蔬谷者五篇，次其韵。整理者按：蒋薰本阙此序，兹据清王文诰、冯应榴辑注，孔凡礼点校本《苏轼诗集》补入。

蓬头二獠奴，谁谓愿且端。晨兴洒扫罢，饱食不自安。愿治此圃畦，少资主游观。昼功不自觉，夜气乃潜还。早韭欲争春，晚菘先破寒。人间无正味，美好出艰难。早知农圃乐，岂有非意干。尚恨不持锄，未免骍我颜。此心苟未降，何适不间关。休去不歇去，菜食何所叹。

和丙辰岁八月中于下潠田舍获

聚粪西垣下，凿泉东垣隈。劳辱何时休，宴安不可怀。天公岂相喜，雨霁与意谐。黄菘养士羔，老楮主树鸡。未忍便烹煮，绕观日百廻。跨海得远信，冰盘鸣玉哀。茵陈点脍缕，照坐如花开。一与蟹叟醉，苍颜两摧颓。齿根日浮动，自与梁肉乖。食菜岂不足（夹注）一作好。，呼儿拆鸡栖。

和乙巳岁三月为建威参军使都经钱溪

乔木卷苍藤，浩浩崩云积。谢家堂前燕，对语悲宿昔。仰看桄榔树，玄鹤舞长翮。新年结荔子，主人黄壤隔。溪阴宜舘我，稍省薪水役。相如卖车骑，五亩亦可易。但恐鹏鸟来，此生还荡析。谁能插篱槿，护此残竹栢。（尾注）和游城北谢氏废园作。

辛丑岁七月赴假还江陵夜行涂中作口号和郊行步月

缺月不蚤出，长林踏青冥。犬吠主人怒，愧此闾里情。怜我夜不归，茜袂窥紫荆。云间与地上，待我两友生。惊鹊再三起，树端已微明。白露净原野，始觉丘陵平。暗蛩方夜绩，孤萤亦宵征。归来闭户坐，寸田且默耕。莫赴花月期，免为诗酒萦。诗人为布谷，聒聒常自名。

和咏二疏

二疏事汉时，迹寓心已去。许侯何足道，宁识此高趣。可怜魏丞相，免冠谢陋举。中兴多名臣，有道独两傅。世途方毂击，谁肯行此路。是身如委蜕，未蜕何所顾。已蜕则两忘，身后谁毁誉。所以遗子孙，买田岂先务。我常游东海，所历若有素。神交久从君，屡梦今乃悟。渊明作诗意，妙想非俗虑。庶几二大夫，见微而知著。

和咏三良

此生太重山，忽作鸿毛遗。三子死一言，所死良已微。贤哉晏平仲，事君不以私。我岂犬马哉，从君求盖帷。杀身固有道，大节要不亏。君为社稷死，我则同其归。顾命有治乱，臣子得从违。魏颗真孝爱，三良安足希。仕宦岂不荣，有时缠忧悲。所以靖节翁，服此黔娄衣。

255

和咏荆轲

秦如马后牛，吕氏非复嬴。天欲厚其毒，假手李客卿。功成志自满，积恶如陵京。灭身会有时，徐观可安行。沙丘一狼狈，笑落冠与缨。太子不少忍，顾非万人英。魏韩裂智伯，肘足本无声。胡为弃成谋，托国此狂生。荆轲不足说，田子老可惊。燕赵多奇士，惜哉亦虚名。杀父囚其母，此岂容天庭。亡秦只三户，况我数十城。渐离虽不伤，陛戟加周营。至今天下人，愍燕欲其成。废书一太息，可见千古情。

和读《山海经》十三首

陶渊明读《山海经》十三首，其七首皆仙语，余读《抱朴子》有所感，用其韵赋之。

今日天始霜，众木敛以疏。幽人掩窗卧，明景翻空庐。开心无良友，寓眼得奇书。建德有遗民，道远我无车。无粮食自足，岂谓谷与蔬。媿此稚川翁，千载与我俱。画我与渊明，可作三士图。学道虽恨晚，赋诗岂不如。

稚川虽独善，爱物均孔颜。欲使蟪蛄流，知有鹤龟年。辛勤破封执，苦语剧移山。博哉无穷利，千载食此言。

渊明虽中寿，雅志仍丹丘。远矣无怀民，超然邈无俦。奇文出圹息，岂复生死流。我欲作九原，异世为三游。

子政信奇逸，妙算穷阴阳。淮仙枕中诀，养錬岁月长。岂伊臭浊中，争此顷刻光。安知青藜火，丈人非中黄。

乱离弃弱女，破冢割恩怜。宁知效龟息，三岁号穷山。长生定可学，当信仲弓言。支牀竟不死，抱一无穷年。

三山在咫尺，灵药非草木。玄芝生太元，黄精出长谷。仙都浩如海，岂不供一浴。何当从山火，束缊分寸烛。

蜀士李八百，穴居吴山阴。默坐但形语，从者纷如林。其后有李宽，鸡鹄非同音。口耳固多伪，识真要在心。

黄华育甘谷，灵根固深长。廖井窖丹砂，红泉涌寻常。二女戏口耳（夹

注）一作鼻。，松膏以为粮。闻此不能寐，起坐夜未央。

谈道鄙俗儒，远自太史走。仲尼实不死，于圣亦何负。紫文出吴宫，丹雀本无有。辽我广桑君，独显三季后。

金丹不可成，安期渺云海。谁谓黄门妻，至道乃近在。支解竟不传，化去空馀悔。金成亦安用，御气本无待。

郑君故多方，玄翁所亲指。奇文二百篇，了未出生死。素书在黄石，岂敢辞跪履。万法等成坏，金丹差可恃。

古强本妄庸，蔡诞亦夸士。曼都斥仙人，谒帝轻举止。学道未有得，自欺谁不尔。稚川亦隘人，疏录此庸子。

东坡信畸人，涉世真散材。仇池有归路，罗浮岂徒来。践蛇及茹蛊，心空了无猜。携手葛与陶，归哉复归哉。

和杂诗十一首

斜日照孤隙，始知空有尘。微风动众窍，谁信我忘身。一笑问儿子，与汝定何亲。从我来海南，幽绝无四隣。耿耿如缺月，独与长庚晨。此道固应尔，不当怨尤人。

故山不可到，飞梦隔五岭。真游有黄庭，闭目寓两景（夹注）叶"境"。室空无可照，火灭膏自冷。披衣起视夜，海阔河汉永。西窗半明月，散乱梧楸影。良辰不可系，逝水无留骋。我苗期后枯，持此一念静。

真人有妙观，俗子多妄量。区区劝粒食，此岂知子房。我非徒跣相，终老怀未央。兔死缚淮阴，狗功指平阳。哀哉亦可羞，世路皆羊肠。

相如偶一官，嗤鄙蜀父老。不记犊鼻时，涤器混佣保。著书曾几许，渴肺灰土燥。琴台有遗魄，笑我归不早。作书遗故人，皎皎我怀抱。馀生幸无媿，可与君平道。

孟德黠老狐，奸言嗾鸿豫。哀哉丧乱世，枭鸾各腾騫。逝者知几人，文举独不去。天方斲汉室，岂计一郗虑。昆虫正相啮，乃比蔺相如。我知公所坐，大名难久住。细德方险微，岂有容公处。既往不可悔，庶为来者惧。

博大古真人，老聃关尹喜。独立万物表，长生乃馀事。稚川差可近，悦有接物意。我顷登罗浮，物色恐相值。徘徊朱明洞，沙水自清驶。满把菖蒲根，叹息复弃置。

蓝桥近得道，常苦世褊迫。西游王屋山，不践长安陌。尔来宁复见，鸟道度太白。昔与吴远游，同藏一飘窄。潮阳隔云海，岁晚恍见客。代薪供养火，看作栖凤宅。

南荣晚闻道，未肯化庚桑。陶顽铸强犷，枉费尘与糠。越子古成之，韩生教休粮。参同得灵钥，九锁启伯阳。鹅城见诸孙，贫苦我为伤。空馀焦先室，不传元化方。遗像似李白，一奠临江觞。

馀龄难把玩，妙解寄笔端。常恐抱永叹，不及丘明迁。亲友复劝我，放心饯华颠。虚名非我有，至味知谁餐。思我无所思，安能观诸缘。已矣复何叹，旧说易两篇。

申韩本自圣，陋古不复稽。巨君纵独欲，借经作岩崖。遂令青衿子，珠璧人人怀。凿齿井蛙耳，信谓天可弥。大道久分裂，破碎日愈离。我如终不言，谁悟角与羁。吾琴岂得已，昭氏有成亏。

我昔登朐山，出日观苍凉。欲济东海县，恨无石桥梁。今兹黎母国，何异于公乡。蚝浦既黏山，暑路亦飞霜。所欣非自罔，不怨道里长。

和拟古九首

有客叩我门，系马门前柳。庭空鸟雀散，门闭客立久。主人枕书卧，梦我平生友。忽闻剥啄声，惊散一杯酒。倒裳起谢客，梦觉两媿负。坐谈杂今古，不答颜愈厚。问我何处来，我来无何有。

酒尽君可起，我歌已三终。由来竹林人，不数涛与戎。有酒从孟公，慎勿从扬雄。崎岖颂沙麓，尘埃污西风。昔我未尝达，今者亦安穷。穷达不到处，我在阿堵中。

客去室幽幽，鵩鸟来坐隅。引吭伸两翮，太息意不舒。吾生如寄耳，何者为我庐。去此复何之，少安与汝居。夜中闻长啸，月露荒榛芜。无问亦无答，吉凶两何如。

少年好远游，荡志隘八荒。九夷为藩篱，四海环我堂。卢生与若士，何足期杳茫。稍喜海南州，自古无战场。奇峯望黎母，何异嵩与邙。飞泉泻万仞，舞鹤双低昂。分沜未入海，膏泽弥此方。芋魁傥可饱，无肉亦奚伤。

258

冯洗古烈妇，翁媪国于兹。策勋梁武后，开府隋文时。二世更险易，一心无磷缁。锦伞平积乱，犀渠破馀疑。庙貌空复存，碑板漫无辞。我欲作铭志，慰此父老思。遗民不可问，偻句莫余欺。犪牲菌鸡卜，我当一访之。铜鼓壶卢笙，歌此迎送诗。

沉香作庭燎，甲煎纷相和。岂若爇微火，萦烟袅清歌。贪人无饥饱，胡椒亦求多。朱刘两狂子，陨队如风荷。本欲竭泽渔，奈此明年何。（尾注）朱初平、刘谊欲冠带黎，以取水沉耳。

鸡窠养鹤发，及与唐人游。来孙一垂白，颇识李崖州。再逢卢与丁，阅世真东流。斯人今在亡，未遽掩一丘。我师吴季子，守节到晚周。一见春秋末，渺焉不可求。

城南有荒池，琐细谁复采。幽姿小芙蕖，香色独未改。欲为中州信，浩荡绝云海。遥知玉井莲，落蕊不相待。攀跻及少壮，已矣（夹注）一作失。那容悔。

黎山有幽子，形槁神独完。负薪入城市，笑我儒衣冠。生不闻诗书，岂知有孔颜。翛然独往来，荣辱未易关。日暮鸟兽散，家在孤云端。问答了不通，叹息指屡弹。似言君贵人，草莽栖龙鸾。遗我吉贝布，海风今岁寒。

和东方有一士

缾居本近危，甑坠知不完。梦求亡楚弓，笑解适越冠。忽然反自照，识我本来颜。归路在脚底，殽潼失重关。屡从渊明游，云山出毫端。借君无弦琴，寓我非指弹。岂惟舞独鹤，便可蹑飞鸾。还将岭茅瘴，一洗月阙寒。（尾注）此东方一士，正渊明也。不知从之游者谁乎？若了得此一段，我即渊明，渊明即我也。

和贫士七首

余迁惠州一年，衣食渐窘，重九将近，樽俎萧然。乃和渊明《贫士》诗七首，以寄许下高安、宜兴诸子侄，并令过同作。

长庚与残月，耿耿如相依。似我旦暮心，惜此须臾晖。青天无今古，谁知织鸟飞。我欲作九原，独与渊明归。俗子不自悼，顾忧斯人饥。堂堂谁有此，千驷良可悲。

夷齐耻周粟，高歌诵虞轩。产禄彼何人，能致绮与园。古来避世士，死灰或馀烟。末路益可羞，朱墨手自研。渊明初亦仕，弦歌本诚言。不乐乃径归，视世差独贤。

谁谓渊明贫，尚有一素琴。心开手自适，寄此无穷音。佳辰爱重九，芳菊起自寻。疏巾叹虚漉，尘爵笑空斝。忽饷二万钱，颜生良足钦。思送酒家保，勿违故人心。

人皆有耳目，夫子旷与娄。弱毫写万象，水镜无停酬。闲居惜重九，感此岁月周。端如孔北海，只有尊空忧。二子不并世，高风两无俦。我后五百年，清梦未易求。

芙蓉杂金菊，枝叶长阑干。遥怜退朝人，馐酒出太官。岂知江海上，落英亦可餐。典衣作重阳，徂岁惨将寒。无衣粟（夹注）一作寒。我肤，有酒鞿我颜。贫居真可叹，二事长相关。

老詹亦白发（夹注）惠州太守詹范，字器之。，相对如霜蓬。赋诗殊有味，涉世非所工。杖藜山谷间，状类渤海龚。半道要我饮，意与王弘同。有酒我自至，不须遣庞通。门生与儿子，杖履聊相从。

我家六儿子，流落三四州。辛苦更不识，今与农圃俦。买田带修竹，筑室依清流。未能遣一力，分汝薪水忧。坐念北归日，此劳未易酬。我独遗以安，鹿门有前修。

和桃花源诗

世传桃源事，多过其实。考渊明所记，止言先世避秦乱来此，则渔人所见，似是其子孙，非秦人不死者也。又云"杀鸡作食"，岂有仙而杀者乎？旧说南阳有菊水，水甘而芳，民居三十馀家，饮其水，皆寿，或至百二三十岁。蜀青城山老人村，有见五世孙者，道极险远，生不识盐酰，而溪中多枸杞，根如龙蛇，饮其水，故寿。近岁道稍通，渐能致五味，而寿亦益衰，桃源盖此比也欤？使武陵太守得而至焉，则已化为争夺之场久矣。尝意天壤之间，若此者甚众，不独桃源。余在颍州，梦至一官府，人物与俗间无异，而山川清远，有足乐者。顾视堂上，榜曰仇池。觉而念之，仇池，武都氏故地，杨难当所保，余何为居之？明日，以问客，客有赵令畤德麟者，曰："公何为问此，此乃福地，小有洞天之附庸也。杜子美盖云：'万古仇池穴，潜通小有天。神鱼人不见，福地语真传。近接西南境，长怀十九泉。何时一茅屋，送老白云边。'"他日，工部侍郎王钦臣仲至，谓余曰："吾尝奉使过仇池，有九十九泉，万山环之，可以避世，如桃源也。"

凡圣无异居，清浊共此世。心闲偶自见，念起忽已逝。欲知真一处，要使六用废。桃源信不远，藜杖可小憩。躬耕任地力，绝学抱天艺。臂鸡有时鸣，尻驾无可税。芩龟亦晨吸，杞枸或夜吠。耘樵得甘芳，齕啮谢炮制。子骥虽形隔，渊明已心诣。高山不难越，浅水何足厉。不知我仇池，高举复几岁。从来一生死，近又等痴慧。蒲涧安期境（夹注）在广川。，罗浮稚川界。梦往从之游，神交发吾蔽。桃花满庭下，流水在户外。却笑逃秦人，有畏非真契。

和刘柴桑

万劫互起灭，百年一踟蹰。漂流四十年，今乃言卜居。且喜天壤间，一席亦吾庐。稍理兰桂丛，尽平狐兔墟。黄橡出旧枿，紫茗抽新畬。我本早衰人，不谓老更劬。邦君助畚锸，邻里通有无。竹屋从低深，山窗自明疏。一饱便终日，高眠忘百须。自笑四壁空，无妻老相如。

问渊明

子知神非形，何异复人天。岂惟三才中，所在靡不然。我引而高之，则为日星悬。我散而卑之，宁非山与川。三皇虽云没，至今在我前。八百要有终，彭祖非永年。皇皇谋一醉，发此露槿妍。有酒醉不辞，无酒斯饮泉。立善求我誉，饥人食馋涎。委运忧伤生，运去生亦还。纵浪大化中，正为化所缠。应尽便须尽，宁复俟此言。

归去来集字　十首

余喜渊明《归去来词》，因集字为十诗，令儿曹诵之，号《归去来集字》云。整理者按："令儿"下十二字，蒋薰本所无，据《苏轼诗集》补入。

命驾欲何向，欣欣春木荣。世人无往复，乡老有将迎。云内流泉远，风前飞鸟轻。相携就衡宇，酌酒话交情。

涉世恨形役，告休成老夫。良欣就归路，不复向迷途。去去径犹菊，行行田欲芜。情亲有还往，清酒引樽壶。

与世不相入，膝琴聊尽欢。风光归笑傲，云物寄游观。言语审无倦，心怀良独安。东皋清有趣，植杖日盘桓。

云岫不知远，巾车行复前。仆夫寻老木，童子引清泉。矫首独傲世，委心怀乐天。农人告春事，扶老向良田。

世事非吾事，驾言乡路寻。向时迷有命，今日悟无心。亭内菊归酒，牖前风入琴。寓形知已老，犹未倦登临。

富贵良非愿，乡关归去休。携琴已寻壑，载酒复经丘。翳翳景将入，涓涓泉欲流。老农人不乐，我独与之游。

觞酒命童仆，言归无复留。轻车寻绝壑，孤棹入清流。乘化亦安命，息交还绝游。琴书乐三径，老矣亦何（来）〈求〉。

归去复归去，帝乡安可期。鸟还知已倦，云出欲何之。入室常携幼，临流欲赋诗。春风吹独断，不是傲亲知。

役役倦人事，来归车载奔。征夫问前路，稚子候衡门。入室亦诗策，少游常酒樽。交亲书已绝，云壑自相存。

寄傲知今是，求劳定昨非。聊欣樽有酒，不恨室无衣。丘壑世情远，田园生事微。庭柯还独晒，时有鸟归飞。

和归去来兮辞

子瞻谪居昌化，追和渊明《归去来辞》，盖以无何有之乡为家，虽在海外，未尝不归云尔。

归去来兮，吾方南迁安得归。卧江海之演洞，吊鼓角之凄悲。迹泥蟠而愈深，时电往而莫追。怀西南之归路，梦良是而觉非。悟此生之何常，犹寒暑之异衣。岂袭裘而念葛，盖得帱而丧微。我归甚易，匪驰匪奔。俯仰还家，下马阖门。藩垣虽阙，堂室故存。挹我天醴，注之洼樽。饮月露以洗心，餐朝霞而眩颜。混客主以为一，俾妇姑之相安。知盗窃之何有，乃揢门而折关。廓圜镜以外照，纳万象而中观。治废井以晨吸，瀹百泉之夜还。守静极以自作，时爵跃而鲩桓。归去来兮，请终老于斯游。我先人之弊庐，复舍此而焉求？均海南与漠北，挈往来而无忧。畸人告余以一言，非八卦与九畴。方饥须粮，已济无舟。忽人牛之皆丧，但乔木与高丘。警六用之无成，自一根之反流。望故家而求息，曷中道之三休。已矣乎，吾生有命归有时，我初无行亦无留。驾言随子听所之，岂以师南华而废从安期。谓易稼之终枯，遂不溉而不耔。师渊明之雅放，和百篇之新诗。赋归来之清引，我其后身盖无疑。

东坡先生壮年言论举止，每与时近，故当日鲜有不嫉之者。迨迁儋之后，改弦易辙，师范渊明，闲情自适，此虽贤豪不得志于时者之所为，然而避嫌远祸，亦明哲保身之道也。于是追和陶诗，落落不羁，宛然五柳口吻。昔王右丞学陶，杂以禅旨；柳柳州学陶，偏于质实；韦苏州学陶，失之枯涩。总不若坡翁之展楮疾书，以自己之襟怀，写义熙之时事，怡然自得，与靖节先生后先同调也。则是《和陶诗》一卷，合之陶集，诚足炳耀千古云。

康熙三十九年庚辰莫春，海昌周文煜青轮氏识。

附 录

朱彝尊《知伏羌县事蒋君墓志铭》

文林郎知伏羌县事蒋君之葬，秀水朱彝尊因其子之请，志其墓曰：

君，杭州海宁人，早慧。十龄赴童子试，未冠，补学官弟子。崇祯九年举乡试，出建昌新城黄公端伯之门。三试礼部不利，归辟一亩园于南村，盖无意于仕矣。吏部按籍授缙云儒学教谕，县经乱，无学舍，乃僦居樊氏宅。宅，故延平训导阜所遗，有天际楼，羣山罗列案前，阜诗所云"乌桕荫我墙，白茅覆我屋"者也。君乃讲学会文，拔麻成璋、郑载飏于诸生中，后先取科第。有李华者获罪，知县事汪宗鲁欲申上官黜之，君请于汪，不听，泪成行下。汪问故。君曰："华，孝子也。曩遇寇伏草中，其父负大母逃，寇将杀母，父请代。华乃跃出，求代父死。寇并释之。愿明府毋黜华以教孝。"汪为感动，裂其牍。君性耽山水，涉恶溪，梯晹谷，周览桃花之隘，芙蓉之嶂，县境诸山，旁及于天台孤屿，迨迁知伏羌县，考稽禹迹积石、朱圉，所至，题名于壁。逾年，落职归，自称"南村退叟"。布衣席帽，徒步瓜塍麦陇间，终年不入城府。日以诗文自课，合少壮所作，多至万篇。手自汰除，犹存五千馀首。其言曰："作诗大义以言志为本。六朝诗不必学汉，唐不必学六朝，宋不必学唐，元不必学宋，今人亦何必宋元是学乎？"君之歌《鹿鸣》也，一榜诗人最盛，仕而达者曹公溶鉴躬、王公庭言远。而鄞有万泰履安周、齐曾唯一，杭有徐之瑞兰生，禾有巢鸣盛端明。君既退归，诸君酬酢靡间，又与曹、王两公居相近，琴歌酒坐，应和不乏。特不与驰骛浮名者相接，故其诗文不甚传于时，第取自怡悦而已。君年八十有四而卒。娶姜氏，子男二人：名世，岁贡生；名表，国子监生。女五人：壻褚蔚文、殷光远、吴源达、周文焜、沈朝英。孙男六人，女三人。葬某县某原。铭曰：

学焉而为经师，仕焉而称循吏。文达夫辞，诗言其志。呜呼！先生惟不务名而名自至。吾言不诬，信于百世。

《梅里志》卷九《仕宦·蒋薰》

　　蒋薰，字闻大，号丹崖。崇祯丙子（引按：即崇祯九年）举人，出黄公端伯之门，以父老，不就会试。癸未，特开科增进士名数。或以劝薰，薰曰："使吾成进士而老父怀三千里之忧，吾弗忍。且天下事甚未可知，何为远游哉？"顺治初，选授缙云县教谕，讲学会文，拔麻成璋、郑载飏于诸生中，后先取科第。出孝子李华罪。崇祯（引按：此误，应是康熙二年）迁伏羌令。县临极边，年饥，流移载道。覈征输之数，积逋三万五千。言之上官，请蠲，上官不允。又请革除滥征夙弊，勒碑衢道，巡抚允焉。于是司府怒不可解，诬列罪状，巡抚以为过，奏弹。文曰："处凋残之地，虽无苛政及民，然性近迂阔，赋诗立碑，催科不力，宜加处分，为旷职之戒。"落职归，自称"南村退叟"，终年不入城府，日以诗文自课。年八十四，卒。

邓之诚《清诗纪事初编》卷七丙编上册"蒋薰"条

蒋薰，字丹崖（引按：此误，应是"号丹崖"。）。嘉兴人。崇祯九年举人。入清，官缙云教谕，升甘肃伏羌县知县。卒于康熙三十二年，年八十四。朱彝尊为之志墓，称为循吏，谓以赋诗立碑，与钱唐吴岱观知成县，修七歌堂以祀杜甫，先后为巡抚所纠罢官，传者以为佳话。而惜其与万泰、金堡、巢鸣盛同举，而多一出，为有愧诸人。生平为诗万首，删之犹存其半。有《留素堂集》一卷，《留素堂诗删后集》六卷。不事规模，第以怡悦。今观其诗凌厉直前，空无依傍，而意透情深，亦复苍凉有韵。每及离乱，辄多身世之感，未尝不悔其轻出也。所为诗尚有《诗删前集》六卷。《留素堂诗集》别本：《天际草》四卷、《西庄集》四卷、《偶然稿》一卷、《大石吟》四卷，凡十三卷。